Melody Anne
Turbulente Absichten

AF177983

Das Buch

Keine Frage: Die vier Armstrong-Brüder sind attraktiv und begehrenswert. Aber auch so wild, zügellos und verwöhnt, dass ihr Vater sein Testament ändert. Wer nicht heiratet und zeigt, dass er einem ernsthaften Beruf nachgehen kann, wird nichts von seinem Erbe sehen.

Cooper Armstrong, der Älteste, erfüllt als Pilot bei seiner eigenen Airline problemlos die Forderungen seines Vaters. Allerdings wäre da noch die Sache mit dem Heiraten ... nicht gerade Coopers Lieblingsthema. Doch dann trifft er die Unbekannte wieder, mit der er die heißeste Nacht seines Lebens verbracht hat. Er will sie wieder in seinem Bett haben – am liebsten sofort und für immer. Nur schade, dass die geheimnisvolle Stormy seinem Charme durchaus widerstehen kann ...

Die Autorin

Melody Anne ist New York Times- und USA Today-Bestsellerautorin. Sie hat einen Bachelor-Abschluss in Betriebswirtschaftslehre, fand aber ihre wahre Berufung mit ihrer ersten Romanveröffentlichung im Jahr 2011. Wenn die Autorin nicht schreibt, verbringt sie gerne Zeit mit ihrer Familie, ihren Freunden und ihren Haustieren. Sie liebt ihre kleine Stadt und engagiert sich in vielen Gemeindeprojekten.

Nach dem Liebesroman »Der Milliardär macht das Spiel« erscheint nun von Melody Anne die vierteilige »Passion Pilots«-Reihe.

MELODY ANNE

TURBULENTE ABSICHTEN

PASSION PILOTS

Roman

Aus dem Amerikanischen von Katja Rudnik

Die Originalausgabe erschien 2016 unter dem
Titel »Turbulent Intentions« bei Montlake Romance, Seattle.

Deutsche Erstveröffentlichung bei
Montlake Romance, Amazon Media E.U. S.à r.l.
5 Rue Plaetis, L-2338, Luxembourg
Juli 2018
Copyright © der Originalausgabe 2016
By Melody Anne
All rights reserved.
Copyright © der deutschsprachigen Ausgabe 2018
By Katja Rudnik

Die Übersetzung dieses Buches wurde durch AmazonCrossing ermöglicht.

Umschlaggestaltung: semper smile, München, www.sempersmile.de
Originaldesign: Regina Wamba of MaeIDesign.com
Umschlagmotiv: © Regina Wamba; © Ingram Publishing / Getty
Lektorat und Korrektorat: Verlag Lutz Garnies, Haar bei München, vlg.de
Gedruckt durch:
Amazon Distribution GmbH, Amazonstraße 1, 04347 Leipzig /
Canon Deutschland Business Services GmbH, Ferdinand-Jühlke-Str. 7,
99095 Erfurt /
CPI Books GmbH, Birkstraße 10, 25917 Leck

ISBN 978-2-919-80021-6

www.montlake-romance.de

Dieses Buch ist Drew Fish gewidmet, für den ich seit Langem schwärme und der mich als Inbegriff eines verdammt sexy Piloten inspiriert hat. Ich liebe dich, Drew, und deine hübsche Frau. Danke, dass ihr Teil meines Lebens seid.

PROLOG

Reifen quietschten, als ein schnittiger silberfarbener Jaguar auf den Highway raste. Ein ahnungsloser Autofahrer vollführte gerade noch rechtzeitig eine Vollbremsung, um einen Unfall mit dem Jaguar zu vermeiden. Die vier darinsitzenden Brüder scherten sich einen Teufel um die Aufregung, die sie verursachten.

Das war nichts Ungewöhnliches.

Sie rasten weiter, versuchten mit über hundert Meilen pro Stunde den Dämonen zu entkommen, die sie verfolgten, und drehten immer mehr auf.

Doch es war immer noch nicht schnell genug. So ging es weiter, bis sie in Bay Harbor, Washington, den Stadtrand erreichten, wo sie eine heruntergekommene Bar fanden, in deren blinkender Leuchtreklame einige Buchstaben defekt waren.

Cooper, der Fahrer, riss das Lenkrad herum und kam vor dem schäbigen Gebäude abrupt zum Stehen. »Das reicht«, sagte er und ballte die Fäuste. Er hatte den Drang, etwas, oder noch besser, jemanden zu schlagen.

»Jepp«, stimmte sein Bruder vom Rücksitz zu.

Sie stiegen aus und gingen mit unübersehbar wiegendem Gang auf die Tür zu. Einem Gang, der die Leute veranlasste, sich umzudrehen und den vier Männern nachzuschauen, wo auch immer sie auftauchten. Obwohl sie noch jung waren, eilte den Armstrong-Brüdern in der kleinen Gemeinde der Ruf voraus, überall Streit anzufangen.

Wenn sie einen Raum betraten, wandten sich die Gäste ab, um dann mit misstrauischem Blick doch zu ihnen zu schauen. Die Brüder waren immer die Ersten, die eine Prügelei anzettelten, und die Letzten, die noch standen.

Sie waren reich und hatten keine Bedenken, mit ihren dicken Brieftaschen, Rolex-Uhren und extravaganten Autos anzugeben. Darüber hinaus waren sie arrogant und jähzornig, ein Quartett, mit dem man vorsichtig umgehen musste, das man aber auch mit Ehrfurcht betrachtete. Mit vierundzwanzig war Cooper der Älteste, und dann folgten jeweils mit fast genau einem Jahr Abstand die anderen drei: Nick war dreiundzwanzig, Maverick zweiundzwanzig und Ace, das Baby, einundzwanzig.

Heute Abend suchten sie jedoch nach mehr als dem gewöhnlichen Zoff. Sie waren auf Blut aus, aber der Dämon, der sie jagte, war unbarmherzig, und egal wie schnell sie sich bewegten, dieser Sache konnten sie nicht davonrennen.

Ihr Vater lag im Sterben.

Vielleicht war es das Gefühl der Hilflosigkeit oder vielleicht ausnahmsweise einmal die Tatsache, nicht die Stärksten in einem Raum zu sein. Was immer es auch war, Cooper, Nick, Maverick und Ace hatten Angst, und da sie das nicht zugeben würden, legten sie sich mit jedem an, der ihren Weg kreuzte.

Diese Bande von Brüdern war schon immer ebenso verehrt wie gefürchtet worden. Sie waren groß, schlank und hatten eindeutig grüne Augen, die ihre innersten Gedanken verbargen, doch mit einem Funkeln strahlten, dem die meisten nicht widerstehen konnten.

Als sie die Bar betraten, seufzte Cooper erwartungsvoll. Zigarettenrauch lag in der Luft, und laute Musik hallte von den Wänden wider. Ein paar Köpfe drehten sich in ihre Richtung, und Cooper betrachtete sie gründlich auf der Suche nach einem potenziellen Boxgegner.

Die nervöse, von ihm in Wellen abstrahlende Energie brauchte ein Ventil, und der Erste, der ihm den kleinsten Grund gab, würde den Zorn über seinen großen Kummer, sein Nichtwahrhabenwollen und seine Hilflosigkeit zu spüren bekommen.

Als wüssten die Gäste, dass diese Gruppe nichts Gutes im Schilde führte, senkten sie die Blicke und verärgerten mit ihrer Schwäche, die Herausforderung nicht anzunehmen, die sein ganzer Körper ausstrahlte, besonders Cooper.

Die Jungs bestellten Bier, lehnten sich mit dem Rücken an die Bar und schauten schweigend, jeder in Gedanken versunken, die Leute an.

Cooper dachte gerade, dass sie dieses Lokal eigentlich abschreiben und ein neues aufsuchen sollten, als sein Blick auf das wütende Gesicht eines Mannes fiel, der Poolbillard spielte. Cooper grinste den Mann an und sah, wie praktisch Rauch aus dessen Ohren trat. Der Fremde kam auf die Brüder zu, und Cooper ballte angriffslustig die Fäuste.

»Ihr seid die Armstrong-Brüder, oder?«

Der Mann schwankte, als er näher kam, und kniff die glasigen Augen zusammen. Cooper stand in Habachtstellung. Das konnte der Depp sein, nach dem er Ausschau gehalten hatte.

»Ja«, bestätigte Cooper und behielt seine Körperhaltung bei.

»Hab gehört, euer Daddy liegt im Sterben«, fuhr der Mann mit Schadenfreude in den kalten Worten fort.

Vielleicht war er zu betrunken, um genau zu wissen, was er tat, aber die Brüder rückten sofort ein bisschen enger zusammen, ließen die Fingerknöchel knacken und stießen gemeinsam zischend die Luft aus.

»Vielleicht solltest du weniger auf Klatsch und Tratsch hören«, knurrte Maverick mit tiefer Stimme.

»Oh, ich glaube nicht, dass es Klatsch ist. Wisst ihr, euer Daddy hat auf seinem Weg zur Spitze des Berges, den er für sich selbst errichtet hat, viele redliche Arbeiter unter sich begraben. Und jetzt bekommt er den frühen Tod, den er verdient hat.«

Nick stieß sich sofort von der Bar ab, doch Coopers Hand schoss vor und hielt ihn zurück. »Er hat *mich* angeschaut, Nick«, sagte er mit tiefer Grabesstimme.

Seine Brüder warfen ihm einen Blick zu, traten jedoch zurück und überließen Cooper gleichzeitig seinen Dämonen und dem betrunkenen Scheißkerl vor ihnen.

»Komm schon, Dave. Du hast zu viel getrunken«, meinte eine Frau und legte dem Mann die Hand auf den Arm.

»Verdammt! Lass mich in Ruhe! Ich weiß, was ich tue«, fauchte Dave und stieß die Frau von sich.

Coopers Finger zuckten erwartungsvoll. Jetzt wollte er das Arschloch noch viel lieber niederschlagen. Es war in Ordnung, sich mit einem Mann zu prügeln, doch eine Lady herumzustoßen, war niemals hinnehmbar.

»Vielleicht solltest du besser die Finger von der Lady lassen«, mischte sich Maverick ein. Cooper warf ihm einen Blick zu, und Maverick trat zurück, obwohl es ihm sehr schwerfiel.

»Vielleicht solltest du besser deine verdammte Klappe halten«, blaffte Dave Mav an.

»Der gehört Cooper«, erinnerte Nick Maverick, als der vor Verlangen, sich dieses Stückchen Scheiße vornehmen zu wollen, zu zucken begann.

Dave wandte sich von Maverick ab und richtete seinen wachsamen Blick wieder auf Cooper. »Bist du genauso wie dein Daddy, Junge? Gefällt es dir auch, auf Kosten der Männer zu leben, die sich in diesen Drecksfabriken den Arsch für deine Familie aufreißen?«

»Immerhin bietet unser Vater solchem Abschaum wie dir einen Job«, gab Cooper zurück.

»Als ob du eine Ahnung hättest! Du hast doch noch keinen verdammten Tag in deinem Leben gearbeitet«, fauchte Dave.

»Nee. Und trotzdem habe ich so viel mehr Geld als du, nicht wahr?«, stichelte Cooper und sorgte dafür, dass der Mann die goldene Rolex sah, die an seinem Handgelenk prangte.

Dave sabberte, als er versuchte, Worte hervorzubringen. Er war wütend. Als Cooper seine Geldbörse zückte, einen Hundertdollarschein auf den Bartresen knallte und die Kellnerin anwies, davon die Rechnung des Mannes zu begleichen, weil er das wahrscheinlich nicht konnte, wurde Daves Gesicht vor Wut und Verlegenheit knallrot.

»Ich brauche nicht deinesgleichen, um irgendetwas für mich zu übernehmen«, gelang es ihm schließlich hervorzustoßen.

Cooper nahm sich Zeit, sein Bier in einem langen Zug auszutrinken, und stellte die Flasche dann auf den Tresen. In der Bar war es merkwürdig still, als sich diese Szene direkt vor den Augen der Gäste abspielte.

»Du bist also einer dieser Typen, die die Schuld an ihrem Schicksal dem großen Mann in der obersten Etage zuschieben, anstatt ihr hartes Tagwerk zu verrichten, oder was?«, fragte Cooper mit einem höhnischen Grinsen auf den Lippen.

»Ich mag mein verdammtes Leben und brauche kein reiches Kind, das nicht weiß, was Arbeit ist, und mir erzählen will, dass es besser ist als ich«, polterte der Mann.

»Ich *bin* besser als du«, fuhr Coop mit einem Augenzwinkern fort, von dem er wusste, dass es den Mann rasend machen würde. Um noch mehr Öl ins Feuer zu gießen, zog er ein Bündel Bargeld hervor und warf es dem Mann vor die Füße. »Hier hast du ein bisschen Taschengeld. Offenbar brauchst du das nötiger als ich, und ich habe noch einen Haufen davon zu Hause.«

»Es wird mir ein Vergnügen sein, dir in den Arsch zu treten, Jungchen«, erwiderte Dave und schleuderte in seiner Wut die Bierflasche hinter sich. Allerdings schaute er auch sehnsüchtig auf das Geld. Cooper hätte gelacht, wenn er in diesem Moment dazu imstande gewesen wäre.

Seine Brüder zuckten bei den Hundertern noch nicht einmal zusammen, die auf dem schmutzigen Boden lagen und aufgeklaubt werden würden, sobald die Jungs beiseitetraten.

»Dann versuch's doch«, schlug Cooper mit gerade so viel Spott im Blick vor, dass der Mann so richtig wütend wurde. »Folge mir.«

Seine Muskeln waren angespannt, und er war mehr als bereit. Cooper ging auf die Tür zu. Er konnte es hier in der Bar erledigen oder diesen Typen draußen plattmachen. Für ihn war beides in Ordnung.

»Du wirst doch den Geleitzug zurücklassen, oder brauchst du deine Brüder, damit sie dir den Arsch retten?«, stichelte der Mann.

Die Tatsache, dass dieses Stück Scheiße seine Ehre infrage stellte, machte Cooper noch wütender. Er hielt kurz inne, bevor er antwortete und sich dabei noch nicht einmal zu dem Trunkenbold umdrehte.

»Du kennst mich offenbar überhaupt nicht, wenn du meinst, ich bräuchte Hilfe, um dir in den schlaffen Hintern zu treten«, konterte Cooper. »Hosenscheißerarsch«, murmelte er dann und wusste, dass das diesem Dreckskerl den Rest geben würde.

Der Luftzug an seinen Ohren warnte Cooper vor dem bevorstehenden Angriff. Sie waren kaum vor die Tür getreten, als der Mann ausholte, weil er dachte, den vor ihm gehenden Cooper mit einem Überraschungsangriff von hinten überrumpeln zu können.

Er rechnete nicht mit Coopers Wut oder mit der Tatsache, dass er nüchtern war.

Coop wirbelte herum und legte seine ganze Kraft in einen brutalen Schlag, der mitten im Gesicht des Betrunkenen landete. Das laute Krachen von Coops Fingerknöcheln, die die Nase des Mannes brachen, hallte über den Parkplatz.

Der Mann spuckte Blut, als er aufzustehen versuchte, fiel dann jedoch wieder zu Boden. Cooper gab ihm keine Chance. Ohne mit der Wimper zu zucken, stürzte er sich auf den Mann, und schlug immer wieder auf ihn ein.

»Sollten wir das stoppen?«, fragte Maverick und lehnte an der Außenwand der Bar, während die Gäste nach draußen strömten, um sich den Faustkampf anzuschauen.

»Keine Chance. Verdammt, ich hoffe, dass noch jemand die Klappe aufreißt, damit ich auch ein, zwei Schläge verteilen kann«, murmelte Nick und blickte sich um.

»Ich bin als Nächster dran«, maulte Ace.

Maverick hielt seinen Bruder zurück. »Du kommst auch noch an die Reihe«, versprach er.

Keiner beachtete auch nur im Entferntesten die anderen Brüder, während der Kampf vor ihnen am Boden weiterging, und Dave einen heftigen Schlag in Coopers Gesicht landete.

Doch innerhalb von Minuten war der Kampf zu Ende. Dave lag k. o. am Boden, und da die Show nun vorbei war, verloren die Gäste das Interesse und gingen zurück zu ihrem kalten Bier und den alten Erdnüssen. Die Brüder sahen zu, wie Cooper langsam aufstand, einen Schwall Speichel ausspuckte und die geschwollene Lippe abtastete.

Einige Männer hoben Dave auf und trugen ihn schweigend davon. Das interessierte die Brüder nicht im Geringsten.

»Sollen wir wieder reingehen?«, fragte Maverick.

»Ja. Mit diesem Abschaum bin ich fertig. Vielleicht ist da drinnen noch ein Idiot, der nach einem Grund sucht, eins auf die Nase zu bekommen«, antwortete Cooper.

Doch bevor Nick oder Ace etwas sagen konnten, klingelte Nicks Handy. Er schaute auf das Display und seufzte. Noch zweimal läutete es, bevor er das Gespräch entgegennahm.

Einen Augenblick war er still, während der Anrufer sprach. Dann nickte er, obwohl die Person ihn nicht sehen konnte. »Ja, Mom. Wir kommen.«

Er beendete das Gespräch. »Wir müssen nach Hause«, informierte Nick die anderen. Auch ohne den Anruf war Nick immer die Stimme der Vernunft.

»Ich bin nicht bereit zurückzufahren«, meldete sich Ace mit zu Boden gerichtetem Blick zu Wort.

»Ich kann das nicht«, gab auch Cooper zu. Er konnte nicht zulassen, dass der Adrenalinkick abnahm, denn dann … dann würde er wahrscheinlich tatsächlich wahren Schmerz anstelle von Wut spüren.

»Es ist an der Zeit«, drängte Nick.

Sie wollten es nicht hören, doch sie wussten, dass ihr Bruder recht hatte.

Einem Gang aufs Schafott gleich, marschierten sie zum Auto zurück und stiegen ein. Sie nahmen sich Zeit und fuhren schweigend viel langsamer zu ihrem Zuhause zurück, als sie sich davon entfernt hatten.

Als sie vor der großen Villa anhielten, in der sie aufgewachsen waren, blieben sie im Jaguar sitzen. Keiner wollte der Erste sein, der die Autotür öffnete. Schließlich stieg Nick aus und die anderen folgten. Mit hochgezogenen Schultern machten sie sich schweigend auf den Weg ins Haus.

»Wo seid ihr gewesen?«

Sie blieben im Foyer stehen, als ihr Onkel Sherman, den Blick auf sie gerichtet, die Treppe heruntergestampft kam. Die Dringlichkeit in seiner Stimme versetzte sie in Panik. Sie wussten, dass die Zeit ablief.

»Wir mussten Dampf ablassen«, antwortete Maverick. Er hatte die Hände in den Taschen vergraben und wippte auf den Absätzen vor und zurück.

»Euer Vater hat nach euch verlangt«, schimpfte Sherman. »Und es bleibt nicht mehr viel Zeit. Eure Mutter braucht euch alle.«

»Tut uns leid«, schaltete sich Cooper ein. Den anderen schien es die Sprache verschlagen zu haben. Sie nickten nur entschuldigend.

Sherman seufzte. Er war keiner, der jemandem lange böse war.

Die Jungs folgten ihrem Onkel die Treppe hinauf. Keiner von ihnen wollte eigentlich durch diese Schlafzimmertür treten, doch sie taten es. Ihr einst so starker Vater war jetzt schwach und gebrechlich. Der Krebs hatte ihm alles genommen und ihn als Schatten seiner selbst zurückgelassen.

»Kommt her«, flüsterte er kaum vernehmbar.

Langsam stellten sich die vier Jungs um sein Bett herum und sahen den Mann an, den sie bald verlieren würden.

»Die Zeit läuft ab, deshalb kann ich kein Blatt vor den Mund nehmen«, begann ihr Vater.

»Dad …«, versuchte Cooper ihn zu unterbrechen, doch seine Mutter legte ihm die Hand auf den Arm.

»Lass ihn ausreden, mein Sohn.«

Ihre Stimme klang so traurig, dass sich die Jungs mit verkrampften Schultern kurz zu ihr umdrehten, bevor sie sich wieder ihrem Vater zuwandten und warteten.

»Ich habe bei euch allen etwas falsch gemacht«, fuhr er mit enttäuschtem Gesichtsausdruck fort. Sein Blick verweilte besonders lange auf Coopers blutigem Auge, und er schüttelte traurig den Kopf. »Bei allen.«

»Nein, das hast du nicht, Dad«, beharrte Maverick.

»Doch, das habe ich. Ihr seid jetzt erwachsene Männer, aber ihr habt keine Pläne für die Zukunft. Ich wollte euch die Welt zu Füßen legen, doch ihr habt nur gelernt zu nehmen und nie, euch etwas zu verdienen. Ich weiß, dass ihr euch zu guten Menschen entwickeln werdet. Daran zweifele ich nicht. Aber bitte hasst mich nicht, wenn ich von euch gegangen bin«, sagte er leise, bevor er zu husten begann.

»Wir würden dich niemals hassen, Dad«, sagte Nick schnell.

»Für eine Weile vielleicht schon«, erwiderte ihr Vater. »Aber eines Tages werdet ihr mir dankbar sein. Ich tue das, weil ich euch liebe.«

»Wovon sprichst du?«, fragte Ace.

»Das wirst du bald erfahren, mein Sohn«, antwortete ihr Vater.

»Dad …«, begann Maverick, doch ihr Vater schloss die Augen.

Cooper wollte sich zwingen, etwas zu sagen, irgendetwas, um diese furchtbare Stille zu durchbrechen, aber er stand einfach nur da, voller Wut, Traurigkeit und Angst.

Und dann war es zu spät.

Kein Laut war im Zimmer zu vernehmen, als ihr Vater aufhörte zu atmen. Zum letzten Mal in ihrem Leben vergossen die Jungs beim Anblick ihres verstorbenen Vaters eine Träne.

Dann drehte sich Cooper um und ging hinaus. Er blieb nicht an der Haustür stehen und auch nicht am Ende der Auffahrt. Er ging weiter, immer schneller, bis er in einen ausgewachsenen Sprint verfiel, der ihm Seitenstiche bescherte. Er versuchte der Tatsache davonzulaufen, dass er eine Enttäuschung war und er vor seinem Vater nicht hatte bestehen können. Was, wenn dieser Mann recht hatte? Was, wenn er noch nicht einmal halb an seinen Vater heranreichen würde? Er rannte schneller.

Trotzdem konnte er den letzten enttäuschten Worten seines Vaters nicht davonlaufen …

***

»… und meinen Söhnen Cooper, Nick, Maverick und Ace hinterlasse ich jeweils ein Viertel meines Vermögens, doch es gibt eine Bedingung …«

Erst ein Tag war seit der Beerdigung vergangen, und keiner der Jungs wollte in dieser steifen Anwaltskanzlei sitzen und dem Mann zuhören, der ein blödes Testament verlas. Es war ja nicht so, dass sie nicht wussten, was darin stand.

Ihr Vater hatte ihnen natürlich sein Vermögen hinterlassen, das hieß, was er ihnen nicht schon in Form riesiger Treuhandfonds überlassen hatte, und ihrer Mutter und seinem Bruder, Onkel Sherman. Sie waren die einzigen noch lebenden Angehörigen – na ja, zumindest die einzigen, von denen sie wussten. Somit war das hier reine Zeitverschwendung.

»Geht's auch etwas schneller? Ich habe noch etwas zu erledigen«, blaffte Cooper.

»Du wirst dir bis zum Ende dieses Termins noch einigen Respekt angeeignet haben«, warnte Sherman ihn.

»Ja, habe verstanden«, erwiderte Coop. »Kann ich jetzt gehen? Ich will den Rest nicht hören.«

»Ich glaube, das solltest du aber«, schaltete sich seine Mutter ein.

Ihre liebliche Stimme beruhigte die Jungs sofort. Sie liebten ihre Mutter, hatten großen Respekt vor ihr und hörten zu, wenn sie etwas zu sagen hatte. Doch im Laufe der Jahre waren sie hart geworden und betrachteten, was sie bekommen hatten, als Selbstverständlichkeit.

Doch das sollte sich bald ändern.

»Ihr werdet keinen Cent eurer Erbschaft bekommen, bis ihr tatsächlich bewiesen habt, dass ihr nicht nur euch selbst gebessert habt, sondern auch das Leben anderer.«

Cooper meldete sich als Erster zu Wort. »Was zum Teufel soll das heißen?« Er war aufgesprungen und sein Stuhl durch die abrupte Bewegung nach hinten gekippt. Seine Brüder taten es ihm gleich.

Die Welt war plötzlich aus den Angeln gehoben worden, und keiner von ihnen wusste, wie er mit dieser jüngsten Neuigkeit umgehen sollte.

»Wenn ihr die Klappe haltet und zuhört, werdet ihr den Rest erfahren«, schaltete sich Sherman ein.

Die vier jungen Männer waren offenbar aufgebracht, aber langsam nahmen sie wieder ihre Plätze ein, außer Cooper, der mit vor der Brust verschränkten Armen stehen blieb und vor Wut schäumte.

»Ihr habt zehn Jahre Zeit, um euer Leben zu ändern. Euer Erbe wird an eine karitative Einrichtung gespendet, wenn ihr euch am Ende dieser zehn Jahre nicht als eigenständig erwiesen habt, indem ihr hart arbeitet, eure Mutter und euren Onkel respektiert und der Gesellschaft, in der ihr lebt, etwas gebt.«

Der Anwalt machte eine Pause, als würde er nur ungern vorlesen, was als Nächstes kam.

»Fahren Sie fort«, knurrte Ace.

»Eure Mutter und ich hatten ein wunderbares, schönes, aufregendes Leben zusammen. Ein Mann sollte nicht allein bleiben. Er sollte lieben, teilen und mit einer Frau wachsen, die ihn durch seine härtesten Lebensphasen geleitet«, begann der Anwalt.

»Was um alles in der Welt reden Sie da?«, fauchte Maverick.

»Das sind die Worte deines Vaters, also hör zu, Junge«, forderte Onkel Sherman ihn in traurigem Tonfall auf.

Maverick beugte sich vor, doch er schien im Moment nichts von dem zu verstehen, was gesagt wurde.

»Soll ich fortfahren?«, fragte der Anwalt.

»Ja, ja«, stimmte Cooper zu und wedelte mit der Hand herum.

»Ihr bekommt eure komplette Erbschaft, sobald ihr heiratet.«

Daraufhin folgte Totenstille. Die Jungs sahen sich an und dann zu ihrer Mutter, die gelassen lächelte.

Schließlich war es wieder Cooper, der das Wort ergriff. »Mom? Was zum Teufel geht hier vor?«

Traurig lächelte sie ihn an. »Euer Vater und ich haben in den vergangenen Jahren beobachtet, wie ihr vier vom Wege abgekommen seid. Er wusste, dass er sterben würde und ihm keine Zeit mehr blieb, euch zu leiten und zu formen. Er wollte euch nicht für immer verlieren, wie ich auch nicht. Deshalb hat er das Testament geändert.«

Die Jungs warteten, dass sie fortfuhr, doch sie saß einfach still da.

»Wir sind auch ohne sein Geld reich«, meldete sich Nick zu Wort.

Seine Mutter schwieg eine Weile und sagte schließlich: »Ja, das seid ihr.«

»Wirst du uns nehmen, was wir bereits haben?«, fragte Maverick.

»Nein, das werde ich nicht«, verkündete Evelyn Armstrong ihnen allen. »Ihr braucht eure Erbschaft nicht, obwohl sie eure Treuhandfonds wie Pennys aussehen lässt, wie ihr wisst. Doch das Geld zu bekommen ist nicht der springende Punkt«, fügte sie mit einem Seufzer hinzu.

»Und was ist der springende Punkt?«, fragte Cooper und bemühte sich verzweifelt, nicht zu schreien, weil seine Mutter anwesend war.

»Der springende Punkt ist, dass ihr erwachsen werden sollt«, erklärte sie und schaute jedem der Jungs in die Augen, bevor sie sich Sherman zuwandte.

»Euer Vater wollte, dass ihr gute Menschen werdet. Er bittet euch, eurer Mutter zu zeigen, dass ihr das seid«, sagte Sherman.

»Also auch noch tot will Vater, dass wir nach seiner Pfeife tanzen?«, blaffte Ace.

»Nein, mein Sohn, sogar tot möchte euer Vater noch, dass ihr zu den Männern werdet, die ihr sein solltet«, klärte Evelyn sie auf.

»Ich brauche sein blödes Geld nicht. Er hat mir bereits reichlich gegeben, und außerdem habe ich meine eigenen Pläne. Wenn er denkt, ich sei so ein Versager, dann kann er alles behalten«, polterte Cooper.

»Genau«, pflichtete Nick ihm bei.

»Ich mache gar nichts, wenn mich jemand zu etwas zwingen will«, stimmte Maverick seinen Brüdern zu.

»Wenn er denkt, wir seien solche Versager, dann kann er zur Hölle fahren.« Ace übertrieb es ein bisschen.

»Ace ...«, flüsterte Cooper.

»Halt die Luft an, Cooper! Du willst immer der Anführer sein, aber das hier ist Mist. Ja, ich bin das Baby der Familie, aber das bedeutet nur, dass ich versuchen musste, alle Fehler wiedergutzumachen, die ihr bereits gemacht hattet. Ich habe die Nase voll!«, schrie Ace.

»Beruhige dich, Junge«, schaltete sich Sherman ein und legte Ace eine Hand auf die Schulter.

»Nein!«

Ace entzog sich Sherman und ging auf die Tür zu.

»Ich liebe euch alle, egal, für was ihr euch entscheidet, aber ich hoffe, ihr werdet auf die letzten Worte eures Vaters hören und wissen, dass er das getan hat, weil er euch liebte«, sagte

Evelyn leise, was Ace für einen Augenblick zum Schweigen brachte. Dann verhärtete sich sein Blick.

»Ich bin dann mal weg.«

Ace war der Erste, der ging. Wutentbrannt stürzte er aus der Anwaltskanzlei.

Cooper stand sprachlos da. Was war passiert? Sie hatten nicht nur ihren Vater verloren, sondern alle gerade erfahren, dass sie in seinen Augen nicht gut genug gewesen waren.

»Zur Hölle mit Dad – und zur Hölle mit dieser Kanzlei.«

Cooper folgte seinem Bruder, obwohl Ace schon über alle Berge war. Das war egal. Cooper würde sich beweisen, aber weil er es wollte. Er würde niemals jemandes Marionette sein – noch nicht einmal die seines Vaters.

KAPITEL 1

Was in aller Welt tat er auf der pompösen Anderson-Hochzeit von Crew Storm und seiner Braut Haley?

Er wollte nicht dort sein, wollte eigentlich keinen um sich haben, aber er befürchtete, seine Freunde würden die Nationalgarde rufen, wenn er nicht hervorkam und zumindest vorgab, er sei noch einigermaßen normal.

Seit dem Tod seines Vaters waren erst sechs Monate vergangen. Von Ace hatte er seitdem nichts gehört, und obwohl er zu seinen anderen beiden Brüdern Kontakt hatte, waren die Gespräche kurz. Jeder von ihnen musste sich mit seinen Dämonen und den letzten Worten ihres Vaters auseinandersetzen.

Mit seiner Mutter hatte er nicht mehr als ein paar Worte gewechselt. Er wusste, dass das furchtbar war, aber er konnte ihr nicht gegenübertreten, wenn er in diesem Zustand war.

»Wirklich schön, dass man dich mal wiedersieht, Coop.«

Mark Anderson stand neben ihm, während sie auf die fröhliche Menge schauten, die um sie herum feierte. Cooper versuchte nicht einmal zu lächeln. Seine Mundwinkel bewegten sich einfach nicht nach oben.

»Mir war in letzter Zeit nicht nach Feiern zumute«, gestand Cooper seinem Freund.

»Das verstehe ich. Ich weiß nicht, wie ich es wegstecken würde, wenn mein Dad sterben würde. Der Mann mischt sich immer in alles ein und geht mir ständig auf die Nerven, aber ich liebe ihn. Ich glaube, der alte Herr ist sowieso zu störrisch, um loszulassen. Der wird uns alle überleben«, sagte Mark mit einem Kichern.

»Ja, du hast recht. Joseph ist eine ernst zu nehmende Größe«, gab Cooper zu, und seine Lippen zuckten ein kleines bisschen. Es war fast ein Lächeln.

»Gefällt dir dein neuer Job?«, fragte Mark.

Cooper hielt kurz inne, während er über die Frage nachdachte. Er machte genau das, was sein Vater gewollt hatte, obwohl er es trotz seines Vaters tat. Er arbeitete für eine kleine Fluggesellschaft und machte sich die Fähigkeit zunutze, die bis vor Kurzem nur ein Hobby gewesen war.

»Ich weiß nicht, ob mir der eigentliche Job und der damit verbundene Papierkrieg gefallen, aber ja, das Fliegen liebe ich. Scheint so, als könnte ich nicht genug davon bekommen. Wer hätte geahnt, dass mein lebenslanges Spielen mit Flugzeugen mal in einem Beruf enden würde«, witzelte Cooper.

»Auch ohne dein Erbe bist du ein sehr reicher Mann, Cooper. Es ist ja nicht so, als müsstest du arbeiten. Aber bevor du etwas sagst, ich weiß, dass es dir nicht um den Gehaltscheck geht. Ich muss selbst auch nicht arbeiten. Aber trotz meines Reichtums zu arbeiten, ist eine Frage der Ehre«, erklärte Mark ihm.

»Ich hatte nicht viel Ehre«, entgegnete Cooper achselzuckend. »Oder zumindest dachte ich das. Bis das Testament meines Vaters verlesen wurde. Ich nehme an, er hatte recht damit, dass wir bisher alle durchs Leben geschwebt waren, aber so sind wir von ihm erzogen worden. Keine Ahnung, was er erwartet hat.«

»Ich glaube, Menschen, die wissen, dass das Ende naht, bekommen es mit der Angst zu tun«, sagte Mark. »Das weiß ich natürlich nicht aus persönlicher Erfahrung, aber seitdem ich Vater bin, bin ich auch ängstlich. Ich möchte, dass aus meinen Kindern gute Menschen werden. Sie arbeiten auf der Ranch, aber auch in den Anderson-Büros, um dort zu lernen.«

»Sind deine Kinder nicht noch sehr jung?«, fragte Cooper.

»Ja, aber ich war selbst ein bisschen verwöhnt, und ich möchte das nicht bei meinen Kindern«, antwortete Mark.

»Na ja, ich weiß nicht, was es bewirken soll, nur ein paar Riesen im Monat zu verdienen. Aber mein Vater schien zu glauben, dass mich das zu einem richtigen Mann machen würde, und deshalb fliege ich jetzt nicht mehr zum Spaß, sondern für eine Fluggesellschaft. Das ist nicht so schlecht, doch das alles nervt mich ein bisschen«, gestand Cooper.

»Die Wut wird irgendwann vergehen«, beruhigte ihn Mark.

»Ich weiß nicht …«

Cooper schwieg, während er seinen Blick über die Menschenmenge schweifen ließ. Zu dieser Party zu kommen war eine sehr schlechte Idee gewesen. Vielleicht war es jetzt an der Zeit für ihn zu gehen. Im Augenblick war er keine geeignete Gesellschaft.

Gerade als er fast damit fertig war, die Leute zu mustern, wurde sein Blick von etwas angezogen. Er entdeckte eine Frau, die allein in der Ecke saß.

Mark redete weiter, aber Cooper hörte nicht mehr, was sein Freund sagte. Er konzentrierte sich zu sehr auf die blonde Frau in dem engen roten Kleid, die sich an ihrem Drink festhielt, als wäre er eine Rettungsleine.

Nervös sah sie sich im Raum um, fing seinen Blick nicht auf und schaute wieder zu Boden. Es schockierte Cooper, dass ihn das so aufwühlte.

Immerhin war es schon lange her, dass er etwas anderes als Wut gespürt hatte.

»Wer ist das?«, fragte er Mark und unterbrach ihn mitten im Satz.

Mark folgte seinem Blick und betrachtete die Frau eine Weile.

»Keine Ahnung. Ich habe sie noch nie zuvor gesehen«, antwortete Mark. Dann lächelte er. »Aber ich habe das Gefühl, du wirst es bald rausfinden.«

»Du solltest das nicht überbewerten, Mark. Ich bin nur neugierig, wer sie ist«, entgegnete Cooper in gereiztem Ton.

»Das sollte keine Wertung sein«, versicherte Mark ihm mit einem Schulterklopfen.

»Mir gefällt es zwar, die Ladys zu vögeln, aber ich werde meinem Vater nicht nachträglich das Vergnügen bereiten, eine zu heiraten«, erwiderte Cooper mit einem leisen Knurren.

»Und was heißt das?«, fragte Mark ein wenig irritiert.

»Mein Vater schien zu glauben, dass das Leben eines Mannes ohne eine Frau nicht vollständig ist. Ich glaube, alle Frauen suchen nach dem Mann mit der dicksten Brieftasche«, gab er zurück.

Mark schaute ihn traurig an und schüttelte den Kopf. »Nicht alle Frauen sind so. Ich habe eine gute geheiratet.«

»Dann hast du die letzte abbekommen«, sagte Cooper voller Überzeugung, und dann ging er.

Er wusste nicht warum, aber er musste diese Frau kennenlernen, die sich zu verstecken versuchte.

Es war Sex, das war alles. Und Sex ist es wert, ein paar Dollar zu investieren, dachte er mit einem zynischen Grinsen.

KAPITEL 2

Stormy Halifax hätte alles für die Fähigkeit gegeben, mit dem Hintergrund zu verschmelzen. Sie versuchte vergeblich, sich noch weiter in die Ecke zu drücken, während sie die in Designerklamotten steckenden Paare auf der Tanzfläche herumwirbeln sah. Alle lachten und fühlten sich in dem ganzen Glamour und Glitzer der Nacht zu Hause.

Nur amerikanische High Society wie die Andersons konnte es sich erlauben, eine Hochzeitsfeier wie diese auszurichten. Stormy hätte ihr gesamtes Bankkonto verwettet, und das war eigentlich nicht viel, dass sie sich keine einzige der Blumen hätte leisten können, die hier so elegant zu Hunderten in exquisit gestalteten Tafelaufsätzen drapiert waren.

Sie warf einen sehnsüchtigen Blick zur Tür. Nur noch ein paar Stunden … Wie hatte sie sich nur von Lindsey überreden lassen können, uneingeladen zur Hautevolee-Heirat des Jahrhunderts zu gehen. Sollte Stormy den Abend unentdeckt überstehen, so schwor sie sich, nie wieder auf ihre beste Freundin zu hören.

Na klar, wie oft in ihrem Leben hatte sie diesen Gedanken gehabt? Zu oft, um mit dem Zählen nachzukommen.

Immerhin sah es so aus, als passte sie zu der Menschenmenge – oder jedenfalls einigermaßen. Was wiederum bedeutete, dass sie in dieser wunderschönen Nacht in Seattle *überhaupt nicht* aussah wie sie selbst.

Lindsey hatte darauf bestanden, dass sie das lächerlich enge rote Kleid anzog, das ihr im Moment auf der Haut klebte, und ihre Freundin hatte ihr so viele Schichten Make-up aufgetragen, dass sich Stormy wie ein Clown fühlte. Mit den blondierten Haaren, die sie jetzt anstelle ihrer braunen Naturfarbe hatte, erkannte sie sich fast selbst nicht. Als sie in den vergoldeten Spiegeln an den Wänden des Bankettsaals einen Blick auf sich erhaschte, konnte Stormy fast nicht glauben, dass sie auf ihr eigenes Spiegelbild starrte. Das Mädchen im Spiegel sah fast aus, als gehörte es auf diese luxuriöse Hochzeit. Fast.

Immerhin sah sie alt genug aus, um Alkohol zu trinken. Auch wenn sie das erst in ein paar Wochen sein würde. Sie hob die Hand und umklammerte die Kette, die sie um den Hals trug. So fühlte sie sich sicherer, wenn auch nur ein wenig. Nie verließ sie das Haus ohne das schlichte Schmuckstück, das sie selbst entworfen hatte.

Stormy suchte den Raum nach Lindsey ab. Nur die Fliegen an der Wand wussten, mit wie viel Begeisterung ihre Freundin hier unterwegs war. Lindsey versteckte sich garantiert nicht in irgendeiner Ecke.

Genug war genug. Mit oder ohne Lindsey brauchte Stormy eine Rückzugsstrategie. Sie nahm ihre glitzernde Clutch, schob die Füße wieder in die lächerlich hohen Stilettos, die sie von Lindsey ausgeliehen hatte, und schlich heimlich auf die Tür zu.

Sie war nur noch Zentimeter von der Freiheit entfernt, als sie eine feste männliche Hand spürte, die ihre nackte Schulter berührte. Ihr blieb die Luft weg, und sie erstarrte. Erwischt! *Na gut, reg dich nicht auf, Stormy. Lächele einfach, gib vor, dass du hierhergehörst, und dann lauf weg.*

»Hast du dich verlaufen?«

Der tiefe Bariton jagte ihr einen Schauer über den Rücken. Eigentlich wollte sie sich umdrehen und ihn anschauen, aber gleichzeitig auch wieder nicht. Feigheit war eigentlich nicht einer ihrer Charakterzüge, aber sie befand sich auf unbekanntem Terrain und versuchte zu fliehen.

»Nein. Aber danke.« Sie machte wieder einen Schritt.

»Weigerst du dich, dich mit mir zu unterhalten?«

Jetzt hatte sie auch noch einen unhöflichen Eindruck gemacht! Seine Stimme hatte sich nicht verändert, aber sie schwor, darin etwas Herausforderndes zu hören. Verdammt! Stormy konnte einer Herausforderung nicht widerstehen.

Schließlich drehte sie sich um, und als sie aufsah, starrte sie in seegrüne Augen mit den längsten Wimpern, die sie je bei einem Mann gesehen hatte. Sie war sprachlos.

»Lass uns tanzen«, schlug er vor, hielt ihr die Hand hin und störte sich nicht am Mangel ihrer sprachlichen Fähigkeiten.

Das war keine gute Idee.

»Eher nicht. Ich muss wirklich gehen«, stieß sie hervor, aber er zog die ausgestreckte Hand nicht zurück. Und sie wollte nicht zurückweichen, um dann die Aufmerksamkeit auf sich und diese Unterhaltung zu ziehen.

Was, wenn die herumstehenden Leute mitbekamen, dass sie zu dieser Hochzeit überhaupt nicht eingeladen war? Sie würde ihre beste Freundin umbringen, falls sie sie je wiederfand.

»Ein Tanz dauert nicht lange.« Das tiefe Timbre seiner Stimme verursachte ihr ein Kribbeln im Bauch. *Oh, oh!*

Sein dunkles Haar war zerzaust, und die oberen Knöpfe des schlichten weißen Hemdes standen offen und gaben den Blick auf eine gebräunte Brust frei. Und diese Schultern, oh, diese Schultern, sie sahen aus, als könnten sie einen ganzen Dachstuhl tragen. In seinem Gesicht war zwar ein wenig Jugendlichkeit zu erkennen, aber er musste ein paar Jahre älter sein als sie.

Was würde ein Tanz schon ausmachen? Ihr rasendes Herz bewies, dass ihr das nicht missfallen würde. Verdammt, auch wenn sie erwischt werden würde, konnte es die Sache wert sein, die Arme dieses Mannes für ein paar Minuten um sich zu spüren.

Er sagte weiter nichts und wartete, offenbar überzeugt, dass sie nachgeben würde. Und er hatte recht. Sie sah, wie ein Lächeln seine Mundwinkel hob, als er ein bisschen näher an sie herantrat, und sie wusste, dass sie erledigt war. Sein Duft hüllte sie ein. Es war eine Mischung aus Zedernholz und orientalischen Düften. Fast kicherte sie, als ihr bei *orientalisch* die *Bezaubernde Jeannie* durch die erschöpften Hirnzellen huschte. Aber halt! Das war ja eine Frau und kein anschmachtenswerter Mann.

»Ich nehme an, ein Tanz wird nicht schaden«, gab sie schließlich nach.

Der Schauder, der sie überlief, hatte nichts mit der warmen Abendluft zu tun. Sie *wünschte*, sie hätte sagen können, es sei kalt.

Ohne ein weiteres Wort beugte sich der Fremde vor und umfasste ihre Hand mit seinen von der Arbeit leicht rauen Fingern. Er legte ihr lässig den Arm um die Taille und führte sie auf die übervolle Tanzfläche. Ohne zu zögern, drehte er sie zu sich, zog sie fest an seinen durchtrainierten Körper und begann sich im Takt der Musik zu wiegen.

Sie konnte sich noch nicht einmal auf den Song konzentrieren, der gerade gespielt wurde, denn der Fremde hielt sie so fest, dass ihr Herz außer Kontrolle geriet. War das nicht etwas, wovon sie so viele Male geträumt hatte, wenn sie in einsamen Nächten im Bett lag, nachdem sie ihren Lieblingsliebesroman beiseitegelegt hatte?

Wenn sie dann die Augen schloss, stellte sie sich immer vor, wie ein gut aussehender Mann sie irgendwo einsam in einer Ecke sitzend finden würde. Mit seinem Lächeln hätte er einen dunklen Raum erhellen können, doch seine strahlenden Augen wären nur auf sie gerichtet.

Als sie begann, sich zu entspannen und den Augenblick zu genießen, ließ sie das Gelächter einer Frau wieder verkrampfen. Panik erfasste sie. Was, wenn das hier wirklich ein Traum war – ein Traum, von dem sie sich so sehnlichst wünschte, dass er wahr wurde? Vielleicht hatte ihr jemand etwas in das zweite Glas Champagner getan, das sie eigentlich hätte ablehnen sollen. Das hier war zu unglaublich, um wahr zu sein. Schließlich tanzten Männer wie dieser nicht mit Mauerblümchen, wie sie eines war.

Da sie ihre Arme um den Nacken des Mannes geschlungen hatte, ergriff sie mit der einen die andere Hand und kniff sich ganz kurz. Sie wusste, das war lächerlich, aber sie musste sichergehen, dass das hier Realität war. Der kurze Schmerz ließ ihre Lippen einen stummen Aufschrei formen. O ja, sie war wach, und sie wusste nicht, ob sie das begeistern oder erschrecken sollte.

»Alles in Ordnung?«, fragte er, wich zurück und starrte mit seinen grünen Augen in ihre. Genau, wie sie es sich immer vorgestellt hatte.

»Ja«, flüsterte sie kaum hörbar und errötete angesichts des wissenden Schimmers in seinen Augen. Sie war erledigt und wusste es. Doch es gab nichts, was sie tun konnte, deshalb wiegte sie sich weiter in seinen Armen.

»Ich habe dich die letzten zehn Minuten beobachtet und konnte den Blick nicht von dir abwenden«, gestand er ihr.

Meine Güte! Dieser Mann war entweder unglaublich durchtrieben, oder sie hatte wirklich ihren Traummann herbeigezaubert. Wie auch immer, sie beschloss, diesen Moment voll und ganz zu genießen. Stormy erwischte sich dabei, wie sie auf seine Lippen starrte, während er sprach. Er hatte schöne Lippen – energisch, fest, männlich und die Mundwinkel auf reizvollste Weise hochgezogen.

»Danke«, stieß sie hervor und fühlte sich wie eine Idiotin, als sie das Wort aussprach.

»Bist du wegen der Braut oder wegen des Bräutigams hier?«, fragte er.

Die gefürchtete Frage hätte sie in Panik versetzen sollen, aber sie war mittlerweile fast schon in Trance und konnte nicht anders, als wahrheitsgemäß antworten: »Weder noch. Ich habe mich mit einer Freundin hereingeschlichen und kann sie jetzt nicht mehr finden.«

Seine Lachfalten vertieften sich, und dennoch hatte er etwas Rastloses an sich, das sie nicht zu deuten wusste. Irgendetwas stimmte nicht, aber bevor sie es analysieren konnte, verursachte der an sie gedrückte Körper, dass außer Begierde sämtliche Gedanken davongefegt wurden. Stormy hatte keine Ahnung, wer um alles in der Welt sie gerade war. Ganz sicher nicht *diese* Frau, die mit *diesem* Mann tanzte.

Bisher hatte sie vor zwei Jahren mit ihrem High-School-Schatz einmal Sex gehabt. Das war eine Katastrophe gewesen, und sie hatte es nie wieder versucht.

Mit diesem Mann zu tanzen ließ in ihr den Gedanken aufkommen, dass ein erneuter Versuch gar nicht so schlecht wäre. Machte sie das zu einer furchtbaren Person? Sie wusste es nicht.

Als er stehen blieb, spürte sie, wie es ihr die Kehle zuschnürte. Sie war noch nicht bereit, sich von ihm zu lösen. Doch er wich trotzdem zurück, und wo sie an Brust und Bauch seine Wärme gespürt hatte, breitete sich jetzt Kälte aus. Dann bemerkte sie, dass das Lied zu Ende war.

Vielleicht war es Mitternacht und Zeit für Aschenputtel, nach Hause zu gehen.

»Lass uns spazieren gehen.«

Er führte sie von der Tanzfläche, bevor sie antwortete. Sein Selbstbewusstsein überwältigte sie, aber das war ihr egal. Sie zögerte nicht, und gleichzeitig erfüllte sie Freude. Später konnte sie sich immer noch fragen, warum das so gewesen war, aber jetzt befand sie sich in einer Traumwelt.

Die Geräusche der Party verklangen, als sie sich von den Zelten und Lichtern entfernten und einem Pfad folgten.

Als der Fremde langsam neben ihr ging und zu beiden Seiten des Weges Bäume standen, durch die kaum das Mondlicht schimmerte, fragte sich Stormy, ob sie Angst haben sollte. Doch als seine Hand über ihren Rücken strich, spürte sie nur noch eine überwältigende Begierde und …, dass es *richtig* war. Nicht zu wissen, weshalb es sich richtig anfühlte, war egal.

Schon bald gelangten sie an einen Sandstrand. Baumelnd hielt sie ihre Schuhe in der Hand, als sie auf die Meeresbucht Puget Sound blickte und die Wellen behutsam ans Ufer rollten. Kaum ein Lüftchen regte sich, und der Vollmond tauchte alles in ein sanftes Licht.

»Es ist unglaublich hier. Ich kann mir nicht vorstellen, je das Glück zu haben, hier zu leben«, gestand sie dem Mann. Und da fiel ihr auf, dass sie noch nicht einmal seinen Namen kannte. Sollte sie ihn danach fragen? Oder würde das ihren gemeinsamen Moment zerstören? Irgendwie gefiel ihr das Mysteriöse an dieser Situation.

»Ich finde, Josephs Haus liegt ein bisschen zu nah am Trubel von Seattle. Aber ich liebe die Meerenge. Das ist eine großartige Wasserstraße.«

»Bist du oft hier?« War sie jetzt neugierig?

»Ja. Ich wohne nicht weit von hier entfernt.« Er blieb stehen und sie neben ihm. Das Gefühl seiner Hand, die ihre umklammerte, gefiel ihr. »Setzen wir uns.«

Er wartete nicht auf ihre Antwort, sondern führte sie zu einem Baumstamm, setzte sich darauf und zog sie neben sich. Dann starrten sie hinaus aufs Wasser. Er legte einen Arm um sie, und das Gefühl seiner harten Muskeln hatte eine beruhigende und gleichzeitig Panik auslösende Wirkung auf sie.

Sie versuchte sich an eine Zeit zu erinnern, in der sie durch die bloße Berührung eines Mannes so viel Erregung verspürt hatte, aber ihr fiel kein einziger Augenblick ein. Nur durch diesen Mann – nur in diesem Augenblick.

»Ich wohne auch nicht weit von hier entfernt«, sagte sie schließlich, als das Schweigen zu intim wurde. Sollten sie Informationen austauschen? Wollte sie das? Oder wollte er das?

Als er einige Zeit nichts erwiderte, wirbelten ihr Gedanken im Kopf herum. Sie fragte sich, ob sie eine Närrin war. Das hier konnte der einfache Versuch eines Mannes sein, auf einer Hochzeit eine Frau abzuschleppen. Das passierte doch ständig, oder? Wollte sie wirklich die Art von Mädchen sein, über die die Männer am nächsten Morgen lachten?

Dann bemerkte sie, dass es ihr tatsächlich gar nichts ausmachte, welcher Tratsch hieraus entstehen würde.

Vielleicht hätte sie besorgter sein sollen. Aber wie oft in ihrem Leben hatte sie etwas Leichtsinniges getan? Überhaupt nicht oft. Was dieser Mann in ihr auslöste, verstand sie nicht, aber andererseits wollte sie das Gefühl auch nicht unterbinden.

»Woher kommst du genau?«, fragte er.

Die Frage half, ihr aufgewühltes Herz zu beruhigen. »Ich habe überall auf der Welt gelebt – in meiner Jugend. Meistens in Ländern der Dritten Welt.«

Das ließ den Mann einen Augenblick schweigen. Dann hob er neugierig eine Augenbraue.

»Jetzt hast du mich neugierig gemacht. Erzähl weiter«, forderte er sie auf.

»Meine Mutter und mein Vater waren Missionare, bis ich ungefähr zehn war. Danach hatten sie unspektakuläre Jobs«, begann sie. »Ich wurde in Portland, Oregon, geboren, habe dann aber die Hälfte meines Lebens mit meinen Eltern im Ausland gelebt, bis wir in die Portlandgegend zurückgekommen sind.

Nachdem ich achtzehn geworden war, habe ich entschieden, nach Seattle zu ziehen.«

»Jetzt bin ich aber neugierig, wo du überall gewesen bist.«

»Meine Güte! Lass mich mal überlegen«, sagte sie. »Afrika, Südamerika, Asien kurz und dann noch ein paar Länder.« Die Feststellung, dass sie seine ungeteilte Aufmerksamkeit hatte, stärkte ihr Vertrauen und den Wunsch, ihm mehr mitzuteilen. Das gefiel ihr.

»In welchem Land hast du am liebsten gelebt?« Seine Finger spielten mit ihrem Haar und scheuchten die Schmetterlinge in ihrem Bauch auf.

»Ehrlich gesagt, habe ich an jedem Ort gern gelebt, außer vielleicht in ein paar Wohnungen mitten in der Stadt. Aber von allen Ländern …« Stormy schaute hinauf in den sternenklaren Himmel, um sich an einen Ort zu erinnern, den sie besonders mochte. »Ich würde sagen, im Kosovo.«

»Im Kosovo? Wo genau ist das? Irgendwo am Mittelmeer, oder?«

»Nein, nicht direkt am Mittelmeer. Es ist ringsum von Land umgeben. Gleich daneben liegen Serbien, Montenegro und Albanien. Der Kosovo ist ein tolles Land. Damals war es extrem gefährlich dort, aber trotzdem super«, erzählte sie. »Ich meine, du sitzt in einem Café, trinkst türkischen Kaffee und hörst ein Auto vorbeifahren, aus dessen Stereoanlage europäische Diskomusik erklingt, und der Fahrer des nächsten Autos hört arabische Tanzmusik. Das Land war ein Zusammenprall west- und osteuropäischer Kulturen mit deutlichen Einflüssen aus der Türkei und dem Nahen Osten. Als Abendländerin hatte ich natürlich sofort einen Promistatus, gegen den ich unmittelbar vor dem Teenageralter nicht allzu viel einzuwenden hatte.«

»Das gefällt einem Teenie immer«, warf er ein und zog sie noch näher an sich. Für Stormy fühlte sich das richtig an. Irgendwie verband sie mit diesem Fremden mehr als mit jeder anderen Person, mit der sie bisher zusammen gewesen war. »Und was machst du so, Aschenputtel?«

Sie lächelte bei dem Namen. Hatte sie nicht selbst gedacht, dass sich das alles wie ein Märchen anfühlte und sie verschwinden werde, sobald die Uhr zwölf schlug? Seine Worte passten zu ihren Gefühlen.

»Mein Job ist nicht interessant«, wich sie aus und ertappte sich dabei, wie sie mit dem Medaillon an ihrem Hals spielte. »Aber ich entwerfe gern Schmuck«, gab sie zu, während ihre Wangen ein klein wenig erröteten. Warum erzählte sie ihm das?

Seine Finger griffen nach dem Anhänger, den sie umklammert gehalten hatte, und er betrachtete ihn eingehend. »Der ist wunderschön«, stellte er begeistert fest. »Hast du den gemacht?«

»Ja«, gab sie schüchtern zu.

»Du hast wirklich Talent«, lobte er sie und machte sie damit noch nervöser. Weshalb war ihr die Meinung dieses Mannes überhaupt wichtig? Das sollte sie nicht, doch irgendwie war sie es.

»Ist nur so ein alberner Traum von mir, der zu nichts führen wird«, gestand sie mit einem Lachen.

Der Mann ließ das Medaillon los und griff nach ihrem Kinn. Er hob es an, damit sie ihm in die Augen schauen musste. Sie war sprachlos, als sein Blick ihren festhielt.

»Träume sollten in Erfüllung gehen. Glaub nie, dass du etwas nicht kannst, nur weil es schwierig ist.«

Stormy wusste, dass es eine Geschichte hinter diesen Worten gab, und die wollte sie unbedingt hören. »Ich glaube, jetzt bist du mal dran, etwas von dir zu erzählen«, sagte sie. Ihr war mehr als bewusst, wie nah seine Lippen ihren waren.

»Nein. Ich glaube, wir haben vorerst genug geredet.« Sein träges Lächeln ließ sie völlig dahinschmelzen.

Dann hob er sie mühelos hoch und setzte sie auf seinen Schoß, während er ihr in die Augen sah. Sie war verloren, als er langsam den Kopf neigte und das Mondlicht in seinen strahlenden Augen schimmerte.

»Ich werde dich jetzt küssen«, kündigte er an und wartete nur einen Moment, um ihr die Chance zu geben, Nein zu sagen.

Vielleicht sollte sie sich weigern. Immerhin kannte sie noch nicht einmal den Namen des Mannes. Aber sie wollte ihn weder abweisen noch darauf verzichten. Sie wollte wissen, ob sein Kuss noch besser war als seine Berührung.

Und dann waren seine köstlichen Lippen auf ihren, und sie konnte nicht mehr denken. Der Kuss war besser, als sie je erwartet hätte. Ihr Mund ergab sich seinem, und er liebkoste sie auf eine Art, wie es noch nie jemand getan hatte. Sie spürte die zärtliche Berührung seiner Zunge, die den Rand ihrer Lippen nachfuhr, bevor sie vordrängte und ihren Mund eroberte.

Ein Schauder nach dem anderen lief ihr über den Rücken, als sie ihren Körper gegen den dieses Mannes drängte und versuchte, die Sehnsucht zu dämpfen, die sie nicht ganz verstand. Als er zurückwich, lehnte sie sich gegen ihn, wollte nicht, dass die Verbindung zwischen ihnen abriss.

»Mein Boot liegt gleich dort drüben am Steg. Du musst es nur sagen, und wir können dort … etwas trinken oder … mehr.«

Seine Finger bewegten sich leicht ihren Rücken hinauf und hinab, und er hatte den Blick geradewegs auf sie gerichtet. Eigentlich war es kurz vor Mitternacht, aber der Vollmond erweckte eher den Eindruck, als würde die Abenddämmerung hereinbrechen.

An dieser Stelle hätte sie eigentlich *nein, danke,* sagen müssen. Stattdessen merkte sie, wie sie nickte, als sie zu ihm aufschaute. »Ich würde gern … etwas trinken.«

Er zögerte ein wenig, und Stormy konnte den Ausdruck in seinen Augen nicht deuten. Sie wollte nicht, dass er seine Meinung änderte. Das wusste sie genau in diesem Augenblick. Denn wenn er sie zu seinem Boot brachte, würde sie das erste

Mal etwas wirklich Leichtsinniges in ihrem Leben tun. Sie würde mit einem Fremden schlafen.

Dann lächelte er.

»Hier entlang.« Er stand immer noch mit ihr in seinen Armen auf und ließ sie langsam ab, sodass ihre Füße wieder den Sand berührten. Ihr war nicht bewusst gewesen, dass sie sich auf die Zehenspitzen gestellt hatte, um noch mehr von seinem Kuss zu kosten.

Aufregung und ein Gefühl der Beklemmung lieferten sich in ihr ein Gefecht. Doch als ihre Finger fest mit seinen verschränkt blieben, gewann die Aufregung die Oberhand. Sie gingen über einen Steg, zu dessen Seiten mehrere wunderschöne Yachten vor Anker lagen. Ihr geheimnisvoller, sexy Mann führte sie zu einem der Schiffe, und sie stand davor und schnappte nach Luft.

»Und das nennst du ein Boot?«, fragte sie, bevor sie zögernd die Planke betrat, die auf die Yacht führte.

»Ja.« Er schien verwirrt.

Dann kicherte sie plötzlich. Wer um alles in der Welt war dieser Mann?

»Es ist größer als meine Wohnung«, gestand sie. Wenn die Nacht jetzt vorbei war, weil ihm klar wurde, dass sie nicht zu den Reichen und Berühmten gehörte, dann war es eben so. Sie konnte sich einfach nicht mehr verstellen, und von der riesigen Yacht beeindruckt zu sein, konnte sie nicht verbergen.

»Ja, ich habe sie vor mehreren Jahren angeschafft. Nehme an, sie ist ein bisschen außergewöhnlich«, gab er mit einem Achselzucken zu, während er von einem Bein aufs andere trat.

Er lief noch nicht vor ihr davon. Das war gut.

Die Yacht war mindestens dreißig Meter lang und damit noch nicht einmal die größte, die an den gewaltigen Stegen ankerte. Und das war beängstigend an der Welt der Reichen, in die sie gestolpert war. Der Teil oberhalb des Wassers schien zwei Etagen zu haben. Was unterhalb der Wasseroberfläche war, wusste sie nicht.

Schließlich erlaubte sie ihm, sie an Bord zu führen, wo sie die roten Hartholzböden und luxuriösen Möbel betrachtete. Als sie erst einmal in der Kabine waren, merkte sie gar nicht mehr, dass sie sich auf einem Schiff befand, es sei denn, sie konzentrierte sich auf das kaum spürbare sanfte Schaukeln.

»Ich wusste gar nicht, dass Schiffe solche großen Räume haben«, sagte sie nervös, als er sie zu einem Wohnbereich geleitete.

Er führte sie zu einer bequemen Couch und ging dann zu einer großen Bar aus dunklem Nussbaum mit einem riesigen Spiegel und Regalen dahinter.

»Ich mag's nicht so eng«, erklärte er und kicherte.

Sie fragte sich, was daran so lustig war, hakte jedoch nicht nach.

»Vorhin hattest du Champagner. Ich hole dir noch ein Glas«, bot er an.

Nach wenigen Augenblicken saß Grünauge neben ihr und reichte ihr eine wunderschöne Champagnerflöte aus Kristall. Sie umklammerte den langen Stiel und nahm sofort einen Schluck. Auf dem Hochzeitsempfang hatte sie bereits ein paar Gläser getrunken, aber die Wirkung ließ nach, und sie wollte vor diesem Einmal-im-Leben-Abenteuer nicht kneifen.

Sie saßen zusammen da, und Stormy genoss am Champagner nippend die Ruhe auf dem Schiff. Sie sah sich in der opulenten Kabine der Yacht um, und ab und zu riskierte sie einen heimlichen Blick auf den Mann, der sie hergebracht hatte. Als sie das Glas geleert hatte, schenkte er ihr nach. Sie lehnte sich zurück und lächelte ihn an. Was sollte sie als Nächstes tun? Wahrscheinlich zuckten ihre Lippen aus Unsicherheit ein wenig.

»Vielleicht ist es an der Zeit, Namen auszutauschen«, schlug er nach langem Schweigen vor.

Jetzt spürte sie einen leichten Schwips und beschloss, sich mutig zu geben. »Das glaube ich nicht«, sagte sie.

Er drehte den Kopf zur Seite und zog die Stirn in Falten. »Warum nicht?«

»Weil mir das Geheimnisvolle an der ganzen Situation gefällt. So etwas habe ich noch nie gemacht.« Sie umklammerte die Hände im Schoß und verschränkte die Finger, zwang sich dann jedoch, damit aufzuhören. Sie wollte nicht, dass er sah, wie naiv sie wirklich war.

»Was noch nie gemacht?«, hakte er nach.

»Mit einem Mann mitgehen, den ich gerade kennengelernt habe.«

»Spazieren zu gehen oder etwas zusammen zu trinken ist nicht verwerflich.« Er rutschte näher an sie heran, und seine Finger strichen an ihrem nackten Knie entlang. Sie war froh, dass sie keine Strümpfe trug, denn sie wollte nichts zwischen seiner Berührung und ihrer Haut haben.

»Na ja, aber das ist nicht alles, was wir tun werden, oder, Grünauge?«, fragte sie. *Verdammt!* Sofort nachdem ihr dieser freche Satz über die Lippen gekommen war, errötete sie.

Sie spielte mit dem Feuer und hoffte, sich zu verbrennen.

»Ich hoffe, nicht«, sagte er nach einem Moment des Schweigens. Und dann grinste er breiter als ein Honigkuchenpferd.

Stormy spürte, wie sich die Atmosphäre im Zimmer veränderte, und sie fühlte sich ein bisschen benommen, als die sexuelle Spannung sie in den Bann zog. Grünauge stellte sein Glas ab, nahm ihr das leere aus der Hand und stand auf. Er zog sie direkt in seine Arme.

Diesmal zögerte er nicht, als er sie küsste. Dieses Mal war der Kuss schnell und stürmisch. Ihre Beine gaben nach, aber er war da und hielt sie fest.

Und sie wusste, dass sie die richtige Entscheidung getroffen hatte.

KAPITEL 3

Während sich die Yacht langsam auf dem Wasser wiegte, schaute Cooper Armstrong hinüber zu der schönen Frau, die nackt neben ihm schlief – Perfektion in seinem Bett. Erst vor einer Stunde hatten sie den besten Sex seines ganzen Lebens gehabt. Das sollte etwas heißen, denn er war bisher nicht gerade ein Heiliger gewesen.

Sein Aschenputtel hatte danach sofort gehen wollen, aber es war bereits vier Uhr in der Früh gewesen. Er hatte ihr versprochen, im Morgengrauen ein Taxi zu rufen. Aber jetzt dachte er noch einmal darüber nach. Im Moment hatte er eine noch stärkere Erektion als vor einer Stunde, und er wollte sie erneut. Und dann war er nicht sicher, ob ein weiteres Mal genug wäre.

Von dem Moment an, als er diese Frau auf der Hochzeit entdeckt hatte, waren alle möglichen Gefühle auf ihn eingestürmt, jedoch keine Wut mehr wegen seines verstorbenen Vaters oder des Verlesens des Testaments. Er war noch nicht ganz bereit dazu, sie gehen zu lassen und sich von dem guten Gefühl zu verabschieden. Wer war diese Frau? Und was noch wichtiger war, was machte sie mit ihm?

Vom ersten Blick in ihre irgendwie erschrockenen tiefbraunen Augen und auf den sinnlichen pinkfarbenen Schmollmund

41

fühlte er sich so sehr angezogen, dass er zu ihr gehen und herausfinden musste, wie sie sich in seinen Armen anfühlte. Vielleicht würden sie noch einmal miteinander schlafen, und dann würde er sie gehen lassen können. Er hatte keine Zeit für eine Beziehung und wollte unter Garantie auch keine. Frauen konnte man nicht trauen – nicht, wenn man ein Bankkonto hatte, das einen in ihren Augen attraktiver machte.

Er wusste, dass er ein guter Fang war. Das war keine Arroganz, sondern eine Tatsache. Wenn jemand sein Aussehen, seine Brieftasche und seinen Ehrgeiz besaß, dann war er das perfekte Ziel. Aber die Frauen dieser Welt wussten nicht, dass er den Köder nicht schluckte. Sein Ziel war immer, von den Frauen zu bekommen, was er wollte, ihnen mit seinen meisterhaften Fähigkeiten im Schlafzimmer Vergnügen zu bereiten und dann schnell zu verschwinden, bevor sich der Haken in sein Fleisch bohrte und sich die Schlinge um den Hals zuzog.

Auch mit diesem Gedanken fuhr er mit der Hand zärtlich über den schlanken Körper der geheimnisvollen Frau, wobei die Spannweite seiner Finger fast die Breite ihres Rückens abdeckte.

Sie begann sich zu regen, wachte jedoch auch dann nicht ganz auf, als er sie zu sich drehte, damit ihre herrlichen Brüste für seine Berührung voll und ganz zur Verfügung standen. Mit dem Finger strich er erst über die eine, dann über die andere, woraufhin die Brustspitzen sich sofort für ihn aufrichteten. Die Frau bewegte sich, und er wusste, wie er sie am besten wecken konnte.

Er senkte den Kopf und leckte über eine Brustwarze, bevor er sie in den Mund sog und behutsam mit den Zähnen daran zog. Sie stöhnte, und seine Erektion pulsierte schmerzhaft. Als Cooper eine Spur von Küssen hinauf zu ihrem Hals legte, griff sie nach ihm, und er nahm ihre roten Lippen mit seinen. Er hätte den Körper dieser Frau Tag und Nacht anbeten können und würde nie genug davon bekommen.

Das war ein ernüchternder Gedanke, und er wollte nicht nüchtern werden – noch nicht.

Als ihre Hand über seine Bauchmuskeln wanderte und seine Männlichkeit umschloss, setzte er sich auf. Er stand kurz davor, auf der Stelle zu kommen. Wie konnte das passieren?

»Es ist fast morgens«, murmelte er.

»Ähm ... Morgen«, entgegnete sie etwas schüchtern.

»Ich weiß, ich habe dir versprochen, ein Taxi zu rufen, wenn du aufwachst, aber ich habe zuerst noch eine andere Idee«, sagte er und strich mit den Fingern über ihre Haut.

Sie stöhnte erneut, und er hatte die Hoffnung, dass sie einverstanden war.

»Ich brauche ein paar Minuten«, entgegnete sie, und er verfiel fast in Panik, als sie sich aufsetzte. Noch war er nicht dazu bereit, dass das hier jetzt endete.

»Okay«, stimmte er zu und war derjenige, der am liebsten gewimmert hätte, als sie aufstand und ins Badezimmer ging.

Er legte sich auf dem Bett zurück und drückte seinen Schwanz, versuchte, das höllische Pulsieren zu mildern. Es half nichts. Als er hörte, dass die Dusche aufgedreht wurde, setzte er sich wieder auf. Sollte er ihr folgen oder besser nicht?

Als er es nicht mehr aushielt, sprang er aus dem Bett, öffnete die Badtür und grinste, als ihm eine Dampfwolke entgegenwaberte. Sie duschte offenbar gern sehr heiß. Aber er konnte es ihr noch heißer machen.

Der Spiegel war bereits beschlagen, und als er den Duschvorhang beiseiteschob, ließ der Anblick dieser Frau mit den auf dem Körper glitzernden Wassertropfen bei ihm vor Erregung die ersten Tröpfchen hervortreten. Er stand einfach einen Augenblick da und sah zu, wie ihre schlanken Finger über ihre Brüste hinunter zum flachen Bauch glitten und dann zwischen ihren Schenkeln verschwanden, als sie sich wusch.

Genug zugeschaut!

Cooper gesellte sich zu ihr unter die Dusche, und als sie die dunklen Augen öffnete, in denen sich bereits lüsterne Freude spiegelte, zwang ihn das fast in die Knie.

»Du bist so verdammt sexy«, stöhnte er und schob sie mit dem Rücken gegen die kalte Fliesenwand, was sie nach Luft schnappen ließ.

»Nur bei dir«, gab sie zu.

Dieses Wissen war das stärkste Aphrodisiakum aller Zeiten. Er bewegte seine Hände langsam von ihren Hüften die Seiten hinauf und um den Brustansatz herum. Seine magischen Finger näherten sich den steifen Brustwarzen, kamen ihnen jedoch nicht nah genug. Stöhnend tat sie ihr Missfallen darüber kund.

Nachdem er ihr in die ausdrucksvollen Augen geschaut hatte, berührte er schließlich mit den Daumen die harten Brustspitzen, bevor er die Hände über den Bauch und dann zum Hinterteil wandern ließ, wo er die festen Pobacken drückte.

»Küss mich!«, forderte sie, legte die Hand auf seinen Hinterkopf und zog ihn zu sich heran.

Überglücklich folgte er ihrer Aufforderung.

Mit der Zunge strich er über ihre Lippen, drückte dagegen, um sie zu öffnen, und stieß dann auf eine Weise in ihren Mund, wie sie sich wünschte, dass er in ihre intimste Stelle stieß. Sie zog ihn noch näher zu sich und erwiderte den Kuss mit der gleichen intensiven Leidenschaft.

Ein Schrei der Lust entfuhr ihren wunderschönen Lippen, als er ihr Hinterteil losließ und mit den Fingern über ihre feuchte Mitte strich, dann die kleine, empfindsame Stelle drückte und sie damit zum Schaudern brachte.

»Ich muss dich kosten«, stöhnte er, nachdem er den Mund von ihren Lippen gelöst hatte. Er legte eine Spur von Küssen über ihre Brust nach unten und fiel auf die Knie.

Dann griff er nach ihren Schenkeln, spreizte sie und schaute auf die glatte Perfektion. Feucht vom Wasser und vor Begierde glänzten die Schamlippen. Er ließ die Hand an den Schenkeln emporwandern und hielt erst inne, als er zwei Finger tief in ihr versenkt hatte.

Erst dann beugte er sich vor, um ihren empfindlichsten Körperteil in den Mund zu saugen und mit der Zunge immer wieder darüber hinwegzustreichen, während seine Finger den perfekten Rhythmus fanden, um sich in sie hinein- und wieder herauszuschieben.

Die Frau, die er erst um Mitternacht kennengelernt hatte, umklammerte seinen Kopf fester, und ihre Schreie verrieten ihm, dass sie der Erlösung immer näher kam. Ja, er wollte ihr Befriedigung verschaffen – immer und immer wieder.

Deshalb stimulierte er sie weiter mit Fingern und Zunge, bis sie aufschrie und fast vor ihm zusammensackte.

Cooper stand schnell auf und war mehr als bereit, sich in dieser Frau zu versenken. Er stützte sich mit dem Fuß auf der gekachelten Duschbank ab, hob ihr Bein und legte es über seins, damit sein steifes Glied genau vor ihrer heißen Mitte positioniert und ihre Schenkel weit gespreizt waren. Dann griff er nach seiner Erektion und rieb damit über ihre Schamlippen.

»Oooh, das ist so gut. Bitte … mehr«, stöhnte sie und lehnte den Kopf gegen die Duschwand.

Nachdem er mit seinem Schwanz noch ein paar Mal über ihre Klitoris gestrichen und gewartet hatte, bis sie über und über feucht war, machte er sich für den Stoß bereit.

»Mach die Augen auf!«, befahl er.

Sie öffnete sie nur ein wenig, und nachdem er sie hochgezogen hatte, glitt er tief in ihre heiße Enge.

Sie öffnete keuchend den Mund, und er ergriff die Gelegenheit und stieß die Zunge im gleichen Rhythmus hinein, wie er sich in ihr versenkte und dabei nach ihrem festen Po griff.

Das Geräusch ihrer feuchten, aufeinandertreffenden Körper machte Cooper wild. Er erhöhte das Tempo und hätte sich fast

45

in sie ergossen, als sie erneut um seine Erektion krampfte. Sie gab einen weiteren langen und leidenschaftlichen Schrei von sich.

Er hörte auf, in sie zu stoßen, und hielt sie fest, als sie in Ekstase bebte. Zärtlich strich er ihr über den Mund und drückte ihre Pobacken. Als sie wieder gegen ihn sackte, zog er sich aus ihr zurück. Was nur mit erstaunlicher Willenskraft möglich war.

»Ich bin so erschöpft«, flüsterte sie und ließ den Kopf gegen seine Schulter sinken.

»Es ist noch nicht vorbei, meine Schöne, noch nicht«, raunte er ihr ins Ohr.

»Ich kann nicht mehr«, wimmerte sie.

»O doch, du kannst noch«, versicherte er ihr.

Sie riss die Augen auf, und er lächelte sie an, bevor er sie umdrehte und seine Erregung gegen ihr wunderbares Hinterteil presste.

»Halt dich am Rand der Bank fest«, forderte er sie auf und drückte gegen ihr Kreuz.

Sie beugte sich herunter und streckte den Po in die Höhe. Cooper fiel erneut auf die Knie, biss in jede Pobacke und fuhr besänftigend mit der Zunge über die roten Stellen. Dann stand er wieder auf und legte seine pulsierende Erektion in die Rosette, die sie ihm entgegenstreckte. Ihm gefiel, wie das Tiefrote perfekt zu ihrer hellen Haut passte.

Mit dem Fuß schob er ihre Beine auseinander – weiter – weiter – noch weiter. Als sie sich ihm vollständig geöffnet präsentierte, griff er um sie herum und fand die noch immer erregte Klitoris, über die er ein paar Mal strich, worauf sie mit Zuckungen reagierte.

Die andere Hand führte sein Glied über die Mitte ihres Pos, bis er an ihrer heißen Mitte angelangt war. Dann stieß er wieder in sie. Jetzt war es an der Zeit, dass sie beide Befriedigung fanden.

Sie stöhnte, als seine Hand zwischen die Schamlippen, dann über den Bauch und hoch zu den empfindlichen Brustwarzen wanderte und denselben Weg wieder zurück nahm. Er fuhr fort, sie mit einer Hand zu streicheln, während die andere ihre Hüfte umklammerte, und er immer wieder in sie stieß.

»Komm noch einmal für mich, Baby«, bat er sie, als er spürte, dass er sich dem Höhepunkt näherte.

Mit den Fingern schnellte er über ihre Klitoris, und sie schrie auf. Ihre Muskeln umschlossen so heftig sein Glied, dass er ohne jegliche Bewegung fast zu einem Orgasmus gelangt wäre. Doch er *musste* sich bewegen. Mit einem tiefen Stoß ergoss er sich pulsierend in sie.

Als er schließlich einen Schritt von ihr zurückwich und sich aus ihr zurückzog, fühlte sich Cooper ohne ihre Wärme verloren. Und sie brach fast vor ihm zusammen, aber er fing sie auf.

»Das war ... es war ... ich weiß noch nicht mal, wie ...« Ihr fehlten offenbar die Worte.

»Es war perfekt«, schwärmte Cooper, als er sie hochhob und aus der Dusche trat. Dann griff er nach ein paar Handtüchern und trug sie zurück in sein Zimmer.

Er trocknete sie ab, bevor er sie behutsam aufs Bett legte, um sich selbst zu frottieren und zu ihr zu legen. Dann zog er sie in die Arme, war nicht bereit, sie jetzt schon gehen zu lassen. Oder überhaupt in absehbarer Zeit.

Er würde vorsichtig sein, versicherte er sich. Es war nur Sex – einfach richtig, *richtig* guter Sex. Der Gedanke besänftigte ihn nicht, wie er es eigentlich hätte tun sollen, als Cooper schließlich die Augen schloss und in einen erschöpften Schlaf fiel.

KAPITEL 4

Niemals zuvor hatte Stormy solch einen beschämenden Weg antreten müssen, aber sie griff nach ihrer kleinen Handtasche und schlich langsam aus dem Schlafzimmer des Mannes mit den beeindruckenden grünen Augen. Sie holte tief Luft und warf einen Blick über die Schulter.

Verdammt! Der Mann sah so gut aus. Eigentlich noch besser als gut. Besonders jetzt, mit seinem Dreitagebart und dem über dem Kopf liegenden muskulösen Arm, das Laken seine schönen Hüften nur knapp verhüllend. Hätte es ein paar Zentimeter tiefer gelegen …

Nein, sie brauchte diesen Gedanken nicht in Erwägung zu ziehen. Das hier war ein Mann, den sie nie wiedersehen würde. Ihre einzige Verbindung war die Anderson-Hochzeit – eine Hochzeit, auf der sie uneingeladen erschienen war. Diese eine ausschweifende Nacht durfte keine Nachwirkungen haben.

Als sie auf dem oberen Deck seiner Yacht ankam, sah sie sich um, ob jemand in der Nähe war. Wie paranoid war das denn? Es war ungefähr acht Uhr morgens, und die Hochzeitsfeier hatte bis tief in die Nacht gedauert. Jeder lag höchstwahrscheinlich im Bett und hatte vom Champagner einen schweren Kopf.

Dennoch musste sie den Weg zurückgehen, den sie in der letzten Nacht genommen hatten, sich zum Eingangstor schleichen – das sich eine Meile von der Burg der Andersons zu befinden schien – und dann beten, dass es nicht abgeschlossen war. Das Letzte, was sie wollte, war, zum Haus zurücktrotten und jemanden bitten, sie rauszulassen.

Man hätte dann genau gewusst, was sie getan hatte. Und obwohl die Leute sie nicht kannten und sie sie nie wiedersehen würde, wäre ihre Verlegenheit grenzenlos gewesen. Sie wusste, dass sie das kaltlassen sollte, aber es machte ihr etwas aus, was die Leute von ihr dachten.

Stormy erreichte den oberen Teil des Pfades und war überrascht, beim Blick auf das Haus Aktivität im Garten zu sehen. Lastwagen standen dort und wurden beladen, und der Garten war bereits fast wieder in seinen normalen Zustand versetzt worden, oder zumindest in etwas, das Stormy nach einer solchen Riesenparty als normal betrachtete. Wow! Diese Andersons hatten es wirklich im Griff.

Sie senkte den Kopf und ging so schnell, wie es ihr eng anliegendes rotes Kleid erlaubte. Dabei vermied sie es, beim Vorbeieilen irgendjemanden anzuschauen.

»He, Sie!«

Die laute Stimme erschreckte sie so sehr, dass sie ihre Handtasche fallen ließ und einen Satz nach vorn machte. Als sie, aus dem Gleichgewicht gebracht, wieder hochkam, brach der Absatz ihres Schuhs ab, und nach einem kurzen Taumeln landete sie unsanft auf ihrer Kehrseite.

»Tut mir sehr leid, Schätzchen«, sagte der Mann – ein verdammter Riese.

Er kam näher und bewegte sich schneller, als man bei einem Mann seines Alters vermutet hätte. Dann beugte er sich hinunter, ergriff ihre Hand und zog sie mühelos auf die Füße. Wegen des abgebrochenen Absatzes schwankte sie.

Sie bezweifelte nicht, dass dieser Mann der berühmte Joseph Anderson war, und sie verstand vollkommen seinen Ruf als Mann, dem gegenüber niemand ein Nein zu äußern wagte.

»Kein Problem. Ich war gerade in Gedanken«, sagte sie und schaute *weit* nach oben in sein besorgtes Gesicht. Er musste deutlich, *sehr* deutlich über eins achtzig groß sein. Auch mit hohen Absätzen maß sie gerade mal eins siebenundsechzig, und ein Absatz war gerade abhandengekommen. Sein silberfarbenes Haar ließ ihn ihrer Meinung nach nur noch vornehmer aussehen, und das Funkeln in seinen überraschend wachsamen blauen Augen ließ sie sofort Vertrauen zu ihm fassen.

»Kommen Sie mit ins Haus, und wir werden das in Ordnung bringen«, beharrte er und zog sie auf die Villa zu. Sie stolperte neben ihm her.

Oha! Vielleicht konnte sie dennoch ein Nein äußern. Sie würde dieses Haus nicht betreten. Keineswegs! Sie musste sich davonmachen, bevor Grünauge aufwachte.

»Oh, nein! Ich wollte doch gerade gehen«, widersprach sie und versuchte erfolglos, sich von diesem Rohling von einem Mann loszureißen.

»Ich kann Sie nicht fortschicken, ohne sicherzustellen, dass Sie in Ordnung sind. Nicht, nachdem ich Sie zu Fall gebracht habe«, antwortete Joseph.

»Ich versichere Ihnen, mir geht's gut, und ich möchte jetzt wirklich gehen«, versuchte sie es noch einmal, während sie neben ihm her stolperte.

Er blieb stehen und sah sie an. Stormy wurde rot. Was er jetzt wohl denken musste? Sicher war ihm klar, dass sie gerade aus jemandes Bett gekrochen war. Er musste sich fragen, welchem Mann dieses Bett gehörte. Vielleicht machte er sich Sorgen darüber, dass es jemand aus seiner Verwandtschaft war. Nach allem, was sie wusste, war Grünauge mit Joseph verwandt.

Der Mann hatte mit einer wirklich tollen Yacht angegeben, die am Steg der Andersons lag.

»Ich bin übrigens Joseph Anderson«, stellte er sich vor und entließ ihre Hand aus seinem beschützenden Griff. Es machte den Eindruck, als würde er erwarten, dass sie sich jetzt ihrerseits vorstellte. Etwas, das sie absolut nicht wollte.

»Sehr nett, Sie kennenzulernen, Mr Anderson. Wie gesagt, mir geht's gut, deshalb mache ich mich jetzt auf den Weg.« Stormy wich zurück. Sie zog ihre Schuhe aus und hielt sie fest in einer Hand.

»Wo haben Sie Ihr Auto geparkt, Miss …?« Seine Stimme verklang, und er wartete offenbar wieder darauf, dass sie ihren Namen nannte.

»Ich bin mit einer Freundin im Auto hergekommen und habe ein Taxi gerufen, das mich gleich am Tor abholen wird. Deshalb sollte ich mich lieber beeilen«, erklärte sie. Das verdammte Taxi hatte sie noch nicht gerufen, aber sie hatte vor, es nachzuholen, sobald sie vor dem einschüchternden Patriarchen der Andersons geflüchtet war.

»Dann begleite ich Sie zum Tor«, schlug Joseph vor.

Das wurde ja immer peinlicher! Jetzt würde sie der Mann bei einer Lüge erwischen. Ihre Blamage war perfekt.

»Na ja, eigentlich habe ich das Taxi noch nicht *gerufen*. Ich wollte es gerade tun, als ich mit Ihnen zusammengestoßen bin. Aber ich kann das jetzt ja nachholen, und dann wartet es am Tor auf mich, wenn ich dort ankomme«, versuchte sie es erneut mit einem verlegenen Lachen.

»Ach was, junge Dame! Wenn Sie ein Gast der Party waren, dann bestehe ich darauf, dass mein Fahrer Sie nach Hause fährt«, insistierte Joseph und zog wieder an ihrem Arm.

»Das kann ich nicht zulassen«, keuchte Stormy.

»Ein Nein als Antwort akzeptiere ich nicht.«

Und deshalb bekam dieser Mann immer seinen Willen, stellte Stormy fest.

Innerhalb einer Minute kam ein schwarzes Auto angefahren und hielt. Ein Mann stieg auf der Fahrerseite aus und öffnete für sie die hintere Tür. Stormy wurde förmlich in den Wagen geschoben, und erst als der sich von der Villa der Andersons entfernte, spürte sie Erleichterung.

Sie sah nicht, wie Joseph sich bückte und die Kette mit dem Medaillon aufhob, die sich von ihrem Hals gelöst hatte, oder das Lächeln, das sich auf seinem Gesicht ausbreitete, als er es in der Hand hielt.

Alle Märchen haben ein Ende, und als Stormy nach Hause kam und ihre Wohnung betrat, wurde sie brutal in die reale Welt zurückgestoßen. Ihre Kutsche war jetzt wieder ein Kürbis, und die Schuhe aus Glas hatte sie zurückgelassen …

KAPITEL 5

Sechs Jahre später

Auf der Terrasse seines Lieblingscafés in seinem alten Viertel sitzend, lehnte sich Sherman Armstrong zurück, als ein weiterer Donner hoch am Himmel grollte. Er wusste, dass er der Inbegriff eines alten Großvaters war, der auf seinem Lieblingsstuhl saß, während Kinder vorbeirannten und sich über ihn wunderten.

Er mochte dieses Geheimnisvolle, das ihn umgab.

Sherman war ein kräftiger Mann, obwohl sein Körper jetzt ein bisschen älter und schwächer war und er sich gezwungen sah, beim Gehen einen Stock zu benutzen. Er hatte ein kantiges Kinn, eine Nase, die ein wenig zu groß geraten war, und war wegen der Größe seiner Ohren manchmal Dumbo genannt worden. Doch seine strahlend blauen Augen, die noch völlig intakt und scharfblickend waren, zeigten eine unauslöschbare Jugendlichkeit und eine Menge mühevoll erworbener Weisheit. Das Leben hatte ihn Dinge gelehrt, die ihm nichts und niemand mehr nehmen konnte.

Obwohl Sherman ein unglaublich reicher Mann war, besaß er nicht viel Kleidung. Er saß in seiner blauen Lieblingsstrickjacke auf der Terrasse des Cafés. Morgen würde er höchstwahrscheinlich die braune tragen. Das waren die einzigen Farben, die er stets für seine warmen Wolljacken wählte. Natürlich besaß er auch eine Vielzahl karierter Hemden, die er zu den Strickjacken trug. Heute war es ein blaugrün kariertes.

Er hatte in den Sechzigerjahren als junger Bursche unmittelbar nach dem Militärdienst in dem Haus gegenüber gewohnt, in dem sich jetzt Mietwohnungen befanden. Dieses Viertel war heruntergekommen und manchmal nicht ganz sicher, aber hier hatte er sich und seiner schönen Braut Betty Sue eine Existenz aufgebaut.

Es war der Ort, an dem er viele Jahre gelebt hatte, und den er bis zum letzten Atemzug immer wieder besuchen würde. Seine Familie hatte ihm geraten, das hier hinter sich zu lassen, aber das würde er niemals tun. Es war gegen seine Überzeugung.

»Meinst du, das Gewitter wird sich eine Weile festsetzen?«, fragte Sherman seinen Freund Joseph. Er und Joseph Anderson waren seit der Grundschule befreundet, und Sherman bedeutete diese Freundschaft mehr als all sein Geld auf dem Bankkonto.

»Das will ich mal hoffen«, antwortete Joseph.

»Dann nehme ich vielleicht dein Angebot an, nach dem Kaffee bei dir zu brunchen. Du hast einen verdammt tollen Ausblick von deiner Wohnung«, räumte Sherman lachend ein.

»Da hast du recht, mein Freund. Ein Wort von dir, und mein Fahrer wird uns abholen«, versprach Joseph. Katherine erlaubte ihm nicht mehr, bei schlechtem Wetter selbst zu fahren – nicht bei seiner Lust auf Geschwindigkeit und nach dem Unfall, der ihn fast das Leben gekostet hätte.

Beim Blick über die Straße bemerkte Sherman Stormy Halifax, die sich abmühte, die Türen des Hauses aufzudrücken, in dem sie wohnte. Der Wind machte ihr ständig einen Strich durch die Rechnung. Er stand auf und wollte ihr helfen, als es ihr endlich gelang und sie auf den Bürgersteig trat.

Sie schien in Eile zu sein. Als sie durch Wasserpfützen zu ihrem wartenden Taxi lief, bespritzte sie ihre schöne, saubere Arbeitskleidung.

Sherman setzte sich wieder, lächelte und hob die Hand. Als sie nicht aufschaute, runzelte er die Stirn. Er sah, wie sie sich vorbeugte, um die Autotür zu öffnen, doch plötzlich richtete sie sich wieder auf, lächelte und winkte ihm zu.

Das war Tradition. Sie wohnte seit drei Jahren gegenüber, und wenn sie früh genug herunterkam, bevor sie zur Arbeit musste, kam sie über die Straße geflitzt und unterhielt sich ein paar Minuten mit ihm. Doch auch wenn sie spät dran war, fuhr sie nie los, ohne ihm zuzuwinken und zuzulächeln.

Sherman hatte diese junge Frau sehr lieb gewonnen. Ein trauriges Lächeln huschte über sein Gesicht, als sie davonfuhr. Das Mädchen versuchte es allein zu schaffen, aber manchmal war ein Mensch stärker und nicht schwächer, wenn er in Zeiten der Not um Hilfe bat. Doch sie war stur und würde ihm nicht erlauben, ihr zu helfen.

Nun, dachte er, als sie im Taxi zu einem Job die Straße entlangfuhr, der sie nicht weiterbrachte, er *würde* ihr helfen – so oder so. Das breite Lächeln ließ sein faltiges Gesicht um Jahre jünger aussehen. Es war gut, dass Joseph bei ihm war, um ein Brainstorming abzuhalten.

»Sie ist so eine nette, junge Frau. Ich versuche schon einige Zeit, ihr zu helfen, aber sie will unbedingt alles alleine schaffen. Dieses Mädchen hütet sich davor, ja nicht das Wort *Niederlage* in den Mund zu nehmen«, sagte er.

»Irgendwie kommt sie mir bekannt vor«, bemerkte Joseph, als er ihr nachstarrte, und kramte in seinem Gedächtnis. »Kennst du ihre Geschichte?«

»Ihre Eltern waren viele Jahre Missionare und dann Arbeiter. Sie hatten nicht viel. Ihr Vater starb, als sie zwanzig war, und das war wirklich hart für sie. Ihre Mutter war krank, deshalb hat sie die Schule abgebrochen und sich um sie gekümmert. Und dann ist ihre Mutter im letzten Jahr gestorben. Das Mädchen ist noch nicht wieder richtig auf die Beine gekommen. Aber das wird sie. Ihr wurde schon früh beigebracht, sich nicht über das Leben zu beklagen, und an dieses Motto hält sie sich«, erzählte Sherman.

»Ab und zu um Hilfe zu bitten ist nicht falsch«, bemerkte Joseph, als beide dem sich entfernenden Taxi nachschauten. »Aber ich habe schon immer Frauen mit Rückgrat bewundert. Das sind die Mädchen, die sich nicht so leicht in die Irre führen lassen.«

»Ja, das ist auch meine Meinung«, pflichtete ihm Sherman bei. »Ich hatte irgendwie gehofft, dass ich sie mit einem meiner Neffen verkuppeln könnte, aber es scheint so, als könnte ich sie noch nicht einmal in die Nähe der Jungs bekommen. Sie ist immer so beschäftigt …«

»Also, mein lieber Freund, da hättest du dich früher an mich wenden sollen«, erwiderte Joseph lachend, woraufhin Sherman zusammenzuckte, obwohl er an seinen übermütigen Freund gewöhnt war.

»Und weshalb?«

»Wenn es eine Sache gibt, mit der ich mich auskenne, dann ist es das Verkuppeln«, antwortete Joseph und lehnte sich zurück. Und dann zog er zwei herrlich duftende Zigarren aus der Tasche. »Die hier werden wir brauchen, denn es wird einige Zeit dauern.«

»Da sage ich nicht Nein.« Sherman lachte und nahm die wohlriechende Zigarre entgegen.

Die beiden Männer zündeten die Zigarren an und lehnten sich dann zurück, während das Gewitter weiter nach Norden zog, ihnen aber immer noch eine sehenswerte Show bot.

»Erzähl mir mehr über dieses Mädchen«, forderte Joseph seinen Freund Sherman auf.

»Stormy ist nett. Ich besuche da drüben ziemlich oft meine alte Freundin Penny, und wenn Stormy sieht, dass ich irgendetwas schleppe, dann besteht sie immer darauf, mir zu helfen. Und an Tagen wie diesem, wenn das Wetter sich zum schlechteren ändert, garantiere ich dir, dass sie nach der Arbeit vorbeischaut, um sicherzugehen, dass mit Penny alles in Ordnung ist, deren Erinnerungsvermögen zusehends schlechter wird. Stormy ist für mich und einige andere ältere Leute in dem Block wie eine Enkeltochter geworden, und ich mag sie einfach sehr wegen ihres guten Herzens und ihrer netten Worte. Ich vermisse sie, wenn ein paar Tage vergehen und ich nicht mit ihr plaudern konnte«, gab Sherman zu.

»Scheint so, als gehöre sie zu den Guten«, meinte Joseph und bedauerte, dass er keine unverheirateten Söhne mehr hatte, mit denen er sie verkuppeln konnte. Natürlich liebte er Shermans Neffen wie seine eigenen, und deshalb wäre er auch glücklich gewesen, wenn diese Stormy mit einem von Shermans Jungs zusammengekommen wäre.

»Ja, das ist sie. Ich mag es nicht, dass sie ganz allein lebt. Sie sollte zur Ruhe kommen und einen netten jungen Freund haben, der ihr etwas von ihren Lasten abnimmt. Die vierzig Jahre, die ich mit meiner wunderbaren Frau verbracht habe, bevor Gott beschloss, sie mir zu nehmen, waren die besten Jahre meines Lebens«, gestand Sherman.

»Ich kann mir nicht vorstellen, wie es wäre, wenn ich meine Katherine verlieren würde«, sagte Joseph.

»Ich vermisse Betty immer noch jeden Tag und jeden Augenblick. Mittlerweile habe ich auch wieder Freude an anderen Leuten, aber es wird niemals dasselbe sein. Sie war meine Seelenverwandte, und es gibt keinen Ersatz für sie. Jeder sollte das mindestens einmal im Leben erfahren.«

»Da hast du ganz und gar recht, Sherman«, stimmte Joseph seinem Freund zu.

Das Gewitter hatte sich verzogen, und die beiden Männer hörten, wie ein Düsenflugzeug über sie hinwegflog. Sherman schaute mit ein bisschen Neid in den Himmel hinauf.

»Du vermisst es immer noch, oder?«, fragte Joseph sehr verständnisvoll.

»Oh, jeden Morgen, wenn ich aufwache«, versicherte Sherman seinem Freund.

Vor unendlich vielen Jahren war Sherman Pilot bei der Armee gewesen, später dann im zivilen Bereich bei der Schädlingsbekämpfung auf Feldern, und schließlich hatte er Düsenflugzeuge geflogen. Er war hoch über die Wolken aufgestiegen und hatte alle Sorgen am Boden zurückgelassen, wenn er hinter den Steuerknüppeln eines mächtigen Düsenflugzeugs saß.

Es gab Tage, da hätte er fast alles gegeben, um wieder dort oben sein zu können, im Wettrennen mit der Morgensonne, wenn er mit über hundert Meilen pro Stunde die Startbahn entlangjagte.

Er zog einen Schlüsselanhänger hervor und reichte die verblichene blaue Scheibe seinem Freund. Die zerkratzten Buchstaben von *Pan American* waren auf der Vorderseite immer noch zu erkennen.

»Ich erinnere mich«, sagte Joseph lachend.

»Ich habe viele Jahre dort verbracht. Das ist ein Andenken, das ich mich weigere loszulassen«, erklärte Sherman.

»Wir alle brauchen Andenken an die guten, alten Tage. Aber wenn deine Neffen erst einmal verheiratet sind und die Familie wächst, dann wirst du nicht mehr so oft in die Vergangenheit zurückschauen. Ich liebe mein jetziges Leben und freue mich auf die Zukunft«, versicherte Joseph ihm.

»Ich glaube, du hast völlig recht, Joseph«, bestätigte ihm Sherman. Er steckte den Schlüsselanhänger wieder ein und lächelte. Und dann griff er nach einem Stift und einem Blatt Papier und lächelte noch breiter.

Los ging's mit dem Verkuppeln.

KAPITEL 6

Stormy wurde aus ihrem kurzen Schlummer von etwas aufgeschreckt, das sich anhörte, als wollte jemand ihre Wohnungstür aufbrechen. Nachdem sie spät von der Arbeit nach Hause gekommen war, war sie endlich gegen zwei Uhr morgens eingeschlafen.

Ein paar Augenblicke lag sie da, wurde dann jedoch wütend, als das Gehämmer weiterging. Wer war zu solch früher Stunde dermaßen unverschämt? Es war erst sieben Uhr! Als der Krach scheinbar ewig weiterging, schleuderte sie schließlich mit einem frustrierten Seufzer die Bettdecke beiseite und stand auf.

Ein erneuter Blick auf ihren altmodischen Wecker, der auf zwei umgedrehten und mit einem blauen Stoff bedeckten Milchkästen stand, zeigte ihr, dass erst eine Minute vergangen war.

Sie ließ sich zurück aufs Bett fallen und weigerte sich, an die Tür zu gehen, obwohl sie jetzt hellwach war. Sie würde das unverschämte Verhalten dieser Person nicht belohnen, indem sie deren Anwesenheit zur Kenntnis nahm.

Als fünf Minuten vergangen waren und der Eindringling sich weigerte, zu gehen, stand Stormy schließlich wieder auf, zog ihren pinkfarbenen Frotteebademantel an und stapfte über den kalten, verschlissenen Holzboden. Sie ging durch ihr spärlich möbliertes Wohnzimmer und stand schließlich vor der Eingangstür.

»Wer auch immer da draußen steht, kann sich vom Acker machen, bevor ich die Schrotflinte entsichere, die ich in der Hand halte«, rief sie und hoffte, dass ihre Stimme viel mutiger klang, als sie sich fühlte.

Auf ihre Ankündigung folgte Stille.

»Das ist kein Scherz! Ich bin auf einem Armeestützpunkt aufgewachsen, und ich weiß, wie ich mit diesem Teil umzugehen habe«, log sie, als sie auf ihre schwitzigen Handflächen schaute. Sie besaß noch nicht einmal eine Waffe, aber die Person auf der anderen Seite der Tür wusste das ja nicht.

Das Viertel, in dem sie wohnte, war nicht das schlechteste der Stadt, aber ganz sicher auch nicht das beste.

Einige Augenblicke, die wie eine verdammte Ewigkeit erschienen, vergingen, und Stormy legte das Ohr an die Tür. Nichts als Stille. Toll! Der Trottel hatte sie aufgeweckt und war nun in Panik geraten.

Vielleicht sollte sie ihre kleine Ansage auf Tonband aufnehmen und sie für jeden bereithalten, der vor zehn Uhr morgens vor ihre Tür trat.

Mit noch immer zitternden Händen überprüfte Stormy, ob die Sicherheitskette vorgelegt war. Schließlich öffnete sie die Tür einen Spaltbreit. Sie spähte den Flur so weit sie konnte entlang und entdeckte niemanden.

Hatte sie die Person abgeschreckt? Dieser Gedanke gefiel ihr außerordentlich. Sie war aber auch ein taffes Mädchen. Juhu! Große Klasse!

Dennoch wollte Stormy unbedingt wissen, worum es bei der ganzen Klopferei gegangen war. »Ist da draußen jemand?«, rief sie. Kein einziger Laut war zu hören.

Sie riss sich ein wenig zusammen, löste langsam die Kette und öffnete die Tür weit genug, um zur anderen Seite des Flures zu blicken. Vom Knarren der Tür bekam sie eine Gänsehaut, aber als sie rechts und links den Flur entlangschaute, war keine Menschenseele zu sehen.

Sie kniff die Augen zusammen und verdächtigte sofort den gruseligen Collegeabbrecher, der ein paar Türen den Flur entlang wohnte, ihr vielleicht einen Streich gespielt zu haben. Ihm mangelte es nie an geschmacklosen Anmachsprüchen oder schmutzigen Witzen dem weiblichen Geschlecht gegenüber. Vielleicht hatte er in dem Glauben, dass das lustig war, an ihre Tür gehämmert, bevor er losgezogen war.

Gerade wollte sie sich umdrehen und die Tür wieder schließen, als ihr etwas Flaches, Weißes auf der Fußmatte ins Auge fiel. Während sie mit der einen Hand den Bademantel zuhielt, bückte sie sich und griff mit der anderen nach dem Umschlag.

Nachdem sie wieder sicher in ihrer Wohnung stand und die Tür verriegelt hatte, fiel ihr auf, dass der Absender der der Hausverwaltung war, die die Wohnungen in diesem Block vermietete. Sie ging zurück ins Schlafzimmer, das gerade mal ein bisschen größer als ein Alkoven war und weder eine Wand noch eine Tür hatte.

Stormy fragte sich, was die Hausverwaltung ihr schickte, und riss den Umschlag auf. Auf dem Bettrand sitzend, zog sie zögernd das Blatt Papier heraus. Oh, wie sehr sie sich wünschte, dass es nur die Ankündigung der Reparatur des Spülbeckens wäre. Doch weit gefehlt.

Sehr geehrte Ms Halifax,
die Modernisierung Ihrer Wohnung beginnt in
vier Tagen. Dies ist die letzte Aufforderung an
Sie.

Sie müssen die Wohnung in zweiundsiebzig Stunden verlassen haben.

Stormy rutschte das Herz in die Hose, und sie knüllte vor Aufregung das Blatt Papier zusammen. Sie hatte es geahnt, jedoch weiter gehofft, obwohl es keine Hoffnung mehr gab, dass sie eine Verlängerung bekommen würde. Eine bezahlbare Bleibe in Seattle zu finden war nicht einfach.

Aber das neue Management versuchte, das Image des Gebäudes für einige große Investoren aufzupolieren. Verdammt! Ein Unglück kam selten allein. Da sowieso schon alles schiefging, beschloss Stormy, es einfach dabei bewenden zu lassen und zu versuchen, es zu vergessen – mindestens für ganze zehn Minuten.

Es war an der Zeit, sich für die Arbeit fertig zu machen. Plötzlich ertönte ganz nah ein lauter Donnerschlag. Stormy hörte ein leichtes Klopfen gegen ihr Fenster, das an Geschwindigkeit zunahm. Der Herbst hielt in Seattle Einzug, und es regnete immer öfter.

Stormy war schweren Gewittern gegenüber abgehärtet und nicht so ängstlich wie viele andere Leute. Eigentlich munterten Unwetter sie auf. Höchstwahrscheinlich, weil sie danach benannt worden war. In der Nacht, in der sie geboren wurde, tobte ein schwerer Gewittersturm, und ihre Eltern waren der Meinung, dass ihnen der Name ihrer Tochter praktisch vom Himmel geschickt worden war. Stormy musste allerdings zugeben, dass sie ein Gewitter lieber von einem warmen, sicheren Platz aus beobachtete, als mittendrin zu stecken.

Erneut ermahnte sie sich, dass der heutige Tag ein Arbeitstag war. Vielleicht war es gut, dass die Hausverwaltung sie geweckt hatte. Mit einem Seufzer ging sie über den kalten, gesprungenen Fliesenboden ihres Badezimmers. Das Bad war klein und originell, komplett – *haha* – mit einer Toilette, einer Duschkabine und einem Waschtisch, auf dem kaum ihre Haarbürste und ein paar einfache Kosmetikartikel Platz hatten. Da war es gut, dass sie nicht übermäßig auf Schönheitsprodukte stand.

Sie drehte den Hahn auf, zog dann den Hebel und wartete auf den Zehen wippend scheinbar ewig darauf, dass der kleine Wassertank etwas durch die rostigen Röhren schickte, das wärmer als eiskalt war. Als das Wasser lauwarm war, sprang sie unter die Dusche und seufzte, nachdem es endlich Körpertemperatur erreicht hatte.

Es dauerte nicht lange, bis sie fertig war und es losging. Je früher sie dem nassen, kalten Morgen gegenübertrat, desto schneller konnte sie ihn hinter sich lassen. Alles hatte sein Gutes.

Gerade als sie die Lobby des alten Gebäudes erreichte, begann es draußen in Strömen zu regnen.

»Wollen Sie da wirklich raus, Schätzchen?«, fragte eine ihrer Nachbarinnen, die auf die Morgenzeitung wartete. Bei der Witwe Penny, für die Stormy eine Schwäche hatte, lief jeder einzelne Tag gleich ab.

»Ja. Ich habe keine andere Wahl«, antwortete Stormy.

»Wissen Sie, kleines Fräulein, wenn Sie nicht lernen, nur ein kleines bisschen langsamer zu machen, werden Sie eines Tages merken, wie das Leben Sie eingeholt hat und an Ihnen vorbeigezogen ist.«

Bei diesen Worten spürte Stormy einen Druck hinter den Augen. »Ich weiß. Aber manchmal hat man keine andere Wahl, als weiterzurennen«, sagte sie traurig.

»Man hat immer eine Wahl, meine Liebe.«

Stormy griff nach der Kette mit dem Medaillon, und ihre Hände zuckten zurück, als ihr wieder einmal bewusst wurde, dass sie sie verloren hatte. Es war jetzt sechs Jahre her, doch noch immer griff sie danach. In der Nacht, als sie die Kette verloren hatte, waren auch die Träume, Goldschmiedin zu werden, davongespült worden. Bei den Worten ihrer Nachbarin erfasste Stormy eine größere Traurigkeit, als sie zugeben wollte.

»Manchmal gibt es wirklich keine Wahl«, flüsterte sie schließlich kaum hörbar. »Danke, dass Sie immer für mich da sind, Penny. Bleiben Sie drinnen im Warmen.«

Sie hätte tatsächlich gut daran getan, auf den Rat der Frau zu hören. Aber sie wusste, dass sie das nicht tun würde.

Kapitel 7

Die Sonnenstrahlen schoben sich durch den wolkenverhangenen Himmel, als sich der Regen verzog und auf den sich jetzt erwärmenden Bürgersteigen an Seattles stark befahrenen Straßen Dampfwolken aufstiegen, die von den vorbeifahrenden Autos herumgewirbelt wurden.

Die Ampel an einer belebten Broadway-Kreuzung schaltete auf Rot, als ein schnittiger Porsche 911 kurz vor dem Fußgängerüberweg zum Stehen kam. Kein Geringerer als Flugkapitän Cooper Armstrong trommelte auf dem Weg zum Sea-Tac-Airport ungeduldig mit den Fingern auf das Lenkrad.

Cooper raste wieder einmal wie ein Verrückter zum Flughafen, um früh zur Arbeit zu kommen. Natürlich brauchte das Flugzeug seine besondere Aufmerksamkeit, und ohne ihn würde es heute keine Flüge geben. Sicher gibt es noch andere Piloten, aber keiner ist so gut wie ich, dachte er mit einem arroganten Lächeln.

Innerhalb von Sekunden hielt ein Auto links neben ihm. Er maß dem Fahrzeug wenig Beachtung bei, schaute ruhig hinüber und sah, wie das Beifahrerfenster heruntergelassen wurde.

Cooper war gespannt, wie heiß die Frau war, die ihm gleich ihre Telefonnummer anbieten würde. Doch anstatt einer sexy Brünetten oder feurigen Rothaarigen sah er seinen Pilotenkollegen und guten Freund Wolf Young. Wäre er nicht so abgelenkt gewesen, dann hätte er sofort den dunkelblauen BMW M3 erkannt.

Wolf konnte ein bisschen hitzköpfig sein, und er besaß eine Spur Arroganz. Genau deshalb kamen die beiden so verdammt hervorragend miteinander aus. Doch in Sachen Pünktlichkeit lagen sie nicht auf der gleichen Wellenlänge. Wenn es darum ging, irgendwo pünktlich zu erscheinen, ging Wolf bis ans Äußerste.

»Fährst du immer noch dieses Oma-Auto, alter Mann?«, schrie Wolf über den Lärm seines hochtourigen Motors hinweg.

Cooper weigerte sich, den Köder zu schlucken – im Ganzen sowieso nicht. Er würde nicht zu spät zur Arbeit kommen, weil Wolf ihn zu einem Rennen anstachelte.

»Ich wollte dich gerade das Gleiche fragen«, entgegnete Cooper mit einem spöttischen Lächeln.

»Ha! Dein Auto kann doch gegen meins nie im Leben anstinken.« Um seiner Aussage Nachdruck zu verleihen, ließ Wolf erneut den Motor aufheulen.

»Wirst du jemals erwachsen werden, Wolf?«, fragte Cooper, obwohl er spürte, wie das Adrenalin bei der offensichtlichen Kampfansage seines Freundes durch seine Adern jagte. Verdammt …

»Ich hoffe nicht«, schrie Wolf. »Lass uns um die Wette fahren und sehen, ob du mithalten kannst.« Sein Fenster fuhr wieder hoch, jedoch nur halb.

Zu seiner großen Verdrossenheit spürte Cooper, wie sein Stolz die Oberhand über die Entscheidung gewann. Und dass das passieren würde, wusste sein Freund. Obwohl Cooper es hasste, dass seine Reaktionen so vorhersehbar waren, konnte er die nächsten Worte nicht zurückhalten.

»Na gut, wenn du unbedingt wissen willst, was dieses *Oma-Auto* draufhat, Wolf, dann mach dich lieber auf eine Niederlage gefasst.« Cooper schloss sein Fenster. Er konnte sich die Begeisterung in Wolfs Gesichtsausdruck vorstellen und hörte, wie dieser in Erwartung des Starts den Motor hochfuhr.

Die beiden Männer beobachteten, wie die Autos auf beiden Seiten der Kreuzung das Tempo drosselten, was bedeutete, dass die Ampel kurz vor dem Umschalten stand. Beide Autos drängten nach vorn und wurden nur noch durch den Fuß auf der Bremse zurückgehalten. Sie machten sich bereit für das Umspringen der Ampel auf Grün. Die Zeit schien stillzustehen, und dann schaltete die Ampel schließlich um.

Fast gleichzeitig hauten Cooper und Wolf den Gang rein und traten das Gaspedal durch. Mit einem Aufheulen schossen die Autos über die weiße Linie. Das Geräusch durchdrehender Reifen war zu hören und der Geruch von Abgasen verpestete die Luft, als beide Wagen davonjagten.

Cooper warf einen Blick auf seinen Tacho, der schnell auf fünfundsechzig Meilen pro Stunde kletterte, als sie die Straßen der Stadt entlangbretterten. Ihre Autos schossen, die Fahrspuren wechselnd, im morgendlichen Verkehr dahin und ernteten dafür vom gestreckten Mittelfinger bis zum Hupen sämtliche Ausdrücke der Empörung. Im Hinterkopf wusste Cooper, dass er Polizei auf dieser Straße gesehen hatte, aber seine jungenhafte Arroganz hätte es ihm niemals erlaubt, langsamer zu fahren.

Wolf startete einen plötzlichen Überholversuch, den Cooper mit einem gewagten Manöver unterband. Das Aufheulen von Wolfs Motor beim Herunterschalten war zu hören, als Cooper ihn im Rückspiegel beobachtete. Sein Vorsprung vergrößerte sich, und er heizte seinen Porsche noch mehr an.

Cooper wusste, dass Wolf alles tun würde, um zu gewinnen. Er war mit ihm bereits Rennen gefahren und hatte ein paar von Wolfs Tricks und Strategien gelernt. *Los, Wolf, du bist dran,* stichelte Cooper unhörbar, als sie sich der Autobahnauffahrt näherten.

Obwohl der Verkehr ziemlich dicht war, war die grenzenlose Weite der Autobahn eine einmalige Gelegenheit. *Das ist deine Chance, Coop. Hol alles aus ihm heraus.* Schnell schaltete er in den dritten Gang, als er die Auffahrt hinauffuhr, und sah Wolf direkt hinter sich. Die Autos preschten mit heulenden Motoren vorwärts und wurden bis an ihre Grenzen getrieben. Als Cooper den höchsten Punkt erreicht hatte, wollte er sich von all den missbilligenden Geräuschen nicht beunruhigen lassen und beschleunigte sogar auf über hundert Meilen pro Stunde.

Coopers Vertrauen in seinen bevorstehenden Sieg bekam schnell eins auf den Deckel, als er Wolfs glänzenden Kühlergrill im Rückspiegel entdeckte. Jetzt war es Zeit für ein paar schmutzige Tricks. Cooper grinste boshaft, als er einen großen Lastwagen bemerkte, der den Blinker gesetzt hatte und rüber in Coopers Fahrspur zog.

Ohne zu zögern und ohne Angst schaltete Cooper in den vierten Gang und drückte das Gaspedal bis zum Anschlag durch. Das Geräusch von Splitt war unter dem Auto zu hören, als er um den ausscherenden Lastwagen einen Schlenker machte und dabei leicht auf den Seitenstreifen kam.

Wie wär's damit? Cooper konnte Wolf und sein blaues Auto auf der Suche nach einer Lücke von einer zur anderen Seite schwenken sehen. Cooper raste davon und nutzte seinen Vorteil voll aus. Nach ein paar Minuten nahm er an, dass er völlig eindeutig gewonnen hatte.

Ein Blick in den Rückspiegel zeigte ihm, dass von Wolf nichts mehr zu sehen war. *Sieht aus, als hättest du zu schnell aufgegeben, mein Freu... verdammt!*

Cooper sah den BMW auf seiner rechten Seite wie eine aus einer Waffe abgefeuerte Kugel heranpreschen. Er wusste, dass

Wolf die Schadenfreude deutlich ins Gesicht geschrieben stehen würde, wenn er an ihm vorbeizog. Mit klopfendem Herzen drückte Cooper das Gaspedal bis zum Anschlag durch.

Als er wieder auf die Straße vor sich schaute, bemerkte er gerade noch rechtzeitig die eindeutig himmelblaue Schnauze eines Crown Victoria, die aus der die Mittellinie säumenden Vegetation herausschaute. Es wäre nicht das erste Mal gewesen, dass er eine Auseinandersetzung mit der örtlichen Polizeibehörde gehabt hätte, und diese Autos waren ihm nur allzu vertraut.

Um einen katastrophalen Strafzettel und damit einen weiteren Eintrag im Verkehrsstrafenregister zu vermeiden, schaltete Cooper herunter und trat auf die Bremse. Mit einem leichten Quietschen der Reifen drosselte er den Porsche in der Kürze der Zeit auf nur fünf Meilen über der Geschwindigkeitsbegrenzung.

Er sah sich zu seinem Rivalen und Freund um, während der Abstand zwischen ihnen schnell immer kleiner wurde. Cooper fiel auf, dass Wolf das Tempo nicht drosselte, um seinen Sieg vorbeiziehen zu lassen, als er auf die linke Fahrbahn ausscherte.

Wissend, dass Wolf keine weiteren Stressfaktoren in seinem Leben brauchte, tat Cooper alles, um ihn auf das Polizeifahrzeug aufmerksam zu machen. Aber schon bald wurde ihm klar, dass seine Warnungen von Wolf nicht bemerkt wurden, der weiter Gas gab und so konzentriert war, dass er nichts anderes wahrnahm.

Du Blödmann! Kannst nicht sagen, ich hätte dich nicht gewarnt, dachte Cooper, als Wolfs Bremslichter aufleuchteten und die Reifen qualmten. Das sah alles nach einer panischen Bremsung aus.

Genau! Die roten und blauen Lichter des Polizeiautos wurden eingeschaltet, und der Wagen setzte sich hinter Wolfs BMW und signalisierte ihm, auf den Seitenstreifen zu fahren. Cooper, der jetzt in Sicherheit war, nahm die nächste Ausfahrt zum Flughafen.

Er warf einen Blick auf die große Pilotenuhr, als er auf den Parkplatz für Flughafenangestellte fuhr. Er war pünktlich, und sein Straßenrennen hatte ihn im Vergleich zu seiner normalen Pendelzeit nur wenig mehr Zeit gekostet. Nachdem er das Auto auf seinem üblichen Parkplatz abgestellt hatte, stieg er aus. In seiner maßgeschneiderten Uniform sah er einfach umwerfend aus.

Dann nahm er den ersten Shuttlebus und saß ruhig da, seinen Pilotenkoffer und die Reisetasche ordentlich neben sich gestellt. Da er seit fast sechs Jahren vom Flughafen Seattle aus startete, hatte er seine tägliche Routine zu einer Art Wissenschaft gemacht. Auch wenn er letzten Monat im Urlaub gewesen war.

Alles lief fast nach einer Choreografie ab. Er zeigte seinen Ausweis, passierte die Sicherheitskontrolle und ging auf den Coffeeshop zu.

Mit seinem Freund würde er sich noch früh genug befassen. Im Moment war er wieder bei der Arbeit. Dennoch musste er zugeben, dass das Rennen ein schöner Kick gewesen war und der Fahrt, die er auch im Schlaf hätte absolvieren können, etwas von ihrer Eintönigkeit genommen hatte.

Aber jetzt war er zurück in der realen Welt.

Kapitel 8

Das Taxi hielt nach einer übelkeitserregenden Fahrt, bei der es ständig die Fahrbahnen gewechselt hatte und auf nur ein Ziel ausgerichteten Reisenden ausgewichen war, vor dem Sea-Tac-Terminal. Stormy Halifax warf dem Fahrer das Geld zu, womit zwei Stunden Arbeit in zwanzig Minuten für zeitverschwendendes Pendeln rausgeschmissen waren. Dann sprang sie aus dem Taxi und rannte auf die Eingangstür des Flughafens zu.

Sie war ganz darauf eingestellt, ihren normalen Arbeitstag mit seiner monotonen Routine zu beginnen. In einem kleinen Republic Coffee Shop, der sich im Seattle-Tacoma International Airport befand, war sie eine der Baristas. Das kleine, anheimelnde Café war eingerahmt von anderen Gastronomiebetrieben und einem Geschenkartikelladen.

Stormy arbeitete erst seit einem Monat in ihrem neuen Job, aber es war mit so viel Aufwand verbunden, zu ihrer Arbeitsstelle zu kommen, dass sie nicht sicher war, ob sie ihn weiterhin behalten sollte. Wenn sie nur nicht das Geld so dringend gebraucht hätte.

Der Flughafen war ein hektisches Tollhaus mit einer endlosen Flut von Menschen, die scheinbar alle einen betriebsamen Reisetag hinter sich brachten. Im Republic Coffee Shop war

72

den ganzen Tag über ziemlich viel los, denn es lag in der Nähe der obersten Rolltreppen und des Haupteingangs zu den meisten Airline Gates nach der Sicherheitskontrolle.

Als Stormy die Rolltreppe verließ, war sie sofort konfrontiert mit selbstvergessenen Passagieren, Kaffeeduft und der Stimme eines Flugsteigmitarbeiters, der von einem unzufriedenen Kunden zusammengestaucht wurde.

Ja, das würde offenbar wieder ein weiterer langer Tag voller Schufterei, aggressiver Passagiere und egoistischer Piloten werden. Mit einem Großteil davon kam sie klar, aber die Piloten waren die Schlimmsten.

Als sie mit dem Job hier begonnen hatte, war sie von ihnen fasziniert gewesen. Die meisten waren sexy, selbstbewusst und absolut charmant. Es machte nichts, dass sie gut bezahlte Jobs hatten, im Café dicke Brieftaschen aufblitzen ließen und teure Uhren und Sonnenbrillen zur Schau stellten.

Allerdings hatte sie in ihrer dritten Arbeitswoche festgestellt, dass die meisten Piloten kein Geheimnis daraus machten, dass sie nur eines wollten. Viele von ihnen hatten auf ihren Routen in jeder Stadt eine andere Freundin.

Davon hielt Stormy absolut gar nichts. Lieber blieb sie Single, als das Spielzeug eines arroganten Mannes zu sein. Nachdem sie diverse *nette* Angebote abgelehnt hatte, hatten sie den Fingerzeig endlich verstanden und aufgehört, sie um ein Date zu bitten – oder einen One-Night-Stand, wenn sie ehrlich sein sollte. Ja, einen solchen hatte sie schon einmal gehabt, aber das war lange her.

Stormy hatte sich gerade an der Kasse des Cafés angemeldet, als ein Mann in ihrem Blickfeld auftauchte, der ein sauberes, gebügeltes Oberhemd trug, das auch strengen militärischen Standards entsprechend perfekt geschnitten war.

Das Flugkapitänabzeichen mit den glänzenden goldenen Flügeln schmückte die linke Seite seiner breiten Brust, und über der rechten Brusttasche trug er das blanke Namensschild *Kapitän Armstrong, Trans Pacific Airlines.*

Dieser Pilot war über eins neunzig groß und hatte stechend grüne Augen. Auf dem Kopf trug er eine mit einem goldenen Blatt bestickte Kapitänsmütze, in deren Mitte sich oberhalb des Schirms die Insignien der Fluglinie befanden. Er spähte unter dem Schirm hervor, und an der sichtbaren Seite seiner Schläfe waren gut geschnittene und gestylte, fast schwarze Haare zu erkennen. Sein Teint war leicht dunkel und vielleicht ein Hinweis auf ein südländisches Erbe. Er war sorgfältig rasiert und präsentierte unglaublich sinnliche Lippen.

Sein Körperbau war ein Anblick zum Niederknien: breite Schultern, eine muskulöse, wohldefinierte Brust sowie Deltamuskeln, Bizeps und Trizeps, die sein Hemd ausfüllten. Stormys Blick folgte der natürlichen Abfolge seiner beeindruckenden Statur bis hinunter zum schwarzen Gürtel, der perfekt auf der Hüfte saß.

Warum kam er ihr so bekannt vor?

Erst als er direkt vor ihr stand, machte es klick.

Bilder eines mondbeschienenen Strandes blitzten auf – eine heiße, dampfende Dusche und noch heißere Küsse – große, starke Hände, die ihren Körper erkundeten …

Wieder griff Stormy nach ihrer verloren gegangenen Kette und kämpfte gegen das Schwindelgefühl an, das sie plötzlich überkam. Sie kannte diesen Mann, obwohl sie gedacht hatte, sie werde ihn niemals wiedersehen. Und jetzt kannte sie seinen Namen oder zumindest seinen Nachnamen. Sie zitterte am ganzen Körper, als sie ihm gegenüberstand. Es war Jahre her – sechs, um genau zu sein –, und er hatte sich verändert, aber das sich sofort einstellende Gefühl zwischen ihren Schenkeln erinnerte sie schnell daran, dass ihr Körper ihn nicht vergessen hatte.

Für einen Moment schloss sie die Augen und erinnerte sich an jene Nacht, an jeden Augenblick, in dem er meisterhaft jeden Quadratzentimeter ihres Körpers liebkost und sie immer wieder vor Lust hatte aufschreien lassen. Mit diesem Mann hatte sie Dinge getan, die sie noch nie zuvor getan hatte und ganz sicher auch nicht mehr danach.

Welcher Mann konnte schon mit Grünauge mithalten? Er war unglaublich gewesen, und Stormy hatte danach nie wieder auf einen Mann so reagiert.

Mit roten Wangen schaute sie ihn an und wartete darauf, in seinen Augen Anzeichen dafür zu sehen, dass er sie wiedererkannte. Doch nichts dergleichen geschah. Er legte nur leicht den Kopf zur Seite, und sein Gesichtsausdruck zeigte ein deutliches Interesse.

Er hatte keine Ahnung, wer sie war.

Verdammt! Sie hätte nicht gedacht, dass man sie so schnell vergessen konnte, auch wenn es schon sechs Jahre her war, sie jetzt kurvenreicher war und diese jugendliche Ausstrahlung verloren hatte, die nur eine Zwanzigjährige haben konnte. Und auch ihre Haare hatten jetzt wieder den natürlichen dunklen Braunton …

Dennoch ging es mit ihrem Selbstwertgefühl schlagartig bergab.

Aber wollte sie wirklich, dass er wusste, wer sie war? Würde er eine Wiederholung ihrer gemeinsamen Nacht erwarten? Wäre das so schlimm? Fragen, auf die sie keine Antworten wusste, schossen ihr durch den Kopf, als sie einfach dastand, unfähig, etwas zu sagen.

»Haben Sie gehört, was ich gesagt habe?«, fragte Grünauge.

»Was? Nein … tut mir leid«, stammelte Stormy. Er musste eine Bestellung bei ihr aufgegeben haben, und sie hatte rein gar nichts mitbekommen.

»Ich hätte gerne einen Americano mit vier Schuss Wasser und Platz für Sahne.«

Stormy war noch immer völlig durcheinander und starrte ihn einfach ausdruckslos an. Verdammt! Die ihr im Kopf herumschwirrenden Gedanken machten es ihr fast unmöglich, abzuspeichern, was er wollte.

»Ich hätte gerne einen Americano mit vier Schuss Wasser und Platz für Sahne«, wiederholte er jetzt sehr langsam. »Ich war eine Weile weg, aber ich hoffe doch, dass die Kellnerinnen hier immer noch Kaffee *servieren* können.«

»Ja, tut mir leid. Kommt gleich.«

Sie drehte sich um und schmiss dabei den Behälter mit halb Milch, halb Sahne um. Der Inhalt ergoss sich über ihr Bein und den Boden. Zunächst herrschte einige Augenblicke absolute Stille, dann meldete er sich wieder zu Wort.

»Anstrengende Nacht gehabt?«, fragte er mit einem Lachen.

Stormy schauderte. Sie war jetzt wirklich völlig aus der Bahn geworfen, und obwohl es sie frustrierte, kämpfte sie gegen Tränen an. »Wie bitte?«

»Komm schon, Schätzchen. Ich kenne die Frauen, und offensichtlich haben Sie einen schweren Tag, weil Sie eventuell nicht genug Schlaf bekommen haben. Vielleicht sollten Sie dem Mann, der Ihnen solche Augenringe beschert, den Laufpass geben, und einen richtigen Mann dafür sorgen lassen, dass Sie wie ein Baby schlafen können«, riet er ihr frech und setzte noch eins drauf, indem er ihr zuzwinkerte.

Stormy war beschämt, dass sie mit diesem Mann geschlafen hatte, und noch beschämter, als sie feststellte, dass sie es nicht bereute, obwohl er sich wie ein typischer Alphapilot benahm, der dachte, dass sofort die Slips fielen, wenn er den Raum betrat. Tief Luft holend, beschloss sie, nicht weiter wie ein Trottel ersten Ranges dazustehen, sondern für sich selbst einzutreten, was ihr nicht leichtfiel.

»Mir ist nicht klar, ob Sie mich gerade anbaggern oder beleidigen, aber wie auch immer, Ihr Benehmen ist inakzeptabel.« Sieh an! Das war gut, redete sie sich ein.

Ihre Wut war teilweise darauf zurückzuführen, dass er sich nicht mehr an sie erinnerte, und teilweise darauf, dass sein Benehmen jetzt ihren einstigen Aschenputtel-Moment ruinierte. Nein, sie war nicht Schlag Mitternacht verschwunden, aber sie war davongelaufen, obwohl er nie gekommen war, um sie abzuholen. Nicht, dass sie das je gewollt hätte, redete sie sich ein. Dennoch hatte es ihr gefallen, sich einzubilden, sie hätte einen verschollenen Liebhaber.

Er war nicht mehr verschollen, verdammt!

»Niemals würde ich eine schöne Frau beleidigen«, verteidigte er sich und beugte sich noch ein bisschen weiter über die Theke. »Dennoch könnte ich Ihnen eine angenehme Nachtruhe verschaffen.«

Stormy wusste nicht, worüber sie mehr gekränkt sein sollte, aber sie war ganz gewiss entsetzt darüber, dass er so mit ihr sprach. Wie konnte es sein, dass er nicht die geringste Ahnung hatte, wer sie war?

Der beste Sex in seinem Leben? Offenbar nicht.

Ihr Stolz war verletzt, und sie war gekränkt, was ihre Worte härter klingen ließ als normalerweise.

»Sie werden mir niemals *irgendetwas* verschaffen, und schon gar nicht nachts. Ich stehe nicht auf vulgäre, primitive Männer wie Sie«, warf sie ihm in einem Versuch, streng zu erscheinen, etwas zu laut an den Kopf, woraufhin sich mehrere Gäste in ihre Richtung drehten. »Ich habe nämlich Niveau.«

Doch unmittelbar, nachdem sie ihn angefahren hatte, errötete sie, als sie sich in dem sich schnell füllenden Café umschaute. Das war der falsche Ort für private Diskussionen. Die Leute würden annehmen, sie sei verrückt und eine Männerhasserin. Wahrscheinlich war sie ein bisschen von beidem.

Der Mann schien nicht beleidigt zu sein. »Na gut«, sagte er gedehnt.

»Entschuldigung«, murmelte sie. Sie würde in ernsthafte Schwierigkeiten geraten, wenn ihr Chef von hinten aus dem Büro kam.

»Kein Problem, Schätzchen. Aber wenn Sie schon so dastehen, könnte ich vielleicht meinen Kaffee bekommen.« Er beugte sich für ihre Begriffe immer noch zu weit über den Tresen, und ihr Körper reagierte immer noch auf ihn.

Mit zitternden Fingern griff sie nach der Kaffeetasse und drehte sich um, bevor sie gerade so laut sprach, dass nur er es hörte.

»Offenbar noch so ein Pilot mit einem Ego, das groß genug ist, um das bescheidene Gehänge zu kompensieren.« Natürlich war es alles andere als klein, aber er wusste nicht, dass *sie* das wusste.

»Stormy!«

Stormys Schultern krümmten sich. Verdammt! Natürlich war ihr Chef genau in dem Moment aufgetaucht, als sie die Beherrschung verloren hatte. Jetzt würde sie der ekelhafte Kerl hopsnehmen, weil sie einem Kunden gegenüber nicht ihr absolut Bestes gegeben hatte.

Aber Grünauge hatte ihren Zorn verdient. Wenn ihr Chef doch bloß eine Frau gewesen wäre, dann hätte sich das hier viel leichter erklären lassen. Henry hatte Stormy vom ersten Tag an nicht gemocht, und jetzt hatte sie ihm praktisch einen triftigen Grund geliefert, sie zu feuern.

Der Mann hatte eine schrille, nasale Stimme, die wie Fingernägel klang, die über eine Schultafel kratzen. Henry war bekannt als Mr Kundendienst und nahm jede Gelegenheit wahr, die Mädchen vor der Kundschaft zu beschimpfen. Das war seine winzige Form der Rache, so sagte man, weil er vom anderen Geschlecht durchweg einen Korb bekam.

»Henry, ich bin …«

Bevor Stormy den Satz beenden konnte, unterbrach sie Henry. »Kapitän Armstrong, entschuldigen Sie die Verzögerung und Ms Halifax' Benehmen. Der geht aufs Haus.«

»Nein, nein, alles gut«, erwiderte Kapitän Armstrong mit einem Lächeln. »Ms Halifax hat eindeutig einen anstrengenden Morgen, und vielleicht hat sie meinen Sinn für Humor nicht verstanden.« Während der Mann mit Henry sprach, blieb sein Blick durchweg auf Stormy gerichtet, als wollte er sich für die ganze Szene entschuldigen, die er heraufbeschworen hatte.

Es war egal. Trotz seines eindeutig schlechten Gewissens kochte sie immer noch vor Wut.

»Dennoch geht Ihr Kaffee aufs Haus«, beharrte Henry, bevor er sich an Stormy wandte. »Bedienen Sie den Kapitän, und kommen Sie dann sofort in mein Büro.«

Stormy rutschte das Herz in die Hose. Der Tag war gerade von einem schlechten zu einem katastrophalen geworden. Sie hatte keinen Zweifel daran, dass sie kurz davorstand, gefeuert zu werden. Und am selben Tag hatte sie auch noch einen Räumungsbescheid bekommen. Was kam als Nächstes? Bei einem Gewitter über Seattle von einem seltenen Blitz getroffen zu werden?

Als ihr der Ernst der Lage bewusst wurde, malte sie sich aus, wie sie auf der Straße oder in einem Obdachlosenasyl landen würde. Jobs, auch die im Servicebereich, bekam man nicht so leicht, besonders, wenn man im letzten gefeuert worden war.

»He. Geht's Ihnen gut?« Stormy brauchte einen Moment, bis ihr klar wurde, dass der Kapitän mit ihr sprach.

Sie warf ihm einen vernichtenden Blick zu und beschloss dann, einen erstklassigen Kaffee zuzubereiten, weil es höchstwahrscheinlich ihr letzter sein würde.

»Richtig! Ein Americano mit vier Schuss Wasser. Kommt sofort!« Stormy beeilte sich und reichte den Kaffee über den

Tresen. »Ich möchte mich für mein Verhalten entschuldigen«, presste sie zwischen zusammengebissenen Zähnen hervor.

Der Pilot nippte am heißen Kaffee und lächelte. »Danke für die Entschuldigung. Sie brauchen sich aber keine Sorgen zu machen. Ich kann austeilen, aber auch einstecken. Ich hoffe, der Rest des Tages läuft ein bisschen besser für Sie.« Er warf einen Hundert-Dollar-Schein auf den Tresen, als wäre es Kleingeld, und ging dann mit großen Schritten in Richtung seines Flugsteigs.

Stormy stand reglos da und betrachtete die unglaubliche Rückansicht von dem sich entfernenden Kapitän Armstrong. Verdammt! Sie wünschte, er wäre klein, dick und hässlich. Was ließ einen eigentlich annehmen, dass ein Mann, der gut aussah, tatsächlich ein anständiges menschliches Wesen war? Es musste das Lächeln sein. Nein, es mussten definitiv die Augen sein.

Vielleicht der Hintern.

Was zum Teufel es auch immer war, sie wollte ihn hassen, aber es gelang ihr nicht ganz. Vorerst spürte sie nur Wut.

Der Mann hatte sie beleidigt, hatte höchstwahrscheinlich eine Mitschuld daran, dass sie gefeuert werden würde, und er konnte sich noch nicht einmal entschuldigen. Er dachte wohl, dass dieses lächerliche Trinkgeld sein unverschämtes Benehmen wiedergutmachen würde. Entweder das, oder er wollte ihr zeigen, dass er reich war, und dachte, er könnte eine Nacht mit ihr kaufen.

Da lag er in beiderlei Hinsicht falsch.

Doch einen Vorteil hatte das Ganze. Gefeuert zu werden bedeutete, dass Stormy nichts mehr mit den anderen Blödmännern zu tun haben würde, die auf den Gängen des Flughafens herumwanderten und glaubten, sie wären Gottes Geschenk an die Frauen.

Was sie dennoch am meisten beunruhigte, war die Tatsache, dass sie sich irrsinnigerweise immer noch zu dem

Mann hingezogen fühlte. Wie um alles in der Welt konnte sie ihn attraktiv finden? Was war bloß los mit ihr, dass sie es akzeptabel fand, sich von dem Mann angezogen zu fühlen, der sich noch nicht einmal daran erinnern konnte, mit ihr geschlafen zu haben.

Stormy war von ihren Eltern geliebt und umsorgt worden. Sie hatte im Leben ein paar harte Schläge abbekommen, aber wer zum Teufel hatte das nicht? Nie war sie vernachlässigt oder gequält worden. Eigentlich war ihr Leben im Großen und Ganzen ziemlich toll gewesen.

Genug gegrübelt. Entschlossen, sich der Auseinandersetzung mit ihrem widerlichen Chef zu stellen, straffte sie die Schultern und zwang sich, schleppenden Schrittes zum Büro zu gehen, wo sie in der Tür stehen blieb.

Henry ließ sie warten, während er hinter seinem erbärmlich kleinen Schreibtisch sitzend eine Weile irgendetwas in ein Notizbuch kritzelte. Das war eine Demonstration seiner Macht. Nicht überraschend, dachte Stormy. Wie viel Respekt konnte der Mann vor sich selbst haben, wenn er selbst einen Scheißjob mit elender Bezahlung hatte, obwohl er einen Juraabschluss von Harvard besaß.

Leider war er dabei erwischt worden, wie er in einem Fall wichtige Beweismittel unterschlagen hatte, weshalb ihm die Anwaltslizenz entzogen worden war. So war er als Geschäftsführer in einem kleinen Coffeeshop gelandet und ließ seine Wut darüber an jedem aus.

»Wollen Sie, dass wir den Laden dichtmachen müssen, Stormy?«

Das hatte sie nicht erwartet. »Nein«, antwortete sie.

»Wenn Sie sich nicht an die Regeln halten, bekommen Sie eine Abmahnung, und wenn Sie oft genug abgemahnt worden sind, ist für Sie hier Feierabend. Also noch einmal: Was ist das Ziel Ihrer Arbeit hier?«

»Ich möchte meinen Job machen und einen Gehaltsscheck bekommen, Sir.«

»Aber Ihre Aufgabe ist es, sicherzustellen, dass die Kunden zufrieden sind. Wenn wir die Piloten verärgern, geht uns das Geschäft mit ihnen durch die Lappen. Dann verlieren wir *alle* Flughafenangestellten und können zumachen.« Je länger er redete, desto mehr hob er die Stimme.

»Es tut mir leid, dass ich Kapitän Armstrong angeschnauzt habe, aber er war auch unverschämt«, erklärte Stormy ihm.

»Der Kunde hat *immer* recht!«, polterte Henry. »Sehen Sie zu, dass Sie damit klarkommen!«

»Ich bitte um Entschuldigung und werde nicht mehr unverschämt sein«, stieß Stormy hervor und spürte, dass ihr Tränen in die Augen traten.

Sie hasste es, dass sie manchmal vor Wut heulte. Eigentlich wollte sie zeigen, dass sie zornig war und kein Schwächling, verdammt!

»Schauen Sie, Stormy, Kapitän Cooper Armstrong ist mehrmals pro Woche bei uns zu Gast. Sie müssen aufmerksamer sein, sich die Mitglieder der Crew, die regelmäßig bei uns vorbeischauen, merken und besonders zuvorkommend zu ihnen sein. Ich weiß, dass das eine neue Schicht für Sie ist, aber schauen Sie einfach auf die Namensschilder, dann werden Sie sie leichter wiedererkennen, und achten Sie darauf, dass die Leute den Mitarbeiterrabatt bekommen. Folgen Sie meinem Beispiel. Ich gebe mir besondere Mühe, jedem Mitarbeiter, den ich sehe, Beachtung zu schenken. Glauben Sie ja nicht, dass ich wegen dieser dicken Brillengläser blind bin.« Als er mit seiner Rede zum Ende kam, fiel er fast über seinen eigenen Schreibtisch.

Ihrem Chef zustimmend, nickte Stormy widerstrebend. Warum sollte sie ihre Lage noch verschlimmern? »Ist das alles, Sir?« Diesen Typen mit *Sir* anzureden, verursachte ihr einen sauren Geschmack im Mund.

»Ja. Gehen Sie jetzt und setzen Sie sich an die Kasse. Die Schlange wird immer länger, und Amy kann das nicht alleine schaffen.«

Stormy drehte sich um, um das Büro zu verlassen. »Stormy, denken Sie daran ...« Stormy blieb stehen, konnte sich aber kaum ein Stöhnen verkneifen, denn sie wusste, was jetzt kommen würde. »... Republic Coffee ist Glück in einer Tasse.«

Völlig angewidert von diesem Blindgänger verließ Stormy das Büro, um zu ihrer Arbeit zurückzukehren, obwohl sie es mit einem bangen Herzen tat.

Als sie später im Café Tische abwischte, Schachteln mit Tee aufräumte und Kaffeezutaten auffüllte, war sie ganz benommen. Der Vorname von Kapitän Armstrong war also Cooper? Jetzt kannte sie den vollständigen Namen des Mannes, mit dem sie vor sechs Jahren geschlafen hatte. Das war's dann also mit Grünauge. Sie war zu sehr mit den Nerven runter, als dass sie darüber jetzt auch noch nachdenken konnte.

Amy arbeitete hinter dem Tresen und bereitete für einen Passagier einen Kaffee zu. Als sie den Preis in die Kasse eingegeben hatte, schaute sie Stormy mit niedergeschlagenem Gesichtsausdruck an.

»Weshalb hast du dich von diesem Mann ärgern lassen?«, fragte Amy, als sie allein waren.

»Eigentlich weiß ich das nicht so genau«, gab Stormy zu und ließ das Gespräch noch einmal Revue passieren. Es war nicht schlimmer gewesen als andere, die sie tagtäglich führte. »Ich nehme an, weil ich es satthatte, dass diese Piloten denken, sie hätten ein Recht, mir an die Wäsche zu gehen«, mutmaßte Stormy mit einem Augenzwinkern und versuchte, die Konfrontation herunterzuspielen.

»Ha! Überraschung, Überraschung, Kapitän Prachtvoll ist ein weiterer selbstverliebter Schürzenjäger. Ein griechischer Gott von einem Mann, der wie ein sexistischer, von sich eingenommener Idiot klingt, wenn er redet, und damit all das andere ruiniert …, du weißt schon, den heißen Teil. Wenn wir ihn nur zum Schweigen bringen und auf einem Stuhl festbinden könnten, dann hätten wir viel mehr weibliche Kundschaft und nicht diese ganzen anderen Kerle am Hals, die reinkommen und eine Tasse Kaffee und einen Quickie auf einem der Tische erwarten.« Amy redete, während sie Milch für einen Kunden aufschäumte, dessen Bestellung Stormy gerade in die Kasse eingetippt hatte.

»Es ist nicht nur, was Armstrong von sich gegeben hat. Daran bin ich gewöhnt«, erklärte Stormy, als sie die Unterhaltung wiederaufnahm. »Aber ich kenne ihn von früher.«

»Das riecht nach einer guten Story«, frohlockte Amy entzückt.

»Nein, keine Story. Ich war nur überrascht, ihn zu sehen, das ist alles. Ist schon viele Jahre her.«

»Ich wüsste gerne, was los ist, aber ich habe in der kurzen Zeit, in der wir jetzt zusammenarbeiten, gelernt, wie verschlossen du sein kannst. Also werde ich es aussitzen«, verkündete Amy.

»Gut«, entgegnete Stormy. »Diese Woche war durch und durch ätzend. Und dann muss ich zu allem Übel auch noch umziehen.«

»Magst du deine Wohnung nicht?«

»Das ist es nicht. Es gibt eine neue Verwaltung, und die will renovieren. Ich weiß schon eine Weile, dass ich die Wohnung räumen muss, aber die Zeit ist einfach zu schnell vergangen, und jetzt habe ich keine Bleibe.« In Stormys braunen Augen sammelten sich Tränen. Schon wieder! Sie musste sich zusammenreißen.

»Meine Güte …«, stieß Amy hervor und starrte Stormy jetzt mitleidig an. »Können sie dir nicht irgendwie mehr Zeit einräumen?«

»Nein«, antwortete sie, als sie einen Korb mit schmutzigem Geschirr in die Küche trug. »Mir ist klar geworden, dass es ist, wie es ist.«

Amy schüttelte den Kopf. Gott sei Dank hatten sie den Rest des Nachmittags zu tun, sodass Stormy nicht viel Zeit hatte, sich über ihre Wohnsituation oder ihren beschissenen Job den Kopf zu zerbrechen.

Das bedeutete auch, dass Amy keine Gelegenheit hatte, weitere Fragen zu stellen. Tatsache war, dass Stormy keine Ahnung hatte, wie es weitergehen sollte. Wie konnte sie da Antworten geben?

KAPITEL 9

Stormys Bus hielt nach einem scheinbar nie enden wollenden Tag in der Nähe ihres Wohnblocks. Sie stieg aus, ging zu ihrem Haus und betrat die Eingangshalle.

Am Ende eines Arbeitstages waren ihre Füße vom stundenlangen Stehen immer völlig hinüber. Deshalb nahm sie auch normalerweise den Fahrstuhl. Aber offenbar hatte sich das Schicksal nach so einem furchtbaren Tag gegen sie verschworen, denn ein großes Außer-Betrieb-Schild klebte auf den Metalltüren.

Stormy schleppte sich mit einer riesigen Tasche die Treppe hinauf. Kurz bevor sie auf ihrem Stockwerk ankam, begann sie nach ihren Schlüsseln zu wühlen. Gute Koordinationsfähigkeiten waren nicht gerade Stormys Stärke, und dann kam auch noch ihr müder Geist dazu, und schon rutschte ihr der Taschengurt in bester Manier von der Schulter, und der halbe Inhalt der Tasche fiel heraus.

Das Geräusch von Schlüsseln, Make-up und Kleingeld hörte man im ganzen Treppenhaus. Stormy sank auf die Knie und begann zu schluchzen. Sie hatte genug, und es gab nichts, was ihre Tränen jetzt noch zurückhielt.

Als sie hörte, dass eine Tür geöffnet wurde und dann jemand die Treppe herunterkam, versuchte sie sich zusammenzureißen, aber sie war einfach zu müde. Sie schaute zu Boden und hoffte, dass, wer immer es auch war, einfach vorbeigehen werde. Das Letzte, was sie wollte, war, erklären, weshalb sie mitten auf der Treppe schluchzte.

»Was ist denn los, Schätzchen?«, fragte Sherman und blieb mitfühlend neben ihr stehen.

Der Klang seiner warmen Stimme führte dazu, dass sie sich gegen die Wand lehnte, zu ihm aufschaute und verzweifelt versuchte, die Tränen zu stoppen. Sie öffnete den Mund, um etwas zu sagen, aber kein einziges Wort kam heraus.

»So schlimm kann es doch nicht sein«, tröstete Sherman sie und tätschelte ihr die Hand.

»Tut mir leid«, schluchzte Stormy mit einem Schluckauf.

»Entschuldige dich nicht, sondern erzähl mir einfach, was dich so aus der Fassung gebracht hat«, ermunterte er sie mit einem sanftmütigen Lächeln, für das Stormy ihn liebte.

Sie konnte sich glücklich schätzen, diesem Mann in einer der schlimmsten Zeiten ihres Lebens begegnet zu sein – ein paar Monate, nachdem sie ihren Vater verloren hatte. Sherman war nett gewesen und hatte sie so sehr an ihren Vater erinnert, dass sie sich sofort an ihn geklammert hatte. Wenn sie ihn längere Zeit nicht sah, ging sie los und machte ihn ausfindig. Als sie dann auch noch ihre Mutter verlor, war Sherman derjenige gewesen, der sie getröstet hatte.

»Du bist aber noch ziemlich spät hier«, stellte Stormy schließlich fest, und es gelang ihr, die Tränen unter Kontrolle zu bekommen.

Er hob ein paar der Dinge auf, die um sie herum verstreut lagen, und tat sie wieder in die Tasche, was sie fast veranlasste, in erneutes Schluchzen auszubrechen, doch irgendwie gelang es ihr, sich zusammenzureißen.

»Mein Besuch bei Ms Penny Little hat einfach zu lange gedauert. Dann ist der verdammte Fahrstuhl wieder kaputtgegangen, und ich musste mich dazu überreden, diese ganzen Treppen hinunterzugehen«, erklärte er mit einem Glucksen.

»Tut mir leid. Ich helfe dir nach unten«, bot Stormy an und war froh, dass sie ihr Augenmerk auf ihn und nicht auf sich selbst richten konnte.

Einen Moment lang sah Sherman sie liebevoll an. »Deshalb schätze ich dich so sehr, junge Dame. Obwohl du offenbar einen schlimmen Tag hattest, willst du immer noch einem alten Mann nach unten helfen«, lobte er sie, bevor er den Kopf schüttelte. »Ich weiß, wie sehr deine Füße am Ende eines Tages wehtun, deshalb will ich nicht dafür verantwortlich sein, dass du noch mehr Treppenstufen steigen musst.«

Bei diesen Worten wurde ihr warm ums Herz. Sie wollte als guter Mensch gesehen werden, so gut wie ihre Eltern gewesen waren, und sie hatte das Gefühl, sie würde sie jeden Tag enttäuschen. Stormy fand, dass sie nicht annähernd so großzügig, so fürsorglich, so aufopfernd war, wie sie es gewesen waren, und deshalb hätte sie sich am liebsten auf den Mann gestürzt, den sie bewunderte und der ihr gerade gesagt hatte, dass sie besser als okay war, und hätte ihn in eine innige Umarmung gezogen. Sie konnte sich kaum zurückhalten, genau das zu tun.

»Ich mag dich, Sherman. Du bringst mich zum Lächeln, wenn ich am liebsten heulen würde.«

»Im Leben sollte es eigentlich nichts geben, was uns hinsetzen und allein weinen lässt«, sagte er, während er Stormys Schulter tätschelte. »Anstatt aufzugeben und in diesem schmuddeligen Treppenhaus zusammenzubrechen, sag mir lieber, was los ist, und ich bin sicher, wir finden eine Lösung.«

Stormy kämpfte mit sich, ob sie ihren Kummer mit ihm teilen sollte oder besser nicht. Es war wirklich ihre eigene Schuld, dass die Dinge so außer Kontrolle geraten waren. Doch wie er so vor ihr stand mit einem aufmunternden Lächeln, beschloss sie, dass sie wirklich einen Freund brauchte, dem sie ihr Herz ausschütten konnte. Wenn sie damit fertig wäre, würde es sich vielleicht nicht mehr so anfühlen, als bliebe die Welt stehen.

»Ich verliere meine Wohnung, mein Chef glaubt, ich sei eine furchtbare Mitarbeiterin, und jeder, den ich treffe, scheint mich zu hassen – besonders widerlich attraktive Piloten, die zumindest so höflich sein könnten, sich an mein Gesicht zu erinnern.«

Sherman schwieg einen Moment und Stormy fragte sich, ob sie ihn mit zu vielen Informationen bombardiert hatte, was höchstwahrscheinlich so war. Andererseits war es nicht so, dass sie herumlief und ihre Geheimnisse in die Welt hinausposaunte.

»Im Leben gibt es immer Prüfungen. Wir verstehen nicht unbedingt, warum es sie gibt, aber irgendwann sehen wir, dass es einen Grund dafür gab. Manchmal muss alles schiefgehen, bevor es sich zum Besseren wenden kann«, erklärte Sherman, bevor er eine Pause machte und auf den immer noch auf den Treppenstufen verteilten Inhalt ihrer Tasche schaute. Dann wandte er sich wieder an Stormy und sprach weiter.

»Früher als du denkst, wird sich alles zum Besseren wenden. Sosehr das auch nach Klischee klingen mag, es ist wahr, und alles, was du tun musst, ist, dich aufrappeln. Ich werde dir sogar meinen Gehstock leihen, wenn du magst«, sagte Sherman mit sanfter Stimme.

»Von dem du nie weißt, wo er ist«, gab Stormy zu bedenken.

»Weil ich ansonsten zugeben müsste, dass ich alt werde.«

Sie lächelte und erkannte, dass er recht hatte. Heulend auf den Stufen zu sitzen würde ihr nicht weiterhelfen. Sie musste ihre restlichen Sachen zusammensuchen, zu ihrer Wohnung gehen und anfangen, Pläne zu schmieden. Ihre Mutter hatte immer gesagt, dass ein Mensch selbst entschied, sich zu bemitleiden.

Und egal, wie schlimm ein Tag war, garantiert hatte irgendjemand irgendwo einen schlimmeren Tag.

»Es gibt immer ein Morgen«, sagte Stormy schließlich. »Ich werde dich vermissen, Sherman. Du warst immer so gut zu mir.«

»Über ein Morgen würde ich mir wirklich noch keine Gedanken machen, Schätzchen. Die Dinge werden sich zu deinen Gunsten entwickeln – warte einfach ab. Aber jetzt musst du erst mal reingehen, eine schöne Tasse heißen Tee trinken und dich ausruhen.«

»Das tue ich erst, wenn ich dich nach unten begleitet habe«, beharrte sie.

»Ich habe dir doch bereits gesagt …«, begann er, doch sie unterbrach ihn.

»Ich muss sowieso noch die übrigen Sachen aufsammeln, die mir aus der Tasche gefallen sind. Einige sind wahrscheinlich bis ins Erdgeschoss gekullert«, erklärte sie mit einem aufrichtigen Lächeln.

Er gab auf, griff nach ihrem Arm und zusammen machten sie sich auf den Weg. Das Erstaunliche war, dass Stormys Füße nicht mehr wehtaten, als die beiden mehrere Stockwerke hinuntergingen und auf den Ausgang zusteuerten.

»Aber du wirst mich nicht nach draußen begleiten«, sagte Sherman. »Mein Lebtag habe ich nie einer Dame erlaubt, ohne Begleitung nach Hause zu gehen.«

Zum ersten Mal an diesem Tag lachte Stormy und beugte sich vor, um Sherman auf die Wange zu küssen. »Na gut, wenigstens da gebe ich nach.«

Sherman drückte sie zum Abschied fest an sich und verschwand dann durch die Tür. Stormy begab sich langsam wieder auf den Weg nach oben und sammelte dabei die restlichen Sachen ein. Dann ging sie in ihre Wohnung, schloss die Tür hinter sich und legte die Kette vor.

Sie beschloss, sich Shermans Rat zu Herzen zu nehmen und diesen schrecklichen Tag auf sich beruhen zu lassen. Morgen musste es besser werden. Schlimmer ging auf keinen Fall mehr.

***

Sherman betrat sein Haus und griff zum Telefon. Ungeduldig stampfte er mit dem Fuß auf, als er darauf wartete, dass das Gespräch entgegengenommen wurde.

»He, Onkel.«

»Das ist keine ordentliche Begrüßung, Junge«, schimpfte Sherman mit dem jungen Mann.

»Entschuldigung«, antwortete Cooper, und sein Kichern war über die Leitung deutlich zu hören. »Hallo, Cooper Armstrong am Apparat. Wie kann ich Ihnen behilflich sein?« Sein Ton klang fast ernst.

»Ich bin zu alt für solche Spielchen«, meinte Sherman, bevor sich der Klang seiner Stimme änderte. »Und jetzt der Grund meines Anrufs … Du musst mir einen Gefallen tun …«

KAPITEL 10

Das Pendeln führte wieder dazu, dass sie zu spät kam. Natürlich wurde ihr Bus durch einen Verkehrsunfall angehalten. Aber sie konnte sich nicht schon wieder eine bankkontoleerende Fahrt mit dem Taxi leisten.

Allerdings war sie nicht mehr so gestresst wie am Tag zuvor. Heute fühlte sie sich im Hinblick auf ihr Dilemma um einiges besser. Nachdem sie mit Sherman geredet hatte, blickte sie viel optimistischer auf das Leben im Allgemeinen, und sie war entschlossen, sich dem unbekannten Schicksal zu stellen, das sie erwartete – sei es gut oder schlecht.

Endlich kam der Bus am Sea-Tac an, und Stormy eilte durch die Sicherheitskontrolle und hinauf zu ihrer Arbeitsstelle, wo sie außer Atem ankam und sich nach ihrem Chef umsah. Gott sei Dank waren seine wachsamen Augen auf etwas in seinem winzigen Büro gerichtet.

»Guten Morgen«, begrüßte Amy Stormy viel zu freudig für jemanden, der eigentlich ein Morgenmuffel war. »Wie geht's dir heute?«

»Besser«, antwortete Stormy und lächelte, während sie die Uhrzeit ihres Arbeitsbeginns abstempelte.

Auf dem Flughafen herrschte Betriebsamkeit wie in einem wimmelnden Ameisenhaufen. Leute aus allen Teilen der Welt spazierten durch die Terminals, kamen und gingen. Stormy dachte bei sich, dass die Arbeit in einem Coffeeshop auf dem Flughafen dadurch viel interessanter wurde, dass man etwas über Leute und ihre Abenteuer aus und in exotischen Reiseländern erfuhr. Na bitte! Sie konnte die Dinge entweder positiv oder negativ betrachten. Dadurch, dass sie zumindest ihr aktuelles Leben in einem positiven Licht sah, verbesserte sich ihre Laune merklich.

Als sie gerade dabei war, eine frische Tasse Hauskaffee aufzubrühen, wurde sie von der kleinen Klingel unterbrochen, die auf der Theke stand.

»Guten Morgen«, sagte Stormy, ohne sich umzudrehen.

Da sie so an den Klang der Klingel gewöhnt war, kam ihr der Gruß ohne ein Zögern über die Lippen. Als sie schließlich herumwirbelte und erwartete, einen weiteren typischen Flugpassagier zu sehen, hielt sie beim Anblick von Kapitän Armstrong im polierten Messing der Espressomaschine inne.

Grünauge!

Stormy sah die bevorstehende Konfrontation kommen, und sofort begannen alle ihre Nervenenden auf einmal zu flirren. Ohne nachzudenken, flitzte sie in Richtung des hinteren Lagerraums. Verdammt noch mal! All diese aufmunternden Worte, und dann verfiel sie beim ersten Anblick von Kapitän Armstrong in Panik.

Du Feigling! Sie schimpfte auch dann noch mit sich selbst, als er ihr etwas hinterherrief.

»Heißt das, dass Sie mich heute nicht bedienen?«, rief Cooper. Sie bekam nicht mit, dass er sich über den Tresen gebeugt hatte, um zu schauen, wohin sie verschwunden war.

»Ich k…komme gleich«, stammelte Stormy, als sie sich weiter von ihm entfernte und um die Ecke bog.

Was tue ich, und warum kann ich diesem Mann nicht ins Gesicht sehen? Er ist ein Arschloch, aber er ist nicht anders als viele andere Männer. Ich kann ihm gegenübertreten, ohne in Panik zu verfallen, dachte sie bei sich, als sie sich die schweißigen Handflächen an der Schürze abwischte.

Stormy strich sich die braunen Haare hinter die Ohren und beruhigte sich. Schnell atmete sie mehrmals hintereinander tief ein und aus, straffte die Schultern und bereitete sich darauf vor, wieder nach vorn zu gehen.

»Machen Sie schon! Mein Flieger geht bald«, rief Kapitän Armstrong und schlug wieder auf die Klingel.

Mit einem letzten tiefen Atemzug drehte sich Stormy um und ging zurück zum Tresen. »Was kann ich heute für Sie tun?«, fragte sie, als wäre nichts passiert. Sie bekam mit, dass Henry von seinem Schreibtischstuhl aufstand und von der Tür aus die Szene beobachtete.

»Wie immer, bitte, und versuchen Sie, sich nicht zu sehr zum Lächeln zu zwingen«, sagte Cooper in ruhigem Ton mit einer Spur Zärtlichkeit darin. Als er fast unmerklich den Mundwinkel zu einem Lächeln hob, bildete sich auf der linken Wange ein kleines Grübchen.

Während sich Stormy fragte, ob er sich wirklich um sie sorgte, war ihr fast danach, ihm ihr Dilemma anzuvertrauen. Verdammt, das mussten diese Augen sein, vermutete sie. Sie schienen ihr zu sagen, dass sie ihm vertrauen konnte. Doch aus eigener Erfahrung wusste sie, dass das nicht der Fall war.

»Mir ist nicht unbedingt nach Lächeln zumute«, entgegnete sie mit einem gezwungenen Lachen. »Wegen unserer kleinen Interaktion vor ein paar Tagen werde ich vielleicht meinen Job verlieren.«

Er stand da, und das Lächeln verging ihm zusehends. Ganz kurz war Stormy schockiert darüber, dass er sich tatsächlich ein kleines bisschen schlecht fühlte. Sie war sich nicht sicher, welche Gefühle das in ihr weckte. Das war einfach zu viel und kollidierte mit ihrer Meinung über ihn.

Das gefiel ihr nicht.

»Ich weiß nicht, was ich sagen soll. Es … es tut mir leid«, stammelte er und sah verlegen aus.

»Versuchen Sie nicht, mitfühlend zu sein, Kapitän Armstrong. Das ist nicht Ihr Stil«, entgegnete sie. Dann straffte sie wieder die Schultern und widmete sich ihrer Arbeit. »Verzeihung, sagten Sie, Sie möchten das Übliche? War das mit vier Schuss Wasser?«

»Ja, Schätzchen. Freut mich, dass Sie sich erinnern.«

Sie biss die Zähne zusammen, bereitete jedoch weiter den Kaffee zu und reichte ihm dann die Tasse.

»Schauen Sie, Stormy …«, begann er, aber in dem Moment kam eine Ansage über die Lautsprecheranlage.

»Kapitän Armstrong bitte zu Gate A6. Kapitän Armstrong, A6.«

Seufzend schaute er sie an. Dann öffnete er den Mund, als wollte er etwas sagen, schloss ihn jedoch wieder und warf ihr einen Blick zu, den sie nicht ganz deuten konnte.

»Ich muss mich beeilen«, sagte er schließlich. Dann griff er nach seinem Kaffee und brach auf, als würde das Flugzeug von selbst starten und ohne ihn abfliegen, wenn er sich nicht sofort auf den Weg machte.

Stormy blieb an der Kaffeetheke zurück und hatte nicht die leiseste Ahnung, was Kapitän Armstrong hatte sagen wollen. Gerade als sie die Verwirrung abschüttelte, traf ihr Blick auf Amys, und es wurde klar, dass Amy die merkwürdige Szene zwischen den beiden heimlich aus dem Hinterzimmer beobachtet hatte.

Stormy zuckte nur mit den Schultern, als wollte sie sagen: *Was kann ich tun?*

Immerhin war er nicht annähernd so unhöflich gewesen wie bei ihrem letzten Zusammentreffen. Dennoch kränkte es sie zunehmend, dass er immer noch keine Ahnung hatte, wer sie war.

KAPITEL 11

Der Transatlantikflug 232 war nach einem sechsstündigen Inlandsflug vom John F. Kennedy Airport gerade am Sea-Tac angekommen. Das Düsenflugzeug hatte ein wenig Verspätung, und Coopers Kopilot ließ ihn vom Mitarbeiter am Flugsteig ausrufen.

Kapitän Armstrong kam zu dem Schluss, dass sein Leben immer im Eiltempo verlief, als er durch das Terminal sprintete und dabei ab und zu seine Mütze festhalten musste, damit sie ihm nicht vom Kopf fiel. Es war gut, dass Cooper immer eine unbändige Lust auf Geschwindigkeit hatte.

Deshalb flog er auch noch Düsenjets. Das musste er nicht, und ihm wurde ständig gepredigt, er solle es nicht tun, denn er war schließlich der Chef der Fluggesellschaft. Aber viele seiner Mitarbeiter wussten davon gar nichts.

In jener Nacht vor sechs Jahren, als sein Vater gestorben war, hatte er seine Lektion gelernt. Er wollte nicht der Mann sein, der mit Bündeln von Geldscheinen und teurem Spielzeug protzte, wenn sich so viele Menschen auf der Welt abmühten. Außerdem schien das Angeben mit so viel Geld die Piranhas anzulocken, was ihn wahnsinnig ärgerte.

Das bedeutete allerdings nicht, dass er seine Besitztümer nicht mochte. Er mochte sie sehr. Es bedeutete nur, dass er versuchte, ab und zu den Anschein von Normalität aufrechtzuerhalten. Und das Fliegen gab ihm beides, Zufriedenheit und den Rausch, auf den er sich jedes Mal freute, wenn er für ein Flugzeug voller Passagiere verantwortlich war.

Ihr Leben lag in seinen Händen. Das wurde nur noch von der Tatsache getoppt, dass er sich bei einer Geschwindigkeit von über neunhundert Stundenkilometern fünfunddreißigtausend Fuß hoch am Himmel befand.

Cooper rannte fast eine Familie um, die einen Zwillingskinderwagen schob, und beschloss, sich am Riemen zu reißen, bevor er jemanden umstieß oder über ein Laptopkabel stolperte. Mit gebrochenen Knochen flog er nirgendwohin.

Er war noch nicht einmal spät dran. *Verdammte Kopiloten und ihre Panik!* Na ja, vielleicht war es auch vernünftig gewesen, den Coffeeshop zu verlassen.

Obwohl Cooper die größten und kompliziertesten Passagierflugzeuge der Welt steuern konnte, verstand er manchmal nicht die unermessliche Komplexität der weiblichen Seele. Er sagte, was er wollte, und das reichte häufig schon.

Und in Stormys Fall erschien sie ihm so vertraut. Er wusste nicht, was es war, aber er fühlte sich von ihr angezogen. Vielleicht, weil sie atemberaubend schön war. Und es hatte wahrscheinlich mit der Tatsache zu tun, dass sie so originell war, etwas, wovon die meisten Frauen, mit denen er ausging, weit entfernt waren. Er langweilte sich zunehmend mit hohlköpfigen Tussis, aber das würde er niemals laut zugeben.

Aus irgendeinem unbekannten Grund war Cooper entschlossen, Stormy zu zeigen, dass er ein guter Kerl war, sobald er sie das nächste Mal traf. Bisher musste sie ihn doch für ein richtiges Arschloch halten, und das geschah ihm irgendwie recht.

Er hatte sie bewusst in Rage gebracht, um zu sehen, wie ihr feuriges Temperament die Oberhand gewann. Mit geröteten Wangen und Feuer sprühenden Augen sah sie noch atemberaubender aus, deshalb schien er es nicht lassen zu können.

Als er sich seinem Abfluggate näherte, dachte er weiter über Stormy nach. Irgendwie verstand er nicht, dass sie seinen Charme überhaupt nicht wahrnahm. Er wusste, dass er ein bisschen arrogant war, aber wenn Frauen ständig vor ihm niedersanken, war es ein bisschen schwer, nicht so zu sein. Noch nie hatte er so viel Zeit gebraucht, um ein Mädchen für sich einzunehmen.

Na gut, er hatte sie erst zweimal gesehen, und das schien für die meisten Durchschnittsmenschen nicht viel Zeit zu sein, aber normalerweise brauchte er nur insgesamt fünf Minuten, um eine Frau zu ködern. Er lächelte vor sich hin und ließ eine Reisende innehalten. Er bemerkte sie noch nicht einmal. Das war nur die typische Reaktion, die er beim anderen Geschlecht hervorrief.

Cooper nahm an, dass Stormy entweder jünger war, als er annahm, oder nur prüde. Es war doch unmöglich, ihn *nicht* zu mögen. Der Gedanke war absurd.

Allerdings musste er einräumen, dass sein Sarkasmus sie vielleicht nicht in Entzücken versetzt hatte. Immerhin war er, natürlich unbeabsichtigt, schuld daran, dass sie fast gefeuert worden war. Und dann war er auch noch weggegangen, als würde ihn das verdammt noch mal nichts angehen. Das war nicht gerade die beste Verführungstechnik, die er je angewandt hatte.

Er schob die letzten negativen Gedanken beiseite. Es war noch nicht zu spät, das alles wiedergutzumachen. Er würde sie einfach mit seinem ganzen Arsenal an Charme bombardieren, und dann wäre sie innerhalb eines Tages – höchstens zwei – geknackt.

Noch ein Besuch im Café, und sie würde ihm hechelnd zu Füßen liegen. Breit lächelnd kam er an seinem Abfluggate an. Er zeigte der am Gate eingesetzten Mitarbeiterin seinen an einem Band unter der Uniformjacke befestigten Ausweis.

»Wir haben auf Sie gewartet, Sir«, sagte die Frau in barschem Ton, während sie ihm durch eine Handbewegung bedeutete, über die Fluggastbrücke weiterzugehen.

»Tut mir leid. Ich werde mich beeilen. Geben Sie mir drei Minuten, und Sie können mit dem Boarding beginnen«, antwortete er, als er an ihr vorbei den engen Gang entlangging, um sein Flugzeug für den Abflug vorzubereiten.

Cooper betrat mit neuem Optimismus die Bordküche. Dann riss er die Tür zum Cockpit auf und sah zu seiner Überraschung, dass Wolf auf dem Sitz des Kopiloten saß und die Checklisten durchging.

Wolf drehte sich um. »Schön, dass du auch zu uns stößt«, begrüßte er Cooper sarkastisch, bevor er sich wieder seiner Arbeit widmete.

»Ich habe mir einen Kaffee besorgt, weil ich dachte, du bist damit beschäftigt, einen weiteren Strafzettel für zu schnelles Fahren zu kassieren«, entgegnete Cooper mit dem gleichen Sarkasmus und immer bereit, schlafende Hunde zu wecken.

»Ja, das war überhaupt nicht lustig … ein dreihundert Dollar teures Autorennen, das ich mir zurzeit überhaupt nicht leisten kann.«

Cooper ließ sich in den Pilotensitz fallen. »Oh, du großes Baby, ich werde den Strafzettel übernehmen. Hör auf, ein gekränkter Verlierer zu sein.«

»Es ist nicht der verdammte Strafzettel. Du weißt, dass ich den ohne mit der Wimper zu zucken zahlen kann. Es ist der weitere Eintrag in meinem Verkehrsstrafenregister«, brummte Wolf.

»Dann pass besser auf«, riet ihm Cooper.

Wolfs Wut auf Cooper wurde jetzt noch offensichtlicher. Doch dann änderte sich Wolfs Gesichtsausdruck von wütend zu belustigt. »Ich habe dich aber trotzdem geschlagen, deshalb wäre es nur angemessen, dass du meinen Strafzettel bezahlst … *und* meine Autoversicherung für die nächsten beiden Jahre!«

Cooper schüttelte den Kopf, während er ein paar Schalter auf dem Bedienpult über seinem Kopf umlegte, und dann lachten sie beide.

Cooper wünschte, Frauen könnten genauso schnell über kleine Sticheleien hinwegsehen wie Männer. Männer hegten keinen Groll über Stunden, mussten nicht über ihre Gefühle reden und weshalb etwas passiert war. Verdammt, seiner bescheidenen Meinung nach war es besser, wenn das ungesagt blieb.

Er lehnte sich zurück und begann sich anzuschnallen. Plötzlich freute er sich auf den Flug, den er schon tausend Mal absolviert hatte. Und er freute sich *wirklich* auf seine nächste Runde Kaffee bei einer gewissen mutigen Barista.

Die Passagiere kamen an Bord, und das Flugpersonal konzentrierte sich auf seine üblichen Checks vor dem Start. Eine Gruppe von Flugbegleitern befand sich in der Hauptkabine, führte Passagiere eifrig zu ihren ordnungsgemäßen Sitzplätzen und half beim Verstauen des Handgepäcks.

Mittlerweile war im Cockpit das Geräusch des Funkverkehrs und das Summen von Elektronik kombiniert mit den geschwätzigen Flugbegleitern und an Bord kommenden Passagieren fast ohrenbetäubend. Das Flugzeug sollte planmäßig nicht nach New York zurückkehren, sondern nach El Paso, Texas, fliegen, um sich dann schnell wieder auf den Rückflug nach Seattle zu machen, wo es um halb zehn Uhr abends erwartet wurde.

Als Wolf begann, die Checkliste vorzulesen, wurde seine Stimme immer schwächer, während sich Coopers Gedanken erneut um die Kaffeefrau rankten, was ihn ärgerte.

»Jetzt ist es aber genug!«, platzte er laut und ohne jeglichen Zusammenhang mit dem, was Wolf gerade vorlas, heraus.

Wolf war als Erster Offizier mitten im Abarbeiten der Checkliste vor dem Start, und Cooper ignorierte ihn völlig. Wolf schaute ihn verwirrt an.

»Was? Fünfunddreißigtausend sind nicht hoch genug?«, fragte Wolf beunruhigt.

»Nein, nein … fünfunddreißigtausend sind gut. Tut mir leid, ich war in Gedanken.«

Er griff in die Tasche, und seine Finger rieben über das abgegriffene Gold des Medaillons, das er bei jedem Flug bei sich trug. Seit sechs Jahren war es sein Glücksbringer. Merkwürdig, dass er in letzter Zeit viel häufiger danach griff.

»He, ich suche das Flughandbuch«, fuhr Wolf fort.

»Oh, kein Problem, das ist hier in meinem Pilotenkoffer … Scheiße!« Cooper machte eine Pause. »Ich habe den Koffer im Coffeeshop stehen lassen. Ich muss ihn holen«, stieß er hervor, sprang schnell aus seinem Sitz und stolperte aus dem Cockpit.

»Und was ist mit …?« Wolf brach mitten im Satz ab, da Armstrong bereits weg war.

Noch nie war ihm so etwas Dummes passiert wie den Pilotenkoffer stehen zu lassen. Das genau war der Grund, weshalb er damit aufhören musste, sich mit der verdammten Brünetten aus dem Coffeeshop zu beschäftigen. Jetzt wirkte sich das sogar schon auf seinen Job aus.

KAPITEL 12

Stormy stellte eine Packung Milch weg, drehte sich um, und etwas fiel ihr ins Auge. Vor dem Tresen stand eine schwarze Lederaktentasche, auf deren Seite mit fetten Buchstaben **Kapitän Armstrong, Trans Pacific Airways** geschrieben stand.

Sie wusste, dass der Koffer wichtig war, und wenn sie ihn nicht zu ihm brachte, würde der Flug vielleicht Verspätung haben. Sie griff nach der Tasche und rannte in Richtung Gate A6, denn zu dem war er vorhin über den Lautsprecher gerufen worden.

»Bin gleich wieder zurück!«, rief sie Amy und Henry zu, als sie am Tresen vorbei zum Hauptgang lief.

Mit wild klopfendem Herzen machte sie sich auf den Weg zum Gate. Sie war sich nicht sicher, ob das vom Laufen kam oder weil sie Cooper wiedersehen würde. Wenn es Letzteres war, dann steckte sie in tieferen Schwierigkeiten, als sie gedacht hatte.

Während sie hektisch auf Kapitän Armstrongs Gate zueilte, schweiften ihre Gedanken ab, und sie stellte sich vor, wie er ihr auf alle möglichen Arten danken würde, dass sie seinen Flug gerettet hatte.

Schnell bewegte sie sich durch die Menschenmassen.

Gate A7 ... Gate A8 ... Da ist es ja!

»Gate A6!«, platzte es aus ihr heraus, als sie um die Ecke zum Trans-Pacific-Gang bog.

Plötzlich befand sie sich in einem Teil des Flughafens, der anders war als der bekannte Anblick und Duft des Sea-Tac-Coffeeshops. Die Wände waren mit Trans- Pacific-Logos verziert, großen blauen Buchstaben in roter und goldener Prägung. Die Angestellten trugen piekfeine, elegante Uniformen, und Stormy fühlte sich unwohl und völlig fehl am Platze.

»Ich ... suche ... Kapitän ... Armstrong«, keuchte sie die hinter dem Podest stehende Mitarbeiterin an und bemühte sich, die Worte mit dem bisschen Atem hervorzubringen, der ihr noch geblieben war.

Bevor die Frau antworten konnte, hörte Stormy eine tiefe Stimme hinter sich.

»Ich nehme Ihnen das ab.« Stormy drehte sich um und sah den Mann der Stunde mit über der Schulter hängender Jacke und einem Lächeln im Gesicht.

»Ich dachte, das gehört zu den Dingen, die man niemals vergessen sollte«, meinte sie immer noch außer Atem. Ihre Ponyfransen bewegten sich leicht vor der Stirn und lenkten die Aufmerksamkeit auf die winzigen Schweißperlen darunter.

Es war schwer für Stormy, ihr Erfolgsgefühl zu verbergen. Sie grinste breit, und ihr Blick ließ die geheime, aber lächerliche Schwärmerei für den Mann erkennen, der ihre Aufmerksamkeit nicht verdiente.

»Ja, ich hätte deswegen auch ein bisschen Ärger bekommen«, gab er zu.

Verdammt! Sie musste sich wirklich ein wenig besser im Zaum halten. Noch während sie versuchte, ihre Atmung unter Kontrolle zu bekommen, fiel ihr auf, dass es keinen Grund mehr gab, hier mit diesem Mann zu stehen.

»Na ja, jetzt haben Sie ja Ihre Tasche«, sagte sie und wich einen Schritt zurück. »Ich gehe jetzt besser wieder zu meiner Arbeit ...« Der Satz verlor sich.

»Danke. Tut mir leid, dass Sie wegen mir den Coffeeshop verlassen mussten. Gibt es etwas, das ich im Gegenzug für Sie tun kann?«

Klar, du kannst wieder mit deiner Zunge Wunder vollbringen ... Das sprach sie jedoch nicht laut aus.

»Nein, natürlich nicht. Ich gebe nur mein Bestes beim *Dienst am Kunden*«, wehrte sie mit einer Spur Sarkasmus ab.

»Ich schätze guten Kundendienst«, entgegnete er mit einem Lachen und beugte sich vor. Wie durch einen Magneten fühlte sie sich von ihm angezogen. Eine Menge Willensstärke war nötig, ihn nicht zu berühren.

Er kniff die Augen zusammen, und sie spürte, wie dieser Mann Wogen von Sexuallockstoffen aussandte. Wenn sie nur keine Erfahrung aus erster Hand gehabt hätte, wie es war, wenn er sich tief in sie versenkte ... ein Schauer lief ihr über den Rücken, und sie benetzte die trockenen Lippen. Das lenkte seinen Blick auf ihre Lippen und ließ sie diese erneut befeuchten. Sie war sicher, sie hörte, wie ein Knurren seiner Kehle entwich, hätte jedoch kein Geld darauf verwettet. Sie konnte sich auch täuschen.

Es sah aus, als würde Cooper noch etwas sagen wollen, aber dann unterbrach die Flugsteigmitarbeiterin abrupt die Unterhaltung. »Kapitän, Sie werden jetzt an Bord gebraucht, damit dieser Flug pünktlich starten kann. Wir müssen die Tür schließen.«

Kurz davor, Cooper zurückzudrängen, komplimentierte die Mitarbeiterin ihn durch die Tür der Fluggastbrücke und schlug sie hinter ihm zu. Stormy stand da und schaute auf den leeren Gang.

Dreh dich um, befahl sie sich. *Was soll das?*

Auf ihrer Tastatur herumhackend und den Blick über ihre lilafarbene Lesebrille auf Stormy gerichtet, sagte die Frau: »Tut mir leid, Schätzchen, irgendjemand muss diese Fluglinie wie ein Uhrwerk am Laufen halten. Ich heiße übrigens Meredith. Seit fünfzehn Jahren sehe ich, wie die Liebe in diesem Terminal Flügel bekommt. Keine Angst, er wird heute Abend um neun Uhr zurück sein. Gate A3.«

Meredith war eine attraktive Frau zwischen vierzig und fünfzig. Sie umgab eine Aura der Gradlinigkeit, aber sie vermittelte auch das Sorgende einer Mutter und stand im Einklang mit jedem und allem um sich herum.

»Schön, Sie kennenzulernen, Meredith. Ich bin Stormy.« Sie sprach leise und war deutlich verlegen. Es war, als hätte Meredith ihre Gedanken gelesen, seitdem Stormy am Gate eingetroffen war.

Ihr war nicht bewusst gewesen, dass sie so durchschaubar war. Sie hoffte wirklich, dass sie keinen verzweifelten Eindruck machte. »Ich suche nicht nach der Liebe, und auf Flüge mit dem Kapitän stehe ich ganz sicher auch nicht.« Stormy lächelte und machte sich auf den Weg zurück zum Coffeeshop.

»Mmm-hmm, Sie sollten sich bei diesen Fliegerjungs vorsehen. Wenn Sie nach etwas anderem suchen als Rumgewälze im Heu, dann halten Sie sich von diesem Terminal fern.« Meredith kicherte und schüttelte den Kopf, während sie wieder fieberhaft auf ihrer Tastatur herumtippte. Stormy entschied, den Kommentar zu ignorieren, und ging weiter.

Als sie ins Café zurückkehrte und wieder ihre täglichen Aufgaben übernahm, war ihr Verstand wie benebelt. Ihr war nicht klar, was genau passiert war. War ihr normalerweise sarkastischer Kunde plötzlich sanft geworden? Und wieso interessierte sie das überhaupt?

Sie war sicher, dass er sich nur verantwortlich dafür fühlte, dass sie wegen ihm fast gefeuert worden war. Aber warum dieser plötzliche Wandel?

»Du glaubst nicht, was passiert ist«, teilte Stormy aufgeregt Amy mit, als sich die erste Gelegenheit bot, mit ihr zu reden.

»Und zwar?«

»Heute war er nett. Ich meine, *wirklich* nett! Ich bin sicher, ich habe seine Absichten missverstanden, und da gibt es noch mehr, als ich dir im Moment erzählen kann, aber es war irgendwie okay, dass er sich wie ein normaler Mann benommen hat und nicht wie ein aufgeblasener Trottel.«

»Ja, manchmal werden sie besonders nett, wenn sie glauben, sie hätten so eine Chance, ans Ziel zu kommen«, warnte sie ihre Freundin.

Das trübte ein wenig Stormys Freude, denn sie erkannte, dass Amy wahrscheinlich recht hatte. Heute war Stormy ein bisschen schwärmerisch gewesen, und dem guten Kapitän konnte das nicht entgangen sein. Verdammt! Es wäre so schön gewesen, diese fünf Sekunden Freude zu genießen.

Ihr Gespräch wurde unterbrochen, als Kunden auftauchten. Das Geräusch der Espressomaschine beim Milchschäumen und der plötzliche Ansturm von Gästen setzten ihrer Diskussion gewissermaßen ein Ende, und die beiden Frauen waren pausenlos beschäftigt.

Der Tag schritt fort, und es schien, dass aufgrund verspäteter Flüge die Flut von Passagieren nie enden würde. Stormy servierte einen Kaffee nach dem anderen, einen Mokka nach dem anderen, und es kam ihr vor, als könnte es nicht schnell genug zwei Uhr werden.

Gerade als der letzte Kunde in der Schlange bedient worden war und Stormy anfing sauber zu machen, übertönte eine bekannte Stimme das Rauschen des laufenden Wassers.

»Stormy, wir ertrinken wegen der verspäteten Flüge in Arbeit, und Sie müssen bis neun Uhr bleiben.« Das war Henry.

»Ich muss pünktlich Schluss machen. Ich habe noch einen Termin.«

Stormys anfängliche Reaktion bei dem Gedanken, dass die Schinderei sogar noch länger dauern sollte, war Frustration. Doch kaum, dass ihr das Herz vor Enttäuschung schwer wurde, dämmerte ihr, dass sie vielleicht Gelegenheit haben würde, noch einen Blick auf Cooper zu erhaschen, wenn sie hierblieb. Bevor sie jedoch ihre Meinung ändern konnte, meldete sich Henry wieder zu Wort.

»Sie können gehen«, blaffte er. »Aber dann lassen Sie Ihr Namensschild und die Uniform hier.« Er drehte sich um und ging, nahm an, dass sie tat, was er wollte.

Am liebsten wäre Stormy auf der Stelle gegangen. Er hatte nicht das Recht, eine Doppelschicht von ihr zu verlangen oder sie ansonsten zu feuern. Verdammt, es wäre so schön gewesen, wenn der Tag gekommen wäre, an dem sie diesem Mann sagen konnte, dass er sich seinen Job dorthin schieben konnte, wo die Sonne niemals schien.

Der Rest des Tages verging wirklich wie im Flug, und sie ertappte sich dabei, wie sie sogar in der Mittagspause auf einer Serviette einen neuen Ring entwarf. Aber trotzdem war Stormy bald todmüde. Kurz bevor der Coffeeshop schloss, kam ein besonders ekliger Passagier herein, der seinen Flug verpasst hatte.

»Geben Sie mir einen Mokka mit drei Schuss Wasser und machen Sie ihn heiß.«

»Soll ich Platz für Sahne lassen?«, fragte Stormy und war kaum mehr in der Lage zu stehen und schon gar nicht zu lächeln.

»Habe ich um Sahne gebeten?«, blaffte der Mann sie an.

»Nein, Sir«, antwortete sie mit zusammengebissenen Zähnen.

»Dann verrichten Sie Ihre niedere Tätigkeit und machen mir meinen verdammten Kaffee!«, schnauzte er sie an, schaute auf sein Handy und tippte wutentbrannt etwas ein.

Obwohl es Stormys letztes bisschen Geduld kostete, machte sie den Kaffee und schob ihn dann über den Tresen dem Mann zu. Er nahm ihn, befühlte den Becher für einen Augenblick, bevor er ihn wieder abstellte und den Deckel hochriss.

»Ist das heiß für Sie?«, schrie er und ließ Stormy zusammenzucken.

»Tut mir leid, wenn er nicht heiß genug ist. Ich kann noch mehr Dampf hineingeben«, bot sie an, obwohl es aus dem Becher dampfte.

»Fassen Sie selbst mal an«, forderte er und griff nach ihrer Hand.

Und das war der Punkt, an dem es Stormy reichte. Sie riss den Arm zurück, bevor der Mann ihn berühren konnte. Dabei kam sie aus Versehen an den Becher und warf ihn um. Die heiße Flüssigkeit ergoss sich über ihren wütenden Kunden.

»Was zur Hölle soll das denn?«, kreischte er und sprang zurück.

»Scheint ziemlich heiß zu sein«, murmelte Stormy, bevor ihr einfiel, dass diese Anspielung vielleicht nicht so gut ankam.

»Ich will sofort den Geschäftsführer sprechen!«, brüllte der Mann.

Wenn Stormy die Energie aufgebracht hätte, sich etwas daraus zu machen, wäre ihr vielleicht aufgefallen, in welchem Schlamassel sie steckte. Aber als Henry auftauchte, sich übermäßig bei dem Mann entschuldigte, eingriff und ihm umsonst einen neuen Kaffee machte, sowie ihm nahezu alles gab, was er wollte, stand sie einfach nur da und wartete.

Als Henry fertig war, trat Stormy zurück und band die Schürze ab. Es war egal, dass der Vorfall nicht ihre Schuld war und der Kunde nicht immer recht hatte. Henry würde das nicht so sehen.

Nachdem der Kunde das Café verlassen hatte, wandte sie sich um und schaute zu Henry, der sie finster ansah.

»Ich weiß, ich weiß«, sagte sie zu müde, als dass es ihr etwas ausgemacht hätte. »Ich bin gefeuert.«

Henry schien ein wenig enttäuscht, dass es ihm nicht vergönnt gewesen war, diese Worte auszusprechen. Aber er hielt Stormy nicht davon ab, ihm ihr Namensschild, die Schlüssel und die Schürze zu reichen.

So viel dazu, dass dieser Tag der bestmögliche war.

Stormy weigerte sich, sich davon zu sehr runterziehen zu lassen. Sie drehte sich um und verabschiedete sich von dem Job, der sowieso nicht der beste gewesen war, aber eben auch nicht der schlechteste. Jetzt saß sie also wieder auf der Straße.

Immerhin war sie zu müde, als dass es ihr etwas ausgemacht hätte.

Als ihr Handy klingelte, verließ sie gerade das Terminal und überlegte, ob sie es nicht vor einen der vielen Busse werfen sollte, die vorbeifuhren, aber als sie sah, wer sie anrief, verzog sich ihr Mund zu einem Lächeln.

»Es geschehen noch Wunder. Die Frau, die immer zu beschäftigt ist, um ihre beste Freundin anzurufen, nimmt das Gespräch entgegen«, sagte Lindsey ohne eine Begrüßung.

Stormy lachte.

»Ich habe in letzter Zeit Trübsal geblasen und mit niemandem Kontakt gepflegt«, brachte Stormy als Entschuldigung hervor.

»Ich bin nicht niemand. Ich bin deine beste Freundin, und egal wie sehr du Trübsal bläst, du sprichst immer, und ich meine *immer*, mit mir«, sagte Lindsey.

»Ich weiß. Wie läuft's seit dem Umzug?«

»Ganz toll«, antwortete Lindsey, aber Stormy hörte an ihrer Stimme, dass etwas nicht stimmte.

»Was ist los?«, fragte Stormy.

»Mikes Wohnung ist winzig. Ich meine *winzig* mit einem großen *W* ..., oder sollte ich besser sagen mit kleinem *W*. Ich weiß nicht, weshalb ich damit einverstanden war.«

»Weil du ihn liebst«, erinnerte Stormy sie.

»Ja, ich nehme es an ...«

»Okay, wir müssen uns bald mal treffen. Ich mache mir Sorgen um dich, Lins«, sagte Stormy.

»Mir geht's gut. Wirklich. Jetzt lass uns aber mal über dich reden«, beharrte Lindsey.

Stormy plauderte mit ihrer besten Freundin, während sie mit dem Bus nach Hause fuhr. Sie erzählte ihr nicht, dass sie aus ihrer Wohnung geworfen worden war, denn das hätte Lindsey aufgeregt, und sie hätte darauf bestanden, dass Stormy zu ihr zog. Auf keinen Fall würde sie eine briefmarkengroße Wohnung mit einem frischverliebten Paar teilen.

Außerdem würde Stormy das hinbekommen. Das tat sie immer. Auch wenn sie schon mehr Niederlagen hatte einstecken müssen, als sie zugeben mochte. Das Endresultat würde nicht das sein, was sie sich erträumte, aber es würde sich letztendlich eine Lösung finden, und sie würde überleben.

KAPITEL 13

Coopers Gliedmaßen zuckten fast, als er die Fluggastbrücke entlangging und sich zusammenreißen musste, nicht zu rennen, während eine der Flugbegleiterinnen über ihre Pläne fürs Wochenende plauderte.

Nach einem Zehnstundentag hatte er die letzten fünf Stunden im Flugzeug verbracht. Er hatte die maximal erlaubte Flugzeit ausgekostet, und jetzt war er bereit, ein bisschen Dampf abzulassen. Er hoffte inständig, dass sein Bruder Lust auf eine Runde im Fitnessstudio hatte. Das letzte Mal, als sie geboxt hatten, hatte Maverick einen Glückstreffer gelandet und ihm eine blutige Nase verpasst.

Jetzt war es an der Zeit, ihm das heimzuzahlen.

Mit seinem Pilotenkoffer im Schlepptau ging Cooper auf den Ausgang zu. Als er um eine Ecke bog, schaute er auf und entdeckte Stormy, die vor ihm durch die Flughafenhalle ging.

Seine Müdigkeit verflog, als er feststellte, dass sie sich noch immer im Gebäude befand. Doch bevor er sie einholen konnte, klingelte sein Handy zum dritten Mal in drei Minuten. Wer auch immer ihn zu fassen kriegen wollte, war unverschämt hartnäckig.

Es musste wichtig sein. Falls nicht, würde er den Anrufer zusammenstauchen.

Cooper blieb stehen, kramte sein Handy hervor und fragte: »Was ist?«

Er wollte erst gar nicht versuchen, freundlich zu sein, denn die Person am anderen Ende der Leitung störte ganz gewiss.

»Meldet man sich so am Telefon, junger Mann? Darüber haben wir doch bereits gesprochen.«

»Tut mir leid, Onkel Sherman. Ich hatte einen langen Tag. Kann ich dich später zurückrufen?«, fragte Cooper und suchte das Terminal ab, hatte Stormy aber bereits aus den Augen verloren.

Dann konnte er das Telefonat auch führen, oder? Jetzt würde er sie sowieso nicht mehr finden. Aber weshalb wollte er das überhaupt? Es wäre auch gar nicht klug, mit ihr etwas anzufangen. Besonders jetzt, wo er endlich eingewilligt hatte, sich mit Wolfs Cousine zu treffen.

»Ich wollte nur sicherstellen, dass du übermorgen zu Hause bist. Wir werden dann die mit der Familie befreundete Person bei dir vorbeibringen«, sagte Sherman.

»Ich dachte eigentlich, wir hätten das noch nicht ausdiskutiert«, warf Cooper sofort genervt ein.

»Doch, das haben wir gestern, und du warst damit einverstanden, als ich dich um einen Gefallen bat«, erinnerte Sherman seinen Neffen.

»Du weißt doch, dass ich Fremde in meinem Haus nicht mag«, gab Cooper zu bedenken.

»Du bist doch kaum dort. Es wird gut sein, wenn eine vertrauenswürdige Person auf dem Grundstück ist, die ein Auge auf alles hat«, erklärte Sherman. »Außerdem ist es ein Gästehaus. Du wirst gar nicht mitbekommen, dass jemand da ist.«

»Die Leier habe ich schon zuvor gehört«, mokierte sich Cooper.

»Na, dann werde ich dir auch keinen weiteren Vortrag halten«, entgegnete Sherman prompt.

»Aber nicht mehr als ein paar Wochen, Sherman«, warnte Cooper. »Ich meine es ernst. Keine Verlängerung.«

»Nur bis deine Mutter mit der Renovierung ihres Gästehauses fertig ist. Dann kann umgezogen werden«, versicherte Sherman ihm.

Aus irgendeinem Grund war sich Cooper da nicht so sicher.

»Ich will dann keine rührseligen Geschichten darüber hören, dass Moms Gästehaus noch nicht fertig ist. Wenn das der Fall sein sollte, kann einer meiner Brüder das Haustier, äh, ich meine den Hausgast, übernehmen«, warnte Cooper seinen Onkel.

»Verdammt, Cooper, du hast aber auch eine Laune heute Abend«, wunderte sich Sherman.

»Ja, hab ich. Ich hatte den ganzen Tag Verspätungen, und ich muss Dampf ablassen«, gab Cooper zu.

»Dann werde ich dich nicht länger aufhalten. Nimm's leicht, Junge. Es ist in Ordnung, sich mal freizunehmen. Besonders, wenn einem die Firma gehört.«

»Würdest du dich in einem Büro mit den Füßen auf festem Boden zurücklehnen, wenn du fliegen könntest?«, forderte Cooper ihn heraus.

»Nein, natürlich nicht«, gab Sherman zu.

»Na siehst du, ich auch nicht. Ich fliege, weil ich es liebe, und nicht, weil ich es muss.« Cooper hatte das Gefühl, als hätte er das schon hundert Mal gesagt.

»Ich weiß, Kleiner. Aber du könntest ein bisschen kürzertreten«, schlug Sherman vor.

»Ja, damit könnte ich mich vielleicht anfreunden«, räumte Cooper mit einem Schmunzeln ein. Er konnte immer seinen Privatjet fliegen, und der war ein Schmuckstück.

Die beiden Männer beendeten das Gespräch, und obwohl Cooper wusste, dass die Chancen, Stormy noch einmal zu sehen, ziemlich gering waren, eilte er aus dem Gebäude und sah sich draußen um. Hatte er sich nicht gerade gesagt, dass das sinnlos war?

Überraschenderweise entdeckte er sie, doch es war zu spät. Sie stieg in einen Bus ein und verließ damit das Flughafengelände. Auf dem ganzen Weg zu seinem Auto konnte er die Enttäuschung nicht abschütteln, sie verpasst zu haben. Eigentlich war er ja noch nicht mit Wolfs Cousine ausgegangen und somit zu gar nichts verpflichtet.

Vielleicht würde er Stormy einfach fragen, ob sie mit ihm ausging, sie dann ins Bett zerren und so über seine Besessenheit hinwegkommen. Vielleicht war das alles nur so, weil er das Gefühl hatte, sie zu kennen oder kennen zu sollen.

Seine Finger rieben noch einmal über das Medaillon in seiner Tasche, bevor er die Autoschlüssel hervorzog.

Eines wusste Cooper über sich selbst, nämlich wann er seine Gefühle bekämpfen musste und wann nicht. Wenn die Besessenheit in ein paar Tagen immer noch von ihm Besitz ergriffen haben sollte, dann musste er etwas tun.

Mit diesem Entschluss setzte er sich ins Auto, drehte den Zündschlüssel und drückte mit dem Fuß aufs Gaspedal. Als der Motor brummte, lächelte er.

KAPITEL 14

Den Kopf gegen die Scheibe gelehnt, beschloss Stormy, dass es an einem Tag Besseres zu tun gab, als Wohnungs- und Jobsuche. Sie war erschöpft und hungrig und versuchte verzweifelt, positiv zu denken und nicht das Gefühl zu haben, dass es in ihrem Leben wie mit durchtrennten Bremsleitungen schnell bergab ging.

Der Bus hielt einen Block vor ihrer Wohnung. Langsam stieg sie aus, warf die Tasche über die Schulter und begab sich auf den Weg nach Hause. Sie ging am Park vorbei, und obwohl es spät war, schaute sie automatisch zur Bank, auf der Sherman oft saß, wenn er das Café verlassen hatte.

Als er nicht dort saß, war sie ein kleines bisschen enttäuscht. Sie war müde und sollte eigentlich nicht mehr wollen, als in ihre Wohnung kommen – hoffentlich per Fahrstuhl – und dann direkt ins Bett gehen. Aber sie war auch traurig und hätte gern mit Sherman geredet, weil sie wusste, dass sie sich dann sicher besser fühlen würde. Allerdings war es spät, und die Chancen, dass er im Café war, gering.

»Willst du etwa ohne ein Hallo vorbeigehen?«

Shermans Stimme schreckte sie aus ihren Träumereien auf, und sie schaute hinüber zum Ecktisch, wo er mit einer Zigarre in der Hand auf dem dunkelsten Platz saß und lächelte.

»Ich dachte nicht, dass du so spät noch hier bist«, erklärte Stormy und ging auf die Wärme des Heizpilzes zu.

»Du weißt doch, dass ich nicht zu früh nach Hause gehen kann. Sonst schlafe ich ein und verpasse meine Late-Night-Show«, erwiderte Sherman Stormy. »Komm her und leiste mir Gesellschaft, während ich die Zigarre rauche, die mir mein Kumpel Joseph geschenkt hat.«

Obwohl Stormy erschöpft war, war sie mehr als glücklich, Shermans Bitte nachkommen zu können. »Der Geruch einer guten Zigarre hat mir schon immer gefallen«, sagte sie.

»Ja, das ist eins meiner letzten Laster«, gab er zu. »Und die Kellnerinnen lassen sie mich hier draußen rauchen, solange sich keine anderen Gäste beschweren. Jetzt entspann dich mal, und ich hole dir von drinnen eine Tasse wohltuenden Tee.«

»Das musst du nicht«, wehrte Stormy ab, aber Sherman hatte bereits seine Zigarre abgelegt und war auf dem Weg zur Tür.

Sie wartete einige Minuten, und dann kam er mit einem Tablett zurück, auf dem eine Teekanne, eine Tasse, Sahne, Honig und Zucker standen. Schnell bereitete sie sich eine Tasse Tee zu.

»Danke«, sagte sie, während sie die warme Tasse mit den Fingern umschloss und beruhigende Schlucke des süßen Gebräus nahm.

»Ich liebe Gesellschaft«, versicherte er ihr. »Wie war dein Tag? Scheint ein langer gewesen zu sein.«

Stormy seufzte. »Die letzten Tage waren nicht die besten. Ich muss in zwei Tagen aus meiner Wohnung raus sein und habe noch keine Aussicht auf eine neue, und ich wurde gestern wegen eines furchtbaren Kunden gefeuert. Den ganzen

Tag habe ich damit verbracht, nach einer neuen Wohnung und einem neuen Job zu suchen und gar nichts erreicht.«

»Ach, Schätzchen, dieser Job war sowieso nichts für dich«, tröstete sie Sherman und tätschelte ihr Bein.

»Ich hätte die Schule zu Ende machen sollen. Aber dann ist das mit Dad passiert ...« Ihre Stimme verlor sich, denn sie wollte nicht an diese furchtbare Zeit in ihrem Leben denken. Stattdessen saß sie da und trank ihren Tee aus. Schnell füllte sie die Tasse wieder, um sich zu wärmen, während sie auf eine Serviette mühelos den Entwurf für lange, mit Sternen verzierte Ohrringe kritzelte.

»Du bist jung, Stormy. Du hast viel Zeit, alles zu überdenken«, sagte Sherman, bevor er sich vorbeugte und ihren Entwurf begutachtete.

Plötzlich verlegen, faltete sie die Serviette zusammen und steckte sie weg.

»Was versuchst du vor mir zu verbergen?«, fragte Sherman.

»Ach, nichts. Ich verschwende eine Menge Zeit mit dieser Kritzelei, anstatt produktiver zu sein«, gab sie mit einem Lachen zurück.

»Das sah aber nicht nach Zeitverschwendung aus, sondern wunderschön«, widersprach Sherman.

Vor Stolz errötete Stormy, aber sie wollte das Thema wechseln.

»Es war nicht meine beste Woche, und ich versuche gerade wieder auf die Beine zu kommen. Allerdings sieht es so aus, als würden mir jedes Mal die Füße weggetreten, wenn ich gerade dabei bin, mich aufzurappeln«, erzählte sie.

Eine Minute lang betrachtete Sherman sie eingehend und erwähnte dann glücklicherweise ihre Skizzen nicht mehr.

»Alles hat seinen Sinn, Schätzchen. Nur manchmal dauert die Reise zum Licht einfach ein bisschen länger als zu anderen Zeiten.«

»Ich finde es toll, dass du inmitten eines Sturms immer nach dem Regenbogen suchst«, gestand Stormy. »Jetzt habe ich schon das Gefühl, dass ich wieder stehen kann.«

Und unbegreiflicherweise fühlte sie sich tatsächlich besser. Es hatte gereicht, hier zu sitzen und mit Sherman Tee zu trinken, während er seine Zigarre paffte. Vielleicht handelte es sich um eine besondere Kräutermischung, die Stormys Nerven beruhigte. Was immer es auch war, sie war froh, dass Sherman noch hier gewesen war.

»Ich glaube, für eins deiner Probleme habe ich eine Lösung, Stormy«, erklärte Sherman plötzlich.

»Ich habe mich aber nicht zu dir gesetzt, damit du dich um meine Probleme kümmerst, Sherman. Einfach mit dir zu reden hat mir gutgetan«, meinte sie und beugte sich vor, um seine freie Hand zu tätscheln.

»Ich weiß, dass du nicht gerne um Hilfe bittest, aber ich habe Beziehungen, junge Dame, und ich wäre tödlich beleidigt, wenn du nicht annimmst, was ich dir anbiete«, sagte er strenger, als sie ihn je erlebt hatte.

»Na ja, ich kann es mir ja mal anhören«, gab sie klein bei.

Stormy war sich sicher, dass sie sein Angebot nicht annehmen würde. Sie konnte seine Freundschaft nicht ausnutzen.

»Ich weiß von einem schönen Häuschen mit zwei Schlafzimmern, das unbewohnt und ganz allein dasteht«, erzählte Sherman und ließ Stormys Herz schneller schlagen. Das war etwas, was sie durchaus akzeptieren konnte, wenn es bezahlbar war.

»Ich höre«, sagte Stormy. Und was, wenn es wirklich toll war, aber für sie nicht erschwinglich? Das würde ihren Tag nicht positiv ausklingen lassen.

»Es liegt an einem wunderschönen Ort mit hinreißendem Blick auf Puget Sound und all dem Nebel, den dein Herz je begehren könnte. Das Häuschen befindet sich auf dem

Grundstück eines Verwandten von mir, und dessen Haus steht auf einem Hügel oberhalb davon. Du würdest dich also nicht wie im Nirgendwo fühlen, aber andererseits auch Privatsphäre haben«, erklärte Sherman. »Und es gehört ganz dir, wenn du es willst.«

Die Vorstellung, direkt am Wasser zu leben, an einem Ort, wo keine Nachbarn gegen die Wände klopften, war ein Traum, von dem sie nie gedacht hatte, dass er wahr werden würde. Aber da alle Träume eine Tendenz hatten, zu zerschellen, wenn man die Augen öffnete, war Stormy misstrauisch. So ein wunderbares Häuschen würde sie sich nicht leisten können.

»Ich nehme an, die große Frage ist, wie viel Miete die Person dafür haben will. Mein Mietbudget ist nicht so furchtbar groß, Sherman. Viel kann ich mir nicht leisten.« Stormy vermied Blickkontakt mit Sherman, als sie das sagte.

Sie hasste es, mit Leuten über Geld zu reden, besonders mit jemandem wie Sherman. Nein, er protzte nicht mit seinem Geld, aber sie wusste, dass er weit davon entfernt war, arm zu sein. Sie wusste nicht genau, wie viel er hatte, aber sie war sich sicher, dass es genug war, um nie auf etwas verzichten zu müssen.

»Ich glaube, dass es genau in deiner Preisklasse liegt, Stormy. Die Person, der das Anwesen gehört, ist viel unterwegs und hat schließlich eingesehen, dass es besser ist, das Grundstück nicht unbeaufsichtigt zu lassen«, versicherte Sherman. »Und da du kurz davorstehst, obdachlos zu werden, ist es so das Beste für alle betroffenen Parteien. Tatsächlich ist es so, dass gar keine Miete verlangt wird. Du musst nur aufs Haus aufpassen, sicherstellen, dass keiner reinkommt, wenn niemand da ist, und vielleicht vor der Rückkehr ein paar Vorräte auffüllen.«

Stormy schaute ihn argwöhnisch an.

»Das sieht mir sehr nach Almosen aus, Sherman«, sagte sie.

Mit unschuldigem Blick hielt Sherman kapitulierend die Hände hoch. »Es ist nichts dergleichen, ich schwöre«, versprach er ihr.

Stormy war sich dennoch nicht sicher. Dinge, die zu gut waren, um wahr zu sein, hatten die Tendenz, sich zu rächen.

»Wem gehört das Haus?«

»Meinem Neffen. Er ist wirklich nicht oft zu Hause, und wahrscheinlich wirst du ihn noch nicht einmal zu Gesicht bekommen. Deshalb braucht er ja auch jemanden, der im Gästehaus wohnt. Aber immerhin kann ich mich dafür verbürgen, dass dein Vermieter ein aufrichtiger Bürger ist.«

»Oh! Ich weiß nicht, warum, aber ich habe angenommen, das Haus gehört einer Frau.« Stormy war sich nicht sicher, ob sie so nah bei einem Mann wohnen wollte, auch wenn der Mann mit Sherman verwandt war.

Es war nicht so, dass sie eine Männerhasserin war, aber würden die Leute nicht reden, wenn sie auf sein Grundstück zog, Vermutungen darüber anstellen, wer sie war und was sie dort tat? Ihr machte es etwas aus, was die Leute über sie dachten, auch wenn sie wusste, dass das albern war. Schließlich waren die alten Zeiten vorbei.

»Ich versichere dir, mein Neffe ist völlig harmlos«, versprach Sherman mit einem Lachen.

»Nichts anderes habe ich gedacht«, entgegnete Stormy schnell. »Es ist nur, dass die Leute …« Ihre Stimme verlor sich. Sie wusste, dass sie ihre Einwände nicht laut äußern sollte. Sherman sagte nichts dazu, spornte sie jedoch stattdessen zu einer Antwort an.

»Wie wäre es damit, Stormy? Hilf mir, mein Gewissen zu beruhigen, und nimm diesen einen Gefallen an. Wenn es dir dort nicht gefällt, kannst du jederzeit ausziehen, wenn du ein bisschen was gespart hast«, versuchte Sherman sie zu überreden.

Waren das Almosen? Vielleicht, aber er *wollte* es wirklich, und somit war es doch okay, oder?

»Das ist ein gutes Argument«, gab Stormy zu. Sie wollte so gern Ja sagen, aber trotzdem …

»Du bist eine gute Seele, Stormy, und ich wünschte, du würdest mir erlauben, mehr für dich zu tun«, sagte Sherman und tätschelte wieder ihre Hand.

Stormy war bei so viel Großzügigkeit sprachlos. Sie wusste nicht, was sie tun sollte. Sicher wollte sie keine Almosenempfängerin sein, aber das Ganze hörte sich seriös an. Außerdem war es ja nicht so, als hätte sie sehr viele Optionen. In weniger als achtundvierzig Stunden wäre sie obdachlos, wenn sie hier nicht zugriff.

»Na gut, ich nehme das Angebot an, aber *nur*, wenn ich keine Belastung bin und dein Neffe mir sagt, wenn unsere Vereinbarung für ihn nicht funktioniert. Dann brauche ich nur ausreichend Zeit für einen Umzug.«

»Das Grundstück ist groß. Ich sehe da überhaupt kein Problem, aber wenn du dich besser damit fühlst, können wir etwas Schriftliches aufsetzen«, schlug Sherman mit einem Lächeln vor und gab ihr ein Stück Papier mit der Anschrift. »Hier ist der Schlüssel.«

»Du warst wohl sehr sicher, dass ich zusagen würde«, stellte sie lachend fest und hielt die Adresse und den Schlüssel einen Moment fest, bevor sie beides in die Tasche steckte.

Ihr war gleichzeitig zum Lachen und zum Weinen zumute. Dieser Mann war ihr Schutzengel.

»Brauchst du Hilfe beim Umzug?«, fragte Sherman und ging netterweise nicht darauf ein, wie schnell sie klein beigegeben hatte.

»Nein. Meine Arbeitskollegin hat einen alten, geräumigen Volvo und würde mir helfen. Außerdem gibt es nicht allzu viel umzuziehen.«

»Das ist gut, aber versprich mir, mich anzurufen, wenn du Hilfe brauchst«, beharrte Sherman.

»Sicher, Sherman«, sagte sie und war plötzlich zu Tränen gerührt. »Du musst mir versprechen, dass wir nicht den Kontakt verlieren, weil ich dich wirklich vermissen werde.« Dann stand sie auf, streckte die Arme aus und umarmte Sherman herzlich.

»Ich werde dich auch vermissen, meine Liebe, aber dieser Wechsel wird gut für dich sein. Und pass auf dich auf«, betonte er und klang nun selbst den Tränen nahe. Aber das ist sicher nur Einbildung, dachte Stormy. »Und natürlich werden wir uns oft sehen. Einer muss doch sicherstellen, dass sich mein Neffe benimmt, und deshalb werde ich wöchentlich vorbeischauen. Jetzt wartet morgen aber eine Menge Arbeit auf dich, und meine alten Knochen müssen sich ausruhen.«

Er schaute auf seine Uhr und bekam große Augen. »Meine Güte! Es wird fast Mitternacht sein, bis ich zu Hause bin. Ich sollte mich aufmachen und du auch, damit du dich nicht noch in einen Kürbis verwandelst. Oder vielleicht ist es der Omnibus, der zu einem Kürbis wird. Auf jeden Fall muss dieser alte Hund jetzt los, Aschenputtel.« Sherman tätschelte Stormys Rücken, und sie hatte ihre Arme noch immer um ihn geschlungen, als wäre sie ein Kind, das nicht loslassen wollte.

»Nochmals vielen Dank und gute Nacht, Sherman.« Beide drückten sich noch ein letztes Mal, und dann eilte Stormy auf ihr Haus zu, während Sherman schaute, dass sie sicher die Straße überquerte.

Stormys Gang war jetzt lockerer geworden, denn sie freute sich auf ihren bevorstehenden Umzug. Sicher würde sie Schwierigkeiten beim Einschlafen haben, obwohl sie vor Erschöpfung kaum mehr die Augen offen halten konnte. Aber sie zog in ein richtiges Haus, und jetzt würde garantiert alles besser werden.

Kapitel 15

Die beiden Männer stapften in ihrer neu gekauften schwarzen Kleidung mit über den Kopf gezogenen Kapuzen über den getrimmten Rasen und dachten, sie seien leise, aber ihre Schritte und Stimmen hörte man wahrscheinlich noch zwei Straßen weiter.

»Sei leise, oder wir fliegen auf«, flüsterte Sherman keinesfalls leise.

»Ich bin leise. Du bist derjenige, der Krach macht«, entgegnete Joseph mit deutlicher Aufregung in der Stimme.

»Ich kann nicht glauben, dass wir das tun«, jammerte Sherman mit einer winzigen Spur von Abbitte.

»Wenn du deine Nase in anderer Leute Angelegenheiten stecken willst, dann musst du tun, was zu tun ist«, wies Joseph seinen Freund zurecht, als sie vor dem malerischen Häuschen stehen blieben.

»Ist aber trotzdem eine Schande«, gestand Sherman, aber seine Mundwinkel waren vor Vorfreude hochgezogen.

»Hast du den Schraubenschlüssel?«

»Natürlich habe ich den Schraubenschlüssel, Joseph«, knurrte Sherman und verdrehte die Augen.

»Wohin ist Cooper diesmal unterwegs?«, fragte Joseph, als Sherman den Schlüssel aus der Tasche zog und die Tür des Häuschens aufschloss.

»Ich glaube nach Atlanta. Ich weiß nur, dass er weg ist«, versicherte Sherman seinem Freund Joseph.

Die beiden Männer traten in das reizende Häuschen ein und gingen hinüber zur Küchenspüle, vor die sie sich bedächtig setzten, nachdem sie den Schrank darunter geöffnet hatten.

»Und was machen wir jetzt?«, fragte Joseph, als er auf das Leitungsrohr und dann zu Sherman schaute.

»Wir lösen einfach die Schraube hier und drehen das Wasser auf«, antwortete Sherman entzückt.

»Dann mach, bevor jemand kommt und wir auffliegen«, trieb Joseph Sherman an und rieb sich die Hände. »Und lass es aussehen, als wäre die Schraube defekt.«

»Ich weiß, was ich tue«, knurrte Sherman, bevor er sich am Leitungsrohr zu schaffen machte. »Verdammter alter Körper. Früher kam ich so schnell rauf und runter.« Er fluchte, als sein Fingerknöchel gegen das Rohr stieß und sofort gequetscht wurde. »Ich hab's!«

Sich gegenseitig helfend, standen die beiden Männer triumphierend auf und drehten den Wasserhahn auf. Nicht allzu sehr, aber genug, um die Böden zu überschwemmen.

Als das Wasser aus dem Schrank unter der Spüle tröpfelte, klatschten sich die Männer ab und verließen schnell das Häuschen.

Sicher zurück in ihrem Auto, brauchten sie jemanden, vor dem sie mit ihrer Tat prahlen konnten. Deshalb riefen sie ihren guten Kumpel Martin an, der in Montana ebenfalls erfolgreich verkuppelte. Aber natürlich war der Mann eifersüchtig auf ihre geniale Methode.

»Der morgige Tag wird gut«, meinte Sherman zu Joseph.

»Ich wünschte nur, wir könnten Cooper und Stormy zusammen sehen«, sagte Joseph und schob die Unterlippe vor.

»Oh, das werden wir schon noch … auf der Hochzeit.« Sherman grinste selbstgefällig.

Lächelnd fuhren sie davon. Jeder, der vielleicht sagte, sie hätten mit dem Alter nachgelassen, kannte diese Männer ganz und gar nicht. Was sie selbst betraf, so waren sie der Meinung, dass sie in der Blüte ihres Lebens standen.

KAPITEL 16

Wie versprochen, erschien Amy am nächsten Morgen fröhlich und pünktlich in Stormys Wohnung. Stormys spartanische Lebensweise kam dem großen Umzug sehr entgegen.

Ihr geringes Einkommen hatte tief in ihr die Ideale einer einfachen Lebensweise verwurzelt. Ihr Besitz war auf ein Minimum reduziert. Nicht etwa wegen der Befolgung eines gottesfürchtigen und minimalistischen Lebensstils, sondern mehr, weil sie sich nur kleine Wohnungen leisten konnte. Und dann kam noch hinzu, dass ihre Eltern sie bis zu ihrem zehnten Lebensjahr in der ganzen Welt herumgeschleift hatten und das Gepäck auf ein Minimum reduziert sein musste.

Das sperrigste und schwierigste von Stormys Besitztümern war ihr Futon, der ausschließlich als Bett diente. Eigentlich war das neben dem Milchkastennachttisch Stormys einziges Möbelstück.

»Ich hasse dieses alte Ding. Es ist überhaupt nicht bequem, und ich habe große Lust, es zurückzulassen«, meckerte Stormy. »Ich ziehe in ein Häuschen, und auch wenn es nicht möbliert ist, was ich vergessen habe, Sherman zu fragen, wird es sicher einen weichen, plüschigen Teppich haben.«

»Kluger Gedanke, aber reiche Leute schmücken gerne ihre Wohnungen, deshalb wirst du wahrscheinlich eines dieser Monarch-Vispring-Betten mit dreitausend Federn haben.«

»Davon habe ich noch nie gehört«, gab Stormy zu.

»Klar, weil es auch ungefähr fünfzigtausend Dollar kostet«, klärte Amy sie auf.

»Für fünfzigtausend Dollar sollte das verdammte Bett mir besser eine Massage verpassen, mich baden und dann schön für eine angenehme Nacht zudecken«, konterte Stormy.

»Nee, dafür ist der Hausherr zuständig«, witzelte Amy mit einem Augenzwinkern.

»Ich garantiere dir, dass es *dazu* auf keinen Fall kommen wird«, wehrte Stormy mit Nachdruck ab.

Amy sah sie mit einem Blick an, der besagte, dass sie ihr nicht glaubte, aber immerhin ließ sie das Thema fallen.

Nachdem sie Stormys letzte Habseligkeiten in Amys Auto geladen hatten, stiegen die beiden Frauen ein und fuhren in Richtung Gig Harbor.

Die Fahrt war typisch für Seattle. Stoßstange an Stoßstange, aber schon bald überquerten sie über die Tacoma-Narrows-Brücke die Meeresenge von Puget Sound. *Der Punkt, an dem es kein Zurück mehr gibt*, dachte Stormy bei sich, als sie die Dinge durchging, die sie zurückgelassen hatte. Sie war erleichtert, all das eingepackt zu haben, was ihr wichtig war, und der Rest war ihr sowieso egal.

Am Ende der Brücke befand sich die Einfahrt zum malerischen Nachbarstädtchen Gig Harbor. Diese einst pulsierende Gemeinde, die vom Fischfang und Bootsbau gelebt hatte, war nunmehr eine Touristenattraktion. Menschen aus allen Teilen des Nordwestens kamen, um die kleinen Läden und attraktiven Parks zu genießen, die die Schönheit der Gegend ausmachten.

Als Stormy und Amy durch die kleinen Straßen fuhren, die von verschiedenen Läden und Fischrestaurants gesäumt wurden, schaute Stormy auf den belebten Hafen, in dem sich kleine Segelboote und einige ziemlich beeindruckende, seegängige Yachten tummelten.

Die Fahrt durch die kleine Stadt dauerte nicht lange, da sich die auf ein bisschen über siebentausend Menschen belaufende Bevölkerung von Gig Harbor auf einer Fläche von circa hundert Quadratmeilen verteilte.

»Wie lautete noch mal die Adresse?«, fragte Amy, als sie um die Ecke fuhren und auf den Goodman Place einbogen.

Stormy antwortete nicht, weil sie die Scheibe heruntergelassen hatte und die frische Meeresbrise ins Auto wehen ließ. Ihre Augen waren hinter einer billigen schwarzen Sonnenbrille verborgen, und die braunen Haare flatterten vor ihrem Gesicht herum, als sie tief einatmete. Ihr Hauptaugenmerk war auf die Umgebung und all die Häuser, die an den Straßen standen, gerichtet.

Bei den Häusern reichte die Palette von alten zweistöckigen viktorianischen Gebäuden bis hin zu modernen Familienhäusern, bei denen einige schon als Villen durchgingen. Alle hatten perfekte, landschaftlich gestaltete Gärten mit verschiedenen Yard-Art-Kunstgegenständen darin, einschließlich einiger wunderschöner Fontänen.

Stormy hatte immer davon geträumt, an einem solchen Ort zu wohnen, eine Familie zu gründen und Wurzeln zu schlagen. Ein Leben auf Reisen war der Traum ihrer Eltern gewesen, nicht ihrer. Sie konnte sich vorstellen, in einer Gemeinde wie dieser zu leben, zu heiraten und Kinder zu bekommen.

Vor ihrem inneren Auge sah sie, wie sie auf dem Bürgersteig mit einem Kleinkind an der Hand und einem Baby im Kinderwagen entlangschlenderte. Nicht allzu weit hinter ihnen lief ihr junger Hund, ein schöner Golden Retriever.

Mit einem Ruck riss sich Stormy von ihren Gedanken los. Was war das denn? Sie war überhaupt noch nicht bereit oder gewillt, jetzt schon eine Familie zu gründen. Zuerst musste sie sich um sich selbst kümmern, bevor sie überhaupt daran denken konnte, sich häuslich niederzulassen und Kinder großzuziehen.

Sie hatte ja noch nicht einmal einen Freund, geschweige denn Geld auf dem Bankkonto. Es wäre nicht gut für sie gewesen, Kinder zu haben, wenn sie kein Geld für Kleidung, Nahrung und Windeln hatte.

»Die Adresse!«, rief Amy, während sie mit der Hand vor Stormys Gesicht herumfuchtelte, um den verwunschenen Zauber zu brechen, der Stormy in den Bann gezogen hatte. »Hallo?«

»Ach, richtig, die Adresse.« Endlich reagierte Stormy und zog den Zettel hervor, den Sherman ihr gegeben hatte. »7200 Goodman Place«, las Stormy vor. »Gleich da drüben.«

Sie hielten vor einem verzierten Tor mit einer Tastatur daneben.

»Boah! Und dieser Typ lebt allein?«, fragte Amy. Sie konnten den höchsten Punkt des Daches am Ende der baumbestandenen Auffahrt sehen. »Das ist wirklich … schön. Schöner als ich erwartet habe.«

Stormy öffnete die Autotür, stieg aus und war erstaunt über die bloße Größe des Anwesens. Und sie war noch nicht einmal auf der anderen Seite des Tores. Auf Amys Frage wusste sie keine Antwort und deshalb schwieg sie. Um die Wahrheit zu sagen, war sie ziemlich eingeschüchtert.

»Hast du den Code?«, fragte Amy.

»Ich, äh, ich weiß nicht. Mir war nicht klar, dass es ein Tor gibt.« Stormy schaute auf den Zettel, den Sherman ihr gegeben hatte. Darauf stand ein sechsstelliger Code. »Versuch's mal mit dem hier.«

Amy gab die Zahlen ein, und das Tor öffnete sich leise. Beide Mädchen standen eine Weile starrend da, bis sie zurück ins Auto sprangen und die prachtvolle Steinauffahrt entlangfuhren.

Vor dem Haupthaus hielten sie an. Das Gebäude war mit den hoch aufragenden Türmen und den sich zu beiden Seiten endlos erstreckenden Trakten aus Stein einschüchternd.

»Wo ist das Gästehäuschen?«, fragte Amy.

»Ich glaube, wir müssen weiter die Straße entlangfahren. Sie macht nah beim Haus eine Kurve«, erklärte Stormy ihr.

Das war eine sehr schlechte Idee. Eine sehr, sehr schlechte Idee.

Bevor sie weiterfuhren, läutete Stormys Handy. Sie schaute aufs Display und sah, dass Sherman anrief. Vielleicht wollte er ihr sagen, dass es mit dem Häuschen doch nichts wurde. Sie war sich nicht sicher, ob sie darüber traurig sein würde, denn wem auch immer dieses Anwesen gehörte, er würde sicher mitbekommen, dass sie in einer anderen Liga spielte.

»Hallo«, meldete sie sich, und ihre Stimme war kaum mehr als ein Flüstern.

»Stormy, Liebes, ich hoffe, du bist noch nicht dort«, sagte Sherman, und seine Stimme echote ein wenig.

»Ich kann dich nicht wirklich gut verstehen«, gab Stormy zurück und drückte das Handy fester ans Ohr.

»Ich fahre mit offenen Fenstern. Warte kurz, Liebes.« Er machte eine Pause und schloss sie. »Ist es jetzt besser?«

»Ja, viel besser«, sagte sie und bewunderte noch immer den Anblick der Villa vor ihr.

»Gut, gut. Habe ich dich noch rechtzeitig erreicht?«

»Wir sind gerade vorgefahren«, sagte sie mit leicht zitternder Stimme. »Sherman, ich bin nicht so sicher bei dem hier …«

»Bei was, Schätzchen?«

»Es ist so viel größer, als ich es mir vorgestellt habe. Ich … ich kann mich nicht um diese Villa kümmern«, gestand sie.

»Oh, mein Neffe beschäftigt viele Leute, die sich darum kümmern. Was er braucht, ist ein nettes Mädchen wie dich, das das Ganze beaufsichtigt«, versicherte ihr Sherman.

Stormy wäre am liebsten davongerannt, aber wohin sollte sie?

»Ich ... äh ... glaube, ich kann bleiben«, räumte sie noch immer unsicher ein.

»Gut. Gut. Dann bin ich beruhigt. Der Grund meines Anrufs ist, Schätzchen, dass es letzte Nacht eine Katastrophe mit den Wasserleitungen im Gästehaus gegeben hat. Das ganze Häuschen steht unter Wasser und hat die Böden ruiniert. Es dauert ungefähr eine Woche, bis alles repariert ist.«

»Oh!« Wohin sollte sie jetzt?

»Aber keine Sorge. Der Schlüssel, den du hast, ist sowieso fürs Haupthaus. Die Schlüssel fürs Gästehäuschen liegen im Foyer. Geh einfach rein, und du kannst im ersten Stock das erste Zimmer auf der rechten Seite nehmen, wenn du die Treppe hochkommst. Es ist alles geregelt.«

»Bist du wirklich sicher, Sherman?«, hakte Stormy nach.

»Ganz bestimmt. Ich komme in ein paar Tagen vorbei, um zu schauen, wie du dich eingelebt hast. Jetzt muss ich mich beeilen. Hab einen schönen Abend am Wasser.«

Bevor sie noch einen Ton sagen konnte, war die Leitung tot, und er hatte aufgelegt.

»Im Gästehaus gibt's ein Problem. Sieht so aus, als würde ich ein paar Tage im Haupthaus verbringen«, informierte Stormy ihre Freundin.

»Du Glückliche!«, rief die mit einem Lachen. Sie versuchte einen Witz zu machen, aber Stormy bemerkte die Eifersucht ihrer Freundin. »Lass uns reingehen. Ich sterbe vor Neugier«, drängte Amy und reichte Stormy die Handtasche, die sie im Auto hatte liegen lassen. Dann machte sie sich auf den Weg zur Eingangstür.

Der Weg von der Auffahrt dorthin führte über spärlich gesetzte Steinplatten, wobei jeder Stein auf einem adretten dunkelgrünen Rasen platziert war. Der wunderschön angelegte

Garten stand den anderen, die sie auf ihrer Fahrt durch die kleine Stadt gesehen hatten, in nichts nach.

Stormy ging den Fußweg entlang und hörte das Geräusch plätschernden Wassers. Es kam von einem Wasserspiel in der Nähe und zog Stormys Blick an. Die Fontäne war ein Steinring von zweieinhalb Metern Durchmesser, der von Betonfischen umgeben war. Jeder Fisch spie einen dünnen Wasserstrahl zur Mitte, was einen harmonischen Klang erzeugte und einem plätschernden Bach glich.

Stormy spähte ins Wasser, auf dessen Oberfläche leuchtende Lilienblätter und violette Blumen schwammen, und bemerkte einen großen Fisch mit orangefarbenen und schwarzen Punkten, der durchs seichte Wasser glitt.

Amy kam zu ihr, um zu sehen, was ihre Freundin lächeln ließ. Zwei Fische schwammen um Stormys Fingerspitze herum, mit der sie sie anlockte.

»Komm schon, Stormy, lass uns gehen. Ich will diesen Palast von innen sehen«, drängte Amy. »Wir können später mit den Fischen spielen.«

»Na gut, solange du weißt, dass du zurzeit eine Spaßbremse bist«, konterte Stormy und griff nach ihrer Tasche.

Die Steinstufen hinauf machten sich die beiden auf den Weg zur Veranda an der Vorderseite des Hauses und gingen dann zur zweiflügeligen Eingangstür. Stormy streckte die Hand mit dem Schlüssel aus, hielt dann jedoch inne. Vielleicht war der Hauseigentümer da und zog es vor, dass sie klingelte.

Auf geht's, dachte sie, als sie den erleuchteten Klingelknopf drückte. Das Läuten hörte sich wie Kirchenglocken an und hallte drinnen durch das Haus. Die beiden Frauen warteten ungefähr eine Minute, und als sich nichts rührte, drückte Stormy noch einmal auf den Klingelknopf und klopfte dann an die Tür. Sie stand da und fühlte sich auf der Veranda leicht unbehaglich.

»Hast du keinen Schlüssel?«, fragte Amy und klopfte gegen das Türschloss.

»Doch, aber ich finde es irgendwie merkwürdig, ihn zu benutzen«, antwortete Stormy. »Sherman hat gesagt, dass im Haus Personal ist. Vielleicht werden die die Tür öffnen.«

»Also ich finde es peinlich, hier rumzustehen«, entgegnete Amy.

Als nach ungefähr fünf Minuten immer noch niemand aufgetaucht war, steckte Stormy widerstrebend den Schlüssel ins Schloss. Amy griff nach Stormys Hand und drehte sie, wodurch die Tür aufgeschlossen wurde.

»Siehst du, ich habe dich davor bewahrt, darüber nachzudenken«, scherzte Amy und klopfte Stormy auf den Rücken.

Die Tür schwang auf, und beide Frauen fühlten sich wie Eindringlinge, als sie das große, drei Stockwerke hohe Foyer betraten. Direkt der Eingangstür gegenüber führte ein breiter Flur in etwas, das aussah wie zwei noch größere Räume.

Vom Foyer aus erhob sich eine elegante, ausladende Treppe, die wirkte, als wäre sie aus einem einzigen Stück Holz geschnitzt.

Unmittelbar rechts von Stormy befand sich eine verschnörkelte zweiflügelige Fenstertür, hinter der ein schwach beleuchtetes Büro zu erkennen war. Jenseits davon war ein weiterer Flur mit mysteriösen Türen, die wahrscheinlich in Schlafzimmer, Bäder oder Wandschränke führten. Links des eleganten Eingangs lag der offene Wohnbereich, dessen Grenze durch einen riesigen Torbogen markiert war.

Polierte Hartholzböden mit vornehmen Ledermöbeln formten ein U um einen wunderschönen Kamin auf der anderen Seite des Raumes. Auf dem handgefertigten Kaminsims standen eine eingerahmte amerikanische Flagge, das Modell eines Segelboots und das Portrait von jemandem, der offenbar Marineflieger im Zweiten Weltkrieg gewesen war.

Als Stormy und Amy weitergingen, bemerkten sie, dass der offene Wohnbereich in ein gemütliches, aber dennoch förmliches Esszimmer überging. Esszimmer und Küche teilten sich eine Glaswand, die nichts weiter war, als große Fenster und Fenstertüren, die sich zu einer riesigen Veranda mit Blick auf den Hafen öffneten.

Das Haus war geschmackvoll mit Gegenständen aus der Luft- und Seefahrt, alten Familienfotos und verschiedenen Erinnerungsstücken dekoriert. Trotz seiner Eleganz und seines Charmes hatte das Haus etwas unbestreitbar Maskulines an sich. Eine Junggesellenbude, auch wenn der fragliche Junggeselle sehr stylisch, selbstbeherrscht und sagenhaft reich war ... *Dieses Haus braucht definitiv eine weibliche Hand. Nirgendwo Blumen oder Kissen. Aber dennoch bin ich beeindruckt*, dachte Stormy, als sie ihren Erkundungsgang fortsetzte. In diesem Haus könnte eine Familie leben, und sie hatte ein klares Zukunftsbild davon, dass hier eines Tages eine perfekte Bilderbuchfamilie wohnen würde – mit Kindern, Golden Retriever und Minivan in der Auffahrt.

Sie ging durchs Foyer und schaute sich die Fotos an der Wand an, die zurück zu Küche und Esszimmer führte. Und genau in dem Moment erstarrte sie zur Salzsäule. Amy war nirgends zu sehen, aber es war auch egal, ob sie im selben Raum war oder nicht.

Stormy erkannte auf dem Foto einen Mann inmitten dreier anderer gut aussehender Männer. Sie trat näher heran und starrte auf das Bild von Kapitän Cooper Armstrong und drei Männern, die sich auffallend ähnelten, was sie annehmen ließ, dass es entweder Brüder oder Cousins waren. Auf weiteren Fotos, die Stormy betrachtete, waren die vier beim Fliegen, Angeln, Segeln und einer Vielzahl anderer Sportarten im Freien zu sehen.

Welche Art von Streich spielte ihr das Schicksal hier? Sie konnte doch nicht im Haus des Mannes sein, mit dem sie einen One-Night-Stand gehabt und der sie dann komplett vergessen hatte. Das Schicksal wäre doch nicht dermaßen grausam.

Ihr Herz klopfte laut, als sie eine Minute, vielleicht sogar eine Stunde, auf das Bild starrte. Nein, sie konnte einfach nicht glauben, dass sie dermaßen Pech haben sollte. Es musste eine andere Erklärung geben. Er musste mit demjenigen, dem das Haus gehörte, befreundet sein. So war es garantiert. Hingen nicht alle reichen Typen zusammen rum?

Ja, redete sie sich ein, er musste einfach ein Freund sein, denn wer zum Teufel hängte Fotos von sich selbst überall an die Wände. Ihr Herz beruhigte sich wieder, und Stormy lächelte. Natürlich war es nicht Grünauges Haus.

»Also, Süße, ich weiß, dass es Spaß macht, sich alles anzuschauen, aber ich habe dein Zimmer gefunden und schon das halbe Auto ausgeladen«, beschwerte sich Amy und ließ Stormy zusammenzucken. »Also beweg deinen Hintern und hilf mir beim Rest. Ich habe noch einen Termin beim Frisör, den ich nicht verpassen will.«

»Ich … äh, weiß nicht, ob ich hierbleiben kann«, erklärte Stormy. Vielleicht war sie doch nicht so ruhig, wie sie dachte.

»Mach dich doch nicht lächerlich. Das hier ist doch ein Haus, das Träume wahr werden lässt. Du wirst auf keinen Fall gehen«, schimpfte Amy mit einem empörten Keuchen.

»Erkennst du diesen Mann?«, fragte Stormy und deutete energisch mit dem Finger auf das Foto.

Amy sah genauer hin und machte große Augen. »Ist das nicht der Pilot, der dich am Flughafen so mies behandelt hat?«

»Ja, unter anderem«, murmelte Stormy.

»Na ja, vielleicht ist er ein wirklich guter Freund desjenigen, der hier wohnt«, mutmaßte Amy. »Männer hängen doch keine Fotos von sich selbst an die Wände.«

Genau das hatte Stormy auch gedacht. Na gut, dann reagierte sie hier ganz klar übertrieben.

»Hör mal, Stormy, du kannst hier nicht abhauen. Wo willst du denn hin?«, erinnerte sie Amy. »Ich sage das ungern, aber es ist die Wahrheit.«

»Dann gehe ich eben in ein Motel«, schlug Stormy fast verzweifelt vor.

»Und da könntest du nur eine Woche bleiben, weil dir das Geld ausgehen würde und dann wärst du pleite *und* obdachlos«, gab Amy zu bedenken. »Und was dann?«

»Du verstehst mich nicht«, setzte Stormy an.

»Doch«, unterbrach sie Amy. »Aber manchmal müssen wir unsere Gefühle beiseitelassen und tun, was das Beste für uns ist, und nicht, was wir denken, tun zu müssen.«

»Das hier ist nicht sein Haus«, sagte Stormy. Sie war immer mehr überzeugt davon, sah sich aber dennoch nervös um.

»Hallo«, rief sie. Absolute Stille. »Ist jemand zu Hause?«

»Äh, Schätzchen, wenn bis jetzt noch niemand aufgetaucht ist, dann glaube ich kaum, dass das noch passieren wird«, meinte Amy und lachte.

Das einzige Geräusch, was im Haus zu hören war, war das Ticken einer Standuhr. Vielleicht war das ein Omen.

Amy ließ Stormy offenbar ungern zurück. Nachdem ihre spärlichen Habseligkeiten verstaut waren, beschloss Stormy nach einer Stunde, das Haus weiter zu erkunden.

Vielleicht konnte sie dabei herausfinden, wem es wirklich gehörte. Im Abstand von zwei Minuten schickte sie Stoßgebete zum Himmel, dass es nicht Cooper Armstrong sein möge.

KAPITEL 17

Schweiß tropfte ihm von der Stirn, als Cooper sich noch mehr anstrengte und entlang des felsigen Geländes der Küste von Gig Harbor rannte. Eine Brise zerzauste ihm die Haare, und gelegentlich kühlte ihn auftretender Sprühregen ab.

Dennoch rannte er immer schneller.

Als er am Pfad stehen blieb, der zurück zu seinem Anwesen führte, zog er sein T-Shirt aus und wischte sich über die Stirn. Der Zehn-Meilen-Lauf war genau das gewesen, was er gebraucht hatte, um seine überschüssige Energie zu verbrennen, die daher rührte, dass er die letzte Woche in kleinen Cockpits eingepfercht gewesen war.

Mann, er liebte es, zu fliegen, aber manchmal war er ein bisschen klaustrophobisch.

Er ging den Pfad entlang zu seinem Haus zurück und blieb auf der hinteren Veranda stehen. Irgendetwas stimmte hier nicht.

Vorsichtig öffnete er die Hintertür und trat ein. Da war wieder dieses Geräusch. Irgendjemand lief im Obergeschoss herum. Das Personal hatte heute frei, also sollte eigentlich niemand im Haus sein.

Er ging zur Vorderseite des Hauses und schaute aus dem Fenster. Aber nichts war zu sehen, was ihn beunruhigt hätte. Doch dann war da wieder dasselbe Geräusch, das sich anhörte wie Schuhe, die über seinen Hartholzfußboden schlurften.

Wenn jemand eingebrochen hatte, dann hatte er sich das falsche Haus ausgesucht. Entschlossen, den Übeltäter zu schnappen, schlich er die Treppe hinauf. Aufgebracht stellte er fest, dass seine Schlafzimmertür offen stand. Das war sein privater Bereich, in den keiner einen Fuß setzen durfte.

Er machte einen bedrohlichen Schritt nach vorn und blieb wie angewurzelt stehen, als er Stormy an seinem Bett entlanggehen und einen Blick in sein Badezimmer werfen sah. Was um alles in der Welt tat diese Frau, an die er viel zu oft gedacht hatte, in seinem Schlafzimmer? Hatte seine Einbildungskraft sie plötzlich heraufbeschworen? Hatte er etwa Tagträume?

Sie durchquerte das geräumige Zimmer und ließ die Finger an den mokkafarbenen Wänden entlangstreichen. Das den Raum flutende Tageslicht verlieh ihrer Gestalt ein sanftes Leuchten, und er spürte, wie er eine Erektion bekam, als ihre Finger die seidenen Vorhänge teilten, um sie auf den großen Balkon hinausschauen zu lassen.

Sein Blick wanderte von ihr zum Herzstück des Zimmers, einem sehr großen, gemütlichen und extrabreiten kalifornischen Himmelbett. Es war gemacht und forderte ihn auf, sie einfach darauf zu schmeißen und es durcheinanderzubringen.

Ein Sonnenstrahl verlieh Stormy einen fast himmlischen Glanz. In ihrem weißen Sommerkleid aus Spitze sah sie zweifellos wie ein Engel aus. Die Pläne, die Cooper mit dieser Frau hatte, kamen allerdings nicht vom Himmel.

Nie zuvor hatte er einer Frau gestattet, sein Schlafzimmer zu betreten. Er ging mit ihnen in Hotels oder zu ihnen nach Hause, aber er mochte es nicht, wenn sie in seinen privaten

Bereich eindrangen. Obwohl er keine Ahnung hatte, wie Stormy in sein Haus gekommen war, machte es ihm erstaunlicherweise nichts aus, dass sie genau dort war, wo sie sich gerade befand.

Den Kopf schüttelnd, blickte er finster drein, obwohl sie ihn nicht sehen konnte. Es gab einen Grund, weshalb er die Frauen nicht zu sich nach Hause einlud. Er wollte nicht, dass sie hinter ihm her waren wegen seines Arsches ... voll Geld.

Dann ging ihm ein Licht auf.

Onkel Sherman! Cooper kniff die Augen zusammen, als ihm bewusst wurde, was der alte Kauz im Schilde führte.

Zuerst hatte ein sogenannter *Freund der Familie* eine Unterkunft gebraucht. Dann waren praktischerweise kurz vor dem Einzug dieser Person im Gästehaus die Wasserleitungen geplatzt, was Cooper mächtig viel Kopfschmerzen bereitet hatte, ganz zu schweigen von den Reparaturkosten, und der *Freund der Familie* musste nun in seinem Haus untergebracht werden.

Cooper und sein Onkel mussten *wirklich* bald miteinander reden.

»Ich nehme an, Sie kennen Sherman Armstrong«, sagte Cooper, als er eintrat und Stormy auf seine Anwesenheit aufmerksam machte.

Sie fuhr vor Schreck zusammen und drehte sich um die eigene Achse, was sie fast zu Fall brachte. Verdammt! Sie stand viel zu nah an seinem Bett und hätte flachgelegt werden können. Sein Verstand hatte bereits begonnen, sich vorzustellen, wie sie auf der dunkelblauen Steppdecke lag.

»Cooper ...« Atemlos stieß sie seinen Namen hervor, und er hatte jetzt wirklich den Drang, sie flachzulegen und seinen Namen auf genau die gleiche Art zu hören, wenn er sich in sie versenkte.

139

»So nennen mich meine Freunde«, sagte er mit einem schiefen Grinsen und lehnte sich an die Wand. »Wenn Sie wirklich so gern in mein Schlafzimmer wollten, hätten Sie einfach fragen müssen«, fügte er mit einem Augenzwinkern hinzu, von dem er wusste, dass es sie zur Weißglut bringen würde.

Stormy wurde rot vor Verlegenheit und entfernte sich weiter vom Bett und von ihm.

»Das hier *ist* Ihr Haus.« Das klang fast wie ein Vorwurf. Sherman hatte ihr genauso wenig darüber erzählt, wo sie wohnen würde, wie er Cooper gesagt hatte, wer bei ihm wohnen würde. *Freund der Familie, von wegen*, dachte Cooper.

»Ja, das ist es.«

»Ich … äh, wusste nicht … als Sherman sagte, sein Neffe hätte ein Haus, da hätte ich nie gedacht …«

Sie schien ihr Gleichgewicht wiederzuerlangen, als sie einander gegenübertraten. Interessant. Er glaubte ihr wirklich, nicht gewusst zu haben, dass es sein Haus war. Und interessanterweise war er auch nicht mehr verärgert darüber, einen Gast zu haben.

Sein Stolz blieb von dem anerkennenden Leuchten in ihren Augen nicht unberührt, als er sah, wie sie seine Erscheinung in sich aufnahm. Der Lauf war heute großartig gewesen. Ja, er wusste, dass er seine Haare kämmen musste und schweißgebadet war, aber das schien sie nicht zu stören.

Je länger sie ihn anschaute, desto enger saßen seine Shorts, und er war sich *sehr* bewusst, dass ein Bett in der Nähe stand, das den Schmerz lindern würde, den er durch die Enge verspürte. Cooper warf einen Blick auf das Bett und dann wieder auf sie – und er lächelte.

Stormys Pupillen weiteten sich ein kleines bisschen, als sie in seine Augen und dann auf den Boden schaute, bevor sie den Kopf mit einem Ruck wieder hob und mehr wie eine Maus aussah, die von einer hungrigen Katze in die Enge getrieben worden war.

»Es tut mir ... äh, leid, dass ich in Ihr Zimmer gegangen bin. Ich wollte mich nur umschauen und ein wenig orientieren«, murmelte sie schließlich. »Ihre Brust gefällt mir wirklich ..., ich meine, äh, Ihr Haus, besonders Ihr Zimmer«, stammelte sie, bevor sie puterrot wurde. »Ich meine, es ist sehr hart ... ich ... äh ... ich meine, gemütlich.«

Schließlich legte sie sich die Hand auf den Mund, um den Wortfluss zu stoppen.

Verdammt, verdammt, verdammt! Er wollte diese Frau mit etwas, das schon an Besessenheit grenzte. Gar nicht gut! Ihr süßer Duft wehte zu ihm herüber, verbreitete ein exotisches Aroma, das es noch nie zuvor in diesem Zimmer gegeben hatte.

Seine Gedanken schweiften ab. Er stellte sich vor, wie er durchs Zimmer ging und sie in seine Arme zog. Dann würde ihr ein Keuchen der Zustimmung über die Lippen kommen und er daraufhin von ihrem Mund Besitz ergreifen. Langsam würde er ihr das Sommerkleid abstreifen, die Schultern entblößen und dann ihre süßen, kessen Brüste freilegen, an denen er sich gütlich tun würde. Er hätte nichts dagegen, knabbernd ihren Körper zu erkunden und mit den Fingern zu ihrer Mitte zu wandern.

Seine Erektion verursachte jetzt höllische Schmerzen, gegen die er dringend etwas tun musste. Schnell begab er sich ins Badezimmer, griff nach einem Handtuch und wischte sich den Schweiß von der Stirn. Dann rieb er damit über seine nackte Brust und hielt es vor sich. Diese Frau ging ihm unter die Haut, wie es noch keine getan hatte. Irgendetwas an ihr zog ihn an, und obwohl sein Verstand nicht ums Verrecken das diffuse Gefühl vertreiben konnte, er habe sie schon einmal getroffen, beschloss sein Körper, dass das so oder so egal war.

»Die Tür zu meinem Zimmer steht Ihnen immer offen«, hörte er sich selbst sagen.

Und dann genoss er das Keuchen, das ihren geschürzten Lippen entfloh, aber er durfte ihren warmen Atem nicht auf seinem Mund spüren. Verdammt!

»Ich glaube, ich sollte jetzt den Rest meiner Sachen auspacken«, sagte sie. »Ich werde aber nicht lange bleiben«, fügte sie hinzu und ging in Richtung Schlafzimmertür.

Allerdings schien sie zweimal darüber nachzudenken, als ihr bewusst wurde, dass ihr keine andere Wahl blieb, als ihm vertraulich nah zu kommen. Cooper beschloss, sich nicht zu bewegen. Er wollte sie näher bei sich haben.

»Seien Sie mein Gast«, bot er an, als sie noch ein paar Augenblicke völlig erstarrt dastand.

»Na gut«, antwortete sie und machte einen großen Bogen um ihn. Tief atmete Cooper ein, als sie vorbeiging.

Erst an der Tür sprach er wieder. »Wir reden weiter, wenn ich geduscht habe, Stormy.«

Sie blieb in der Tür stehen, drehte sich jedoch nicht um. Die sexuelle Spannung spürte sie genauso wie er. Cooper war alles andere als enttäuscht über seine neue Mitbewohnerin.

Scheiß auf die Dusche! Er musste sich bewegen. Nachdem er die Badehose angezogen hatte, machte er sich auf den Weg nach draußen.

Es dauerte eine Weile, aber dann ließ seine Erregung nach. Dennoch gab es da etwas, das immer noch seinen Verstand beschäftigte. Es hatte mit ihrem Duft zu tun, dem Keuchen, das ihr über die Lippen kam, und wie sich ihre Pupillen weiteten. All das war ihm so verdammt vertraut.

Aber wie konnte er eine Frau wie Stormy vergessen, wenn er schon einmal mit ihr zusammen gewesen war?

Das war nicht möglich. Er war vielleicht ein Stück weit ein Hallodri, aber er vergaß seine Bettgespielinnen nicht. Aber vielleicht hatte er es gar nicht mit ihr getrieben, sondern sie lediglich auf einer Party kennengelernt? Weshalb sagte sie ihm das nicht, wenn es so gewesen war? Cooper ging im Geiste die Frauen der letzten Jahre durch und fand keine Stormy.

Er würde es herausfinden. Jetzt war sie sein Gast, und er hatte jede Menge Zeit.

KAPITEL 18

Tief ein- und ausatmend ging Stormy die Treppe hinunter und wollte nicht die Dusche laufen hören – mit Cooper in der großen Kabine … nass … nackt … eingeseift. Oh, hier zu wohnen war *überhaupt* keine gute Idee!

Auf dem Weg vertiefte sie sich wieder in die wunderschönen nautischen Bilder, die an den Wänden hingen. Was auch immer sie sonst noch über Cooper sagen konnte, eines musste sie dem Mann lassen, er hatte einen guten Geschmack.

Als sie sich sicher fühlte, ging sie wieder nach oben in ihr dezent möbliertes Zimmer. Zum Glück gab es dort bereits ein komfortables Bett und eine Kommode, mehr jedoch nicht. Aber für ihre wenigen Habseligkeiten brauchte sie überhaupt nicht viel Platz.

Es zog sie zu dem großen Fenster mit Blick auf den riesigen, gepflegten Garten und dahinter den nahen Hafen. Sie hasste es, dass das Anwesen Cooper gehörte, denn ansonsten wäre es ein wahr gewordener Traum gewesen, an solch einem luxuriösen Ort zu wohnen.

Aber Bettler hatten keine Wahl, und sie musste einfach das Beste aus der Situation machen. Sie war erwachsen und konnte damit umgehen … musste damit umgehen. Noch einmal drehte sie sich zu dem luxuriösen Bett um. Obwohl sie über ihren neuen Mitbewohner nicht begeistert war, hatte das Haus klare Vorzüge. Schnell ging sie zu der ultragemütlichen Oase, warf sich in die willkommene Wärme und sank in die weiche Matratze. Ihr gelang es nicht, das Kichern zu unterdrücken, das ihrer Kehle entwich.

Ja, es war kindisch, aber sie war noch nie in so einem schönen Haus gewesen. Das Foto ihrer Eltern hatte sie bereits auf den Nachttisch gestellt, und sie lächelte die Menschen an, die sie so sehr liebte. Sie hätte für den Rest ihres Lebens auf dem kalten, harten Boden geschlafen, wenn ihr dafür eine weitere Minute mit den beiden vergönnt gewesen wäre.

Stormy war froh über die Werte, die sie ihr mitgegeben hatten. Sie hätten es nicht gutgeheißen, dass sie bei einem Mann lebte – und dann auch noch einem, für den sie etwas empfand, einem Mann, mit dem sie bereits geschlafen hatte. Aber sie hatten ihr auch beigebracht, immer ihre eigene Wahl zu treffen – auch wenn es nicht die klügste war.

Ihr Vater hatte ihr immer erklärt, dass der Mensch durch seine Entscheidungen geformt wird. Falsche Entscheidungen gab es nicht, nur einen Weg, auf den man sich begeben und wachsen sollte. Sie hoffte, dass der Weg, den sie jetzt wählte, kein schlechter war.

Das laute Geräusch einer zugeworfenen Autotür erregte ihre Aufmerksamkeit, und sie riss den Blick von dem Foto los. Widerwillig stand sie vom Bett auf und ging hinüber zum geöffneten Fenster. Mit einer Hand schob sie die Vorhänge beiseite und schaute hinunter auf die Auffahrt.

Der Anblick von Cooper, der einen Schlauch in der Hand hielt, mit dem er auf einen schnittigen silbernen Jaguar zielte, ließ ihr das Wasser im Mund zusammenlaufen. Lange hatte er aber nicht unter der Dusche gestanden. Stormy wusste, dass es sie ein wenig in Schwierigkeiten bringen würde, weil sie schon wieder seine unglaubliche Figur bewunderte. Während sie ihn wer weiß wie lange anstarrte, bemühte sie sich um mehr Selbstsicherheit.

Der Mann warf sie nicht aus seinem Haus. Vielleicht sollte sie es mit einer freundschaftlichen Geste versuchen. Schließlich waren sie beide bisher noch nicht die besten Freunde. Es war doch egal, dass er sich nicht mehr daran erinnerte, mit ihr geschlafen zu haben. Darüber musste sie hinwegkommen.

Tatsächlich war es wahrscheinlich viel besser für alle Betroffenen, wenn er keine Ahnung davon hatte, dass sie einen One-Night-Stand gehabt hatten. Diese Nacht war für sie unglaublich gewesen, aber es wäre unklug, sie zu wiederholen. Wie es jetzt war, mussten sie zumindest nicht mit der daraus resultierenden sexuellen Spannung klarkommen, oder? Richtig!

Aber sie konnte sich bei dem Mann dafür bedanken, dass er ihr eine Bleibe anbot. Der Entschluss, ihn gerade jetzt aufzusuchen, hatte nichts damit zu tun, dass er in der Auffahrt stand – halb nackt. Nee! Es hatte überhaupt nichts damit zu tun, versicherte sie sich.

Jetzt rannte sie förmlich die Treppe hinunter zur Küche. Sie sah sich um, entdeckte einen großen Tetra Pak mit Eistee, schnappte sich ein Glas und goss es voll, bevor sie die Schultern straffte und durch den Seitenausgang nach draußen ging.

Stormy blickte in den heiteren, sonnigen Himmel und hatte das Gefühl, sie könnte sich an dieses baumbestandene Areal gewöhnen. Die frische Meeresbrise strich sanft über ihre Wangen, als sie den Eistee zu Cooper trug. Am liebsten hätte sie mit dem eiskalten Glas ihren erhitzten Körper abgerieben, aber das war natürlich nur die Hitze des warmen Tages und kein anderes Gefühl, das sich einstellte, als sie sich dem Mann näherte, der mit seinen Händen und dem Mund zaubern konnte.

Nur ein paar Schritte von ihm entfernt musste Stormy einfach bewundern, wie gut Cooper nur mit Shorts bekleidet aussah. Auf seinem durchtrainierten Oberkörper glänzten Wassertropfen und vielleicht ein Rinnsal von Schweiß. Eine Spur von Seifenwasser rann langsam zum Bund seiner nassen Badehose.

Stormy musste ein Geräusch gemacht haben, denn plötzlich drehte sich Cooper zu ihr um. Sie wünschte sich wirklich, er würde keine Sonnenbrille tragen, weil sie keine Ahnung hatte, was er dachte, als er den Schlauch auf den Boden legte und sich mit den Fingern durchs nasse Haar fuhr.

»Gut installiert?«, fragte er. Sie brauchte einen Moment, bis sie seine Worte verstand.

»Äh … ja, bin ich«, murmelte sie schließlich. »Es ist heiß hier draußen, deshalb dachte ich, ich breche mal das Eis und bringe Ihnen etwas zu trinken.«

Vielleicht hätte sie einfach im Haus bleiben sollen. Verdammt!

Cooper schenkte ihr ein Lächeln, das Butter hätte zum Schmelzen bringen können, dankte ihr und nahm das Glas entgegen. Stormy sah zu, wie sich seine Halsmuskulatur anspannte, als er die Hälfte des Tees in sich hineinschüttete. »Ich hatte Durst«, gestand er und wischte sich über die Lippen.

Ihr Magen verkrampfte sich vor Verlangen, ein Gefühl, das alles Bisherige übertraf.

»Na, dann lasse ich Sie mal weitermachen«, sagte Stormy und trat einen Schritt zurück, wobei sie fast auf den Hintern fiel.

Er kicherte und streckte die Hand aus. Bevor Stormy wusste, was geschah, schlang er die Arme um sie und zog sie an sich.

»Was um alles in der Welt tun Sie?«, fragte sie mit zitternder Stimme.

Das plötzliche Feuer, das in seinen Augen aufglomm, führte dazu, dass ihr viel zu warm wurde. Ihr fehlten die Worte, als er auf sie herabstarrte.

»Sie sahen ein bisschen erhitzt aus. Ich dachte, ich kühle Sie mal ein bisschen ab«, antwortete er.

Ihr war tatsächlich warm gewesen, aber als er sie an sich gezogen hatte, war sie regelrecht in Flammen aufgegangen.

»Mir geht's gut.« Stormy entzog sich seinem feuchten Griff.

Mit einem leisen Lachen ließ er sie los. Stormy war zwar nicht ganz auf der Höhe des Geschehens, aber als sie zu Boden schaute, sah sie den Schlauch zu ihren Füßen. Sie bückte sich und hob ihn mit einem Funkeln in den Augen auf.

»Was tun Sie da?«, fragte er. Diesmal war er derjenige, der einen Schritt nach hinten machte.

»Sie sehen ein bisschen erhitzt aus«, wiederholte sie seine Worte. Dann drückte sie den Handgriff, und der kalte Wasserstrahl landete genau auf Coopers Brust.

Sein feuriger Blick war nicht mehr ganz so heiß, als er gellend aufschrie und einen Satz nach hinten machte. Als sie bemerkte, dass er zu einem Eimer mit Seifenwasser schielte, beschloss sie, dass es ein guter Zeitpunkt für den Rückzug war.

»Bis später!«, rief sie, ließ den Schlauch fallen und wirbelte herum.

Allerdings war es zu spät. Sie hatte kaum drei Schritte gemacht, als ihr eiskaltes Wasser über den Kopf gegossen wurde und das weiße Kleid durchweichte, das daraufhin am plötzlich fröstelnden Körper klebte.

Sie blieb stehen, wirbelte herum und starrte auf seinen Kopf, den er gesenkt hielt. Vornübergebeugt stand er da und lachte. Stormy rannte auf ihn zu und versuchte ihn umzuwerfen, doch das ging nach hinten los.

Er war viel zu schnell für sie. Plötzlich wurde sie hochgehoben, und dann fielen beide auf den Rasen seines perfekten Vorgartens.

Nach Luft schnappend, war Stormy ziemlich orientierungslos, denn die Welt drehte sich um sie. Und dann ging ihr die Puste aus, als er sich mit seinem muskulösen Körper auf sie schob und festsetzte. Sie war sich ziemlich sicher, dass es nicht der Schlauch war, der gegen ihren Oberschenkel drückte.

»Das wollte ich von dem Moment an tun, als ich dich zum ersten Mal im Coffeeshop gesehen habe. Ich habe das Gefühl, als würde ich dich schon ewig kennen, und dieser Gedanke geistert mir im Kopf herum.« Eine weitere Vorwarnung gab es nicht, dann neigte er den Kopf, und seine Lippen lagen auf ihren.

Der Kuss war genauso, wie sie ihn in Erinnerung hatte, und sie seufzte in seinen Mund, vergaß für einen Moment, dass das hier eine sehr schlechte Idee war. Innerhalb einer Sekunde verlor sie sich in seiner Umarmung.

Der Kuss endete allerdings viel zu schnell, als Cooper zurückwich und verwirrt auf sie starrte.

»Ich kenne dich«, sagte er, und ihr Herzschlag beschleunigte sich.

»Natürlich tust du das. Ich habe im Coffeeshop gearbeitet«, entgegnete sie atemlos. Auch Stormy war jetzt wieder zum Du übergegangen.

Seine Finger fuhren ihre Lippen nach, und er kniff die Augen zusammen.

»Nein, ich habe dich schon einmal geküsst. Dein Geschmack ist mir vertraut.«

Das waren keine Fragen. Er war sich sicher.

Ihr blieb das Herz stehen, als sie zu ihm aufschaute. Das wäre jetzt der Zeitpunkt gewesen, an dem sie ihm sagen musste, dass er sie tatsächlich kannte. Sie versuchte ihren Mund dazu zu bewegen, die Worte zu bilden, aber stattdessen kam etwas heraus, das nicht hätte herauskommen sollen.

»Ich weiß nicht, wovon du redest. Geh jetzt runter von mir«, forderte sie und wünschte sich, die Worte wären ihr etwas entschiedener über die Lippen gekommen.

»Was verbirgst du vor mir?«, fragte er und ließ sie immer noch nicht los.

»Nichts. Ich bekomme nur keine Luft, wenn du auf mir liegst.«

Mit scheinbarem Widerwillen rollte er sich von ihr. Da wurde Stormy bewusst, dass sie in seinem Vorgarten lagen und rummachten wie zwei Teenager, denen es absolut egal war, was die Nachbarn dachten. Klar, sie konnte seine Nachbarn nicht sehen, aber das bedeutete nicht, dass die Stormy und Cooper nicht sahen.

Es wurden keine Worte mehr gewechselt, als sie aufstand und mit vor der Brust verschränkten Armen davonging. Sie konnte die Vorstellung nicht abschütteln, dass zahllose Schaulustige durch ihr nasses Kleid sehen konnten. Den Blick auf den Boden gerichtet, war sie nicht gewillt zu überprüfen, ob das nun zutraf oder nicht.

Was Stormy jedoch ganz sicher wusste, war, dass sie nicht in Coopers Haus bleiben konnte. Auf gar keinen Fall. Wenn sie es täte, würde sie garantiert wieder im Bett dieses Mannes landen. Und das war etwas, das sie nicht riskieren wollte.

Stormy war im Haus noch nicht weit gekommen, als sie Cooper hinter sich hörte. Verdammt! Konnte dieser Mann ihr nicht ein bisschen Freiraum lassen? Das wäre jedenfalls nett von ihm gewesen.

»Stormy, wir müssen reden!«, rief er. Er war zu nah.

Kurz verharrte sie und überlegte, welchen Weg sie einschlagen sollte. Sie wusste ganz sicher, dass sie ihm jetzt nicht wieder gegenübertreten konnte. Keinesfalls! Das Einzige, was ihr einfiel, war, sich zu verstecken.

Sie ging um die Treppe herum, flitzte in den Flur und öffnete eine Tür. Das Badezimmer war der beste Ort, um unterzutauchen, entschied sie. Sie schloss die Tür zu heftig und suchte einen Lichtschalter.

Aber sie fand keinen. Nach kurzer Zeit gewöhnten sich ihre Augen an das bisschen Licht, das unter der Tür hindurchschien. In dem Moment wurde ihr klar, dass sie überhaupt nicht in einem Badezimmer war, sondern in einem Wandschrank.

Sie hörte Coopers sich nähernde Schritte, als sie sich zu Boden rutschen ließ und mit den Armen die Beine umschlang. Stormy fühlte sich extrem dumm und sehr gefangen, und ihr Herz raste, als Cooper auf der anderen Seite der Tür stehen blieb.

»Stormy, ist alles in Ordnung mit dir?«, fragte er und klopfte an die Tür.

Völlig bloßgestellt wusste Stormy, dass sie antworten musste. »Ja, alles super.«

Alles *war* super, bis auf die Tatsache, dass sie auf dem Boden eines Schrankes saß und sich wie ein Vollidiot fühlte. Jetzt musste ihr Mitbewohner denken, sie sei verrückt, und sich fragen, wie er sie am schnellsten wieder ausquartieren konnte.

Sie wollte doch ausquartiert werden, oder? Das war besser, als ihn daran erinnern zu müssen, dass er recht damit hatte, sie zu kennen. Dass sie miteinander geschlafen hatten und er sich erst jetzt daran erinnerte.

Stormy war nicht allzu versessen darauf, einen Mann daran zu erinnern, dass er sie flachgelegt hatte.

»Mir war nur ziemlich kalt, und da wollte ich nach einem Mantel suchen«, rief sie, als er auf ihre letzte Bemerkung nichts erwiderte.

»Und da musstest du die Schranktür schließen – und im Dunkeln suchen?«, fragte er.

»Die muss der Wind hinter mir zugeweht haben«, antwortete Stormy schnell und war beeindruckt von ihrer eigenen Schlagfertigkeit.

»Also da drinnen gibt es auch eine Lampe an der Decke, falls du Licht brauchst«, teilte ihr Cooper mit. »Ich werde ein Gentleman sein und dir eine Pause gönnen.« Er hielt kurz inne, dann fügte er hinzu: »Und danach werden wir beenden, was wir begonnen haben.«

Bei diesen Worten sprang ihr fast das Herz aus der Brust. Was meinte er mit *beenden, was wir begonnen haben*? Redete er von dem Gespräch oder vom Kuss? Oh, sie hätte nichts dagegen gehabt, den Kuss zu beenden. Damit wäre sie wirklich einverstanden gewesen.

Hätte sie sich selbst in den Hintern treten können, dann hätte sie es getan, denn sie konnte nicht noch einmal mit Cooper Armstrong schlafen. Mit zwanzig konnte sie die Nacht unter jugendlicher Dummheit verbuchen, doch jetzt, mit sechsundzwanzig, wäre es schlicht unverantwortlich.

Stormy war mehr als dankbar, als sie seine sich entfernenden Schritte hörte. Langsam drehte sie am Knopf des Schrankes und öffnete die Tür. Sie trat hinaus, und als sie sich noch einmal umschaute, wurde ihr bewusst, wie lächerlich klein der Schrank war. Es wäre völlig unnötig gewesen, auf der Suche nach einem Mantel hineinzugehen – es sei denn, man wollte sich verstecken.

Sie war froh, dass Cooper sie nicht auf ihre Dummheit angesprochen hatte.

Stormy nahm sich Zeit, als sie die Treppe hinaufging und sich in ihrem Zimmer einschloss. Nach ihrem kindischen Benehmen war das der beste Ort für sie. Sie legte sich aufs Bett und schloss die Augen.

Sie würde Sherman anrufen und ihn wissen lassen, dass sie aus der Vereinbarung aussteigen musste. Shermans beste Absichten waren diese Stufe der Bloßstellung nicht wert. Nein, sie würde in maximal ein paar Tagen hier raus sein, versicherte sich Stormy, denn die Mitbewohnerin von Cooper zu sein, würde niemals funktionieren. Es würde damit enden, dass sie ihm ihr Herz ausschüttete oder ihm die Kleider vom Leib riss. Beides wäre eine verdammte Katastrophe.

KAPITEL 19

Im Fitnessstudio war es heiß und stickig und den Boxring bedeckte bereits eine Schweißschicht von vorherigen Kampfrunden. Aber das hielt Cooper und Maverick nicht davon ab, sich gegenseitig mit einem Grinsen auf den Lippen und Funkeln in den Augen zu umkreisen.

»Bist du sicher, dass du Bock auf das hier hast, Cooper? Du scheinst mir in letzter Zeit ein bisschen neben der Spur zu sein«, verspottete Maverick seinen Bruder.

»Da mach dir mal keine Sorgen, kleiner Bruder. Ich kann dir immer noch in den Hintern treten«, drohte Cooper und näherte sich Maverick tänzelnd.

»Ich bin nicht derjenige, der sich Sorgen machen sollte.«

Bevor Maverick ihn noch mehr verspotten konnte, verpasste ihm Cooper mit der Linken einen Schlag gegen den Kiefer und schob schnell noch einen rechten Haken nach.

»Verdammt, sieht so aus, als seiest du wieder gut in Form«, gab Maverick zu und schüttelte den Kopf, als er zurückfederte, um sein Gleichgewicht wiederzufinden.

»Hab ich doch gesagt«, warnte ihn Cooper und fühlte sich jetzt, beim Boxkampf mit seinem Bruder, wieder viel besser, weil er sein überschüssiges Adrenalin loswurde.

So ging es ein paar Runden weiter, in denen beide einige Glückstreffer landeten, bevor Coopers Gedanken wieder zu seiner neuen Mitbewohnerin wanderten. Sie hatte es geschafft, ihm für ganze zwei Tage aus dem Weg zu gehen.

Er würde mit ihr ein Gespräch führen, auch wenn es das Letzte war, was er tat. Irgendetwas ging ihm im Kopf herum, aber solange er nicht herausfand, was es war, würde es ihn verfolgen.

Als Maverick einen heftigen Schlag in Coopers Magen landete, blieb ihm plötzlich die Luft weg. Dann folgte schnell ein doppelter Schlag auf den Kopf, und Cooper wurde erfolgreich auf den Allerwertesten befördert.

Maverick tänzelte zurück und lachte. »Mann, du bist doch nicht in Form. Du hättest kontern müssen, alter Mann.«

»Es ist nur diese verdammte Frau, die bei mir wohnt. Ich werde nicht schlau aus ihr«, gestand Cooper frustriert, als er langsam wieder auf die Beine kam und seine Ohren leicht klingelten.

»Okay, das macht hier überhaupt keinen Spaß mehr. Lass uns in die Sauna gehen, und dann kannst du dir deinen Kummer von der Seele reden«, schlug Maverick vor und kletterte aus dem Ring.

»He! Ich will es dir heimzahlen!«, rief Cooper ihm nach.

»Aber nicht heute. Ich gebe dir eine Woche, und dann steigen wir wieder in den Ring«, beharrte Maverick, als er seine Boxhandschuhe auszog und das Tape entfernte.

»Gut.« Cooper folgte Maverick. Beide zogen sich rasch aus, dann gingen sie in die Sauna.

Die Hitze schien heute allerdings besonders stickig zu sein. Das kam Coopers momentanem Leben ziemlich nahe.

Zum Glück waren sie allein in der Sauna. Cooper lehnte sich zurück, und ein Bild von Stormy stieg im Dampf auf, erschien aus dem Nichts und machte sich über ihn lustig.

»Erzähl mir etwas über das Mädchen. Ich muss das wissen. Seit diesem One-Night-Stand vor sechs Jahren habe ich dich nicht mehr so besessen gesehen«, verlangte Maverick.

Und dann entwich die Luft aus Coopers Lunge, und es wurde noch stickiger im Raum.

»He! Bist du okay? Du hast doch jetzt nicht etwa einen Herzinfarkt, oder?«, fragte Maverick, stand auf und kam näher.

»Ich muss hier raus!« Cooper stürzte mit Maverick dicht auf den Fersen auf die Tür zu.

»Was zum Teufel ist los mit dir?«, beharrte Maverick, als Cooper sich auf eine Bank setzte und gegen die Wand lehnte.

Er brauchte ein paar Augenblicke, bis er sprechen konnte, und schaute zunächst seinen Bruder an. Er fragte sich, inwieweit er ihn einweihen sollte. Aber das war eigentlich keine Frage. Sie wussten alles übereinander, und deshalb würde er natürlich mit ihm reden.

»Stormy ist das Mädchen von vor sechs Jahren«, gestand Cooper schließlich.

»Was? Okay, ich kapier's nicht«, gab Maverick zu und setzte sich.

»Ich auch nicht«, sagte Cooper langsam. »Warum sagt sie nichts? Warum versucht sie es zu verheimlichen?«

Maverick schwieg eine Weile. »Vielleicht hat es ihr nicht so gut gefallen wie dir.«

»Quatsch«, entfuhr es Cooper. »Ich weiß, wann eine Frau zufrieden ist, und sie hat nachdrücklich nach mehr verlangt.«

»Das ist lange her«, gab Maverick zu bedenken.

»Ist mir egal, dass es lange her ist.« Cooper schloss die Augen und hatte jene Nacht deutlich vor Augen. »Warum habe ich sie nicht sofort erkannt?«

»Es ist sechs Jahre her. Menschen verändern sich«, sagte Mav.

»Schon …« Aber Cooper war sich nicht sicher. »Damals hatte sie blonde Haare, und sie war nicht so kurvig wie jetzt. Aber diese Augen und Lippen … die haben sich kein bisschen verändert.«

»Vielleicht wolltest du es nicht wissen«, versuchte es Mav.

»Ich habe eine Weile nach ihr gesucht. Das hat mir nicht gutgetan. Sie war uneingeladen auf der Hochzeitsfeier aufgekreuzt, und dann war sie verschwunden.«

»Dem allmächtigen Cooper ist es nicht gelungen, eine Frau ausfindig zu machen«, witzelte Mav lachend.

»Joseph hat mir eine Kette gegeben, die sie verloren hat«, gestand er. »Ich habe sie noch.«

»Oooh, das wird ja immer besser«, jubelte Mav.

»Verdammt, Mav, kannst du nicht mal zwei Sekunden ernst bleiben?« Cooper starrte vor sich hin.

»Konfrontier sie doch damit.«

»Und was soll ich sagen? He! Erinnerst du dich an mich? Ich bin der Mann, der dich eine ganze Nacht vor Lust schreien lassen hat, bis du vor mir davongelaufen bist«, schlug Cooper sarkastisch vor.

»Oder du könntest ein bisschen weniger ungehobelt sein«, entgegnete Mav.

»Ich weiß nicht …« Cooper lehnte sich wieder gegen die Wand und dachte nach. »Vielleicht sollte ich einfach rausfinden, was in ihrem Kopf vorgeht, bevor ich preisgebe, dass ich weiß, wer sie ist.«

»Das hört sich nach keinem guten Plan an«, warnte Mav.

»Mir hat es immer gefallen, dicht am Abgrund zu leben«, sagte Cooper und fand immer mehr Gefallen an seiner Idee.

»Das ist dein Untergang.« Mav schaute hinüber zur Uhr und seufzte vor Erleichterung. »Ich muss zurück zum Stützpunkt. Wir treffen uns nächste Woche wieder, und dann kannst du mich auf den neuesten Stand bringen.«

Cooper winkte ihm geistesabwesend zu. In seinem Kopf wirbelten die Gedanken herum, und er war nicht sicher, was er als Nächstes tun sollte. Das Einzige, was er garantiert wusste, war, dass er Stormy bald wiedersehen musste. In einem Fitnessstudio zu schwitzen würde ihn nicht weiterbringen.

Ein Lächeln umspielte seine Mundwinkel. Lasset die Spiele beginnen!

Kapitel 20

Stormy war nie glücklich darüber, aufzuwachen, stolperte aber aus dem Bett und ging zur Kommode. Sie dachte darüber nach, wie sie den Tag ausfüllen sollte. Als ihr nichts einfiel, duschte sie, ging wieder ins Bett und saß da, um dem Sonnenaufgang zuzuschauen. Als sie genügend Zeit verschwendet hatte, beschloss sie, dass das Versteckspiel ein Ende haben musste.

Sie zog sich an und öffnete langsam die Zimmertür. Nichts war zu hören. Vielleicht war Cooper gar nicht da. Immerhin war er Pilot. Sherman hatte ihr erzählt, dass der Hausbesitzer viel unterwegs war.

Bei der Beleuchtung im Haus und der Einsamkeit konnte sie so viele Schmuckentwürfe zeichnen, wie sie wollte, und keiner erfuhr etwas davon. Zeichnen beruhigte sie, und sie konnte träumen, obwohl sie nicht daran glaubte, dass diese Träume jemals wahr werden würden.

Mit etwas mehr Zuversicht machte sie sich auf den Weg in die Küche. In dem Moment fiel ihr plötzlich ein, dass sie noch gar keine Gelegenheit gehabt hatte, einkaufen zu gehen. Und verdammt noch mal, sie hatte Hunger. Am Tag zuvor hatte sie ihre Proteinriegel und Chips aufgegessen.

Als sie den riesigen Kühlschrank öffnete, war sie gleichzeitig beeindruckt und eingeschüchtert. Er war mit Lebensmitteln gefüllt, von denen sie noch nicht einmal gehört hatte, oder solchen, von denen sie zwar gehört, aber nie den Wunsch verspürt hatte zu probieren. Kaviar, Trüffel und Kokoswasser standen dort in einer Reihe zusammen mit Wurst- und Käsesorten, die sie nicht kannte.

Als sie den Bio-Putenschinken und die direkt vom Bauernhof stammenden Eier entdeckte, beschloss sie, dass das das Normalste war, was sie finden konnte. Sie nahm die Sachen aus dem Kühlschrank und gelobte, sie wieder zu ersetzen, sobald sie einen Laden fand, der diese hochpreisigen Lebensmittel führte.

Als sie zu Coopers Gastro-Gasherd mit sechs Flammen ging, der an den Seiten jeweils eine Grillvorrichtung hatte, fragte sie sich, ob sie überhaupt versuchen sollte, ihn zu bedienen. Es gab da die nicht von der Hand zu weisende Möglichkeit, dass sie das Haus niederbrennen würde.

Doch Stormy war niemand, der so leicht aufgab, und deshalb beschloss sie, es zu versuchen. Während der Schinken brutzelte, durchstreifte sie die Küche und verliebte sich sofort in die riesige begehbare Vorratskammer, die ebenfalls mit Lebensmitteln bestückt war, von denen sie noch nie gehört hatte. Sie musste Cooper wirklich mit den Freuden der Grundnahrungsmittel aus Supermärkten bekanntmachen. Die Vorstellung, seine Welt durch das Entzücken auf den Kopf zu stellen, das sich einstellte, wenn man ein Geheimversteck mit Oreo-Keksen hatte, ließ sie lächeln.

Diese Küche war höchst einschüchternd mit den dunklen Granitarbeitsplatten, den maßgefertigten Holzschränken, der eingebauten Espressomaschine und den Gerätschaften, die für Stormy viel zu elegant aussahen, um zu funktionieren. Sie

hoffte inständig, dass das Gästehäuschen ein bisschen boden-
ständiger war.

Gerade als sie sich an die Frühstückstheke setzte, merkte
sie, dass sie nicht allein war.

»Mach es dir gemütlich.«

Cooper ging zu der ihr gegenüberliegenden Arbeitsfläche,
griff sich einen Kaffeebecher und füllte ihn, bevor er einen großen Schluck nahm. Dann drehte er sich um, lehnte sich gegen
die Arbeitsplatte und lächelte sie an.

»Tut mir leid. Ich dachte, du wärst schon weg. Die
Lebensmittel werde ich ersetzen. Ich hatte nur noch keine
Gelegenheit, einkaufen zu gehen«, erklärte Stormy und hoffte,
dass er gehen würde, bevor ihre Eier kalt wurden.

»Na los, iss schon. Ich habe nicht sehr viele Gelegenheiten
zu kochen. Meine Mutter mag es, mich mit Lebensmitteln ein-
zudecken, obwohl ich so oft weg bin und die Hälfte der Zeit gar
nichts davon habe. Aber das gibt ihr das Gefühl, ihre Aufgabe
als Mutter zu erfüllen, sagt sie immer.« Hatte Sherman Stormy
nicht erzählt, sie müsste eventuell für ihn einkaufen? Schien so,
als wäre das nicht wahr.

»Also, ich werde das trotzdem ersetzen«, bekräftigte sie
noch einmal.

Als er nichts weiter sagte und nur seinen Kaffee trank,
beschloss Stormy, zu essen. Sie richtete den Blick auf den
Teller und aß langsam, während er einen Bagel in den Toaster
warf. Dann holte er Frischkäse und Räucherlachs aus dem
Kühlschrank.

»Wie wär's, wenn wir heute Abend zusammen essen
würden?«

Die Einladung machte ihr Angst. Sie trug ihren Teller zur
Spüle und dachte dabei über eine Antwort nach. Sie war verwirrt
darüber, wie sehr die Gegenwart dieses Mannes ihre Stimmung,

ihren Körper und ihren Verstand beeinflusste. Gern hätte sie sich an ihn gedrängt, um zu sehen, ob die Erinnerung an die eine gemeinsame Nacht lediglich ihrer lebhaften Fantasie entstammte, oder ob es wirklich so atemberaubend gewesen war.

Aber sie wäre auch genauso gern schreiend in die andere Richtung gerannt, denn sie hatte das Gefühl, dass Grünauge in den sechs Jahren noch besser geworden war. Er war kräftiger als damals. Na ja, zumindest die Schultern waren breiter. Sie war sich nicht so sicher, ob eine Frau mit anderen, ebenfalls kräftiger gewordenen Teilen seines Körpers klarkommen würde, ohne entzweigerissen zu werden.

Stormy schüttelte den Kopf und versuchte, die unkontrollierten Gedanken beiseitezuschieben. Es half nichts. Dieser Mann spukte ihr im Kopf herum, und jetzt war er ihr jeden Tag viel zu nah, als dass sie ihre Geister vertreiben konnte.

»Komm schon, Stormy. Es ist nur ein Abendessen.« Irgendetwas in seinem Blick war heute anders, etwas, dem sie nicht traute und das sie nervös machte. Sie bewegte sich Schritt für Schritt von ihm weg.

Sag etwas, irgendetwas, befahl sie sich selbst. Warum um alles in der Welt war sie so verdammt sprachlos? Eigentlich war sie nicht fürs Schweigen bekannt.

»Wir wohnen hier zusammen, und wenn wir beide zur gleichen Zeit hier sind, können wir auch zusammen zu Abend essen, schätze ich«, gab Stormy schließlich nach.

Cooper schaute sie eine Weile mit einem völlig undefinierbaren Gesichtsausdruck an. Er schien weder verärgert noch glücklich, und sie konnte nicht herausfinden, was er dachte.

»Gut, dann ist das eine Verabredung«, sagte Cooper und ging auf die Haustür zu.

»Also, das ist keine Verabredung!«, rief sie ihm hinterher.

Er blieb stehen und drehte sich mit einem Lächeln um.

»Und was ist es dann?«, fragte er mit einem Funkeln in den Augen.

»Es ist nur … also es ist nur … äh, zwei Leute, die im selben Haus wohnen, teilen sich die Geräte«, stammelte sie schließlich und hätte sich am liebsten selbst in den Hintern getreten, als die Worte heraus waren.

»Na gut, Stormy, dann werden wir heute Abend die Geräte teilen«, wiederholte Cooper, bevor er sich umdrehte und weiterging.

Dann verließ er das Haus, und Stormy gab ein tiefes Knurren von sich, als sie den ganzen Weg die Treppe hinauf mit sich selbst schimpfte. *Diese Situation hätte auch dann nicht peinlicher sein können, wenn ich ein Tutu angezogen hätte und oben ohne herumgetanzt wäre*, dachte sie bei sich.

Na gut, das hätte die Angelegenheit vielleicht ein bisschen verrückter gemacht. Aber dann wäre sie zumindest in eine Irrenanstalt eingewiesen worden und hätte Cooper nie wieder gegenübertreten müssen. Der Mann hatte sie geküsst und wusste immer noch nicht, wer sie war. Das war ziemlich erniedrigend. Dennoch hatte er innegehalten und sich einen Moment gefragt, ob er sie kannte. Immerhin!

Sie hätte es ihm sagen können. Doch das wäre so viel schlimmer für ihren Stolz gewesen.

Nichts davon war von Bedeutung. Jetzt war es erst mal an der Zeit, vom Kiosk die Zeitung zu holen und nach einem Job zu suchen.

Das Städtchen Gig Harbor war klein und idyllisch. Sie konnte einfach zu Fuß gehen. Das bedeutete zwar, dass sie nicht allzu viel tragen konnte, aber das war im Moment in Ordnung. Es ging ja nur um Cooper und sie. Sie würde es einfach halten. Das wäre ein netter Gegensatz zum emotionalen Aufruhr, den er in ihr ausgelöst hatte.

Am Ende des Tages war ihr Schritt schwungvoller.

Allerdings war das Problem mit den Erfolgen des Tages, dass sie jetzt das Gefühl hatte, sie würde Coopers Haus vielleicht trotz allem nicht verlassen wollen. Nach nur einem Tag war sie bereits dabei, sich an das wunderschöne kleine Städtchen zu gewöhnen, das sich komischerweise wie ein Zuhause anfühlte.

KAPITEL 21

Stormy war unsicher, ob sie an diesem Abend hinuntergehen und mit Cooper zu Abend essen sollte oder nicht. Aber sie wollte ihm unbedingt die gute Neuigkeit erzählen. Irgendjemandem wollte sie sie mitteilen, und er war derjenige, der am nächsten war. Aber anstatt genau das zu tun, ging sie in ihrem Zimmer auf und ab.

Sie hatte Cooper vor einer Stunde heimkommen hören, und jetzt roch es nach Essen. Und der Duft, der über die Treppe nach oben drang, ließ ihren Magen knurren.

»Stormy, es ist Zeit, Geräte zu teilen!«

Als Cooper das die Treppe hinaufrief, machte Stormy einen Satz und wusste nicht, warum. Wenn sie jetzt nicht hinunterging, sah das wirklich blöd aus. Sie musste zu ihm gehen, oder? Immerhin bot er ihr für praktisch nichts eine Bleibe.

Na gut, das bekam sie hin.

Sie öffnete die Tür, schlich bis zur Treppe und ging dann langsam hinunter. Immer noch verunsichert über die Situation, betrat sie zögernd die Küche und sah ihn dort mit einer Schürze bekleidet vor dem Herd in einem Topf rühren.

»Kann ich helfen?«, fragte sie.

»Nein, setz dich und genieß meine Kochkünste.«

»Pilot und Koch?«, fragte sie lachend. »Hast du noch andere Talente?« Wer in aller Welt hatte das jetzt gesagt?

»Oh, Stormy, ich habe *viele* Talente«, antwortete Cooper. Er hielt inne und schaute ihr in die Augen, was ihr den Atem nahm. Als seine Mundwinkel nach oben gingen, wusste sie genau, an was er dachte.

Sofort errötete sie. Sie kannte einige der Talente dieses Mannes, und sie waren durchaus bemerkenswert.

Stormy versuchte erneut, ihm zu helfen, doch das wollte er nicht. Cooper wollte sie beeindrucken, und er war gut darin. Nachdem er ihr ein Glas Wein eingeschenkt hatte, setzte sie sich auf den drehbaren Barhocker, während er in der Küche herumflitzte. Die Kochdüfte ließen weiterhin Stormys Magen knurren.

»Wie schmeckt der Wein?«, fragte er und lehnte sich gegen ihren Rücken, woraufhin sie erschrak und ihr ein bisschen Wein übers Kinn lief.

Bevor sie dazu kam, es wegzuwischen, drehte er sie zu sich und beseitigte das Missgeschick. Sein rauer Finger rieb einen Moment über ihre Unterlippe, und dann hob er die Hand und saugte den Finger in den Mund. Sein Blick war auf ihren geheftet und seine Lippen viel zu nah vor ihren.

»Mmmh, ziemlich lecker«, sagte er mit einem tiefen Knurren, das sie sofort feucht und willig werden ließ.

»Ja …, schmeckt ziemlich gut«, bestätigte sie mit heiserer Stimme.

Dann presste sie die Beine zusammen und schaffte es endlich, sich wieder wegzudrehen. Sein Atem strich an ihrem Nacken entlang, als er nach einem Stück Butter auf dem Tresen griff und endlich wegging.

Eine Weile hielt Stormy den Atem an. Als Cooper sich aus sicherer Entfernung auf der anderen Seite der Kücheninsel umwandte, wusste sie wegen des wissenden Glanzes in seinen

Augen, dass er sehr wohl mitbekommen hatte, was er mit ihr machte. Frustriert kniff sie die Augen zusammen.

Doch sie schien ihn nicht vom Flirten abhalten zu können, und ihre Reaktion darauf hatte sie auch nicht im Griff. Immer wieder kam er auf ihre Seite und berührte sie beiläufig während seiner Kochaktivitäten. Sie war ein Wrack, bevor sie auch nur einen einzigen Bissen seines köstlichen Essens gekostet hatte.

Cooper stellte das Essen auf den Tisch. Dann zog er den Stuhl für Stormy vor und deutete ihr an, sich zu setzen. Vor ihr stand eine Platte mit gegrillten Steaks, Maiskolben und Kartoffelbrei mit Soße. Mmh, lecker! Sie war froh, dass er nichts mit Schnecken oder Fischeiern gekocht hatte.

Kaum mehr Appetit verspürend, nahm sie sich Zeit und breitete die Serviette auf dem Schoß aus, während sie darauf wartete, dass er sich bediente.

»Greif zu, bevor es kalt wird«, forderte er sie auf, als sie keine Anstalten machte.

»Ich dachte, ich warte auf dich«, sagte sie.

»Es ist genug da. Du brauchst dir keine Sorgen zu machen, dass ich nicht genug bekomme«, erwiderte er mit einem Lachen.

Also bediente sie sich, und der Duft des Steaks ließ ihr das Wasser im Mund zusammenlaufen. Grillen war nicht gerade ihre Stärke, aber sie freute sich immer über ein perfekt gebratenes Steak. Wenn nur ihr Magen aufhören würde, sich zu drehen, dann könnte sie das Essen auch genießen.

»Wie war dein Tag?«, fragte Cooper, als er die Gabel ins Essen stieß.

»Gut. Es gab sehr viel zu tun«, antwortete Stormy nach dem ersten Bissen. Ja, köstlich!

»Wirklich? Was hast du gemacht?«

Stormy spielte mehr mit dem Essen, als dass sie wirklich aß, während sie versuchte, trotz ihrer offenbar geschwollenen

Zunge Worte zu formulieren. Als sein Fuß unter dem Tisch ihren berührte, fuhr sie sichtbar zusammen und stellte dann ihre Füße fest auf den Boden. Diesmal schaute sie nicht zu ihm auf, weil sie wusste, dass er wieder dasselbe selbstbewusste Grinsen im Gesicht haben würde. Sie beschloss, nicht auf seine unverfrorenen Berührungen zu reagieren.

»Ich habe heute einen Job gefunden«, erzählte sie.

»Wirklich? Das ist ja toll!« Er schien es aufrichtig zu meinen, deshalb fuhr sie fort.

»Ja, in einem Diner hier in der Stadt«, berichtete sie. »Im *Devoted Kiss Café*.«

»Da habe ich schon oft gegessen. Sie haben tolle Panini«, sagte Cooper.

»Ich werde ein paar davon probieren, um den Kunden welche empfehlen zu können«, erwog sie. »Ich weiß, es ist nur ein Kellnerjob, aber immerhin verdiene ich wieder Geld«, fügte sie hinzu.

»Ein Job ist ein Job«, ermutigte sie Cooper und hatte bereits die Hälfte seines Steaks vertilgt, wohingegen Stormy nur ein paar Bissen gegessen hatte.

Wieder strich sein Fuß über ihren. Dieses Mal am Knöchel. Sie schaute auf ihr Steak, als erwartete sie, es würde jeden Moment lebendig werden und muhen. Dann rutschte sie auf dem Stuhl ein wenig nach hinten, damit es für ihn nicht mehr so einfach war, an sie heranzukommen.

»Na ja, einige sind sicher besser als andere. Früher wollte ich mal Schmuck entwerfen«, gab sie zu.

Er sagte nichts, und sie war neugierig genug, um ihn über den Tisch hinweg anzuschauen. Das Interesse in seinem Blick ließ sie innerlich strahlen, ob sie es wollte oder nicht.

»Wirklich? Das ist ja fantastisch«, sagte er. Seine Reaktion schockierte sie.

»Die meisten Leute, denen ich das erzählt habe, haben die Augen verdreht«, gestand sie mit einem Lachen, als wäre das wirklich egal.

»Warum? Du hast doch offenbar Talent«, meinte er.

»Woher willst du das denn wissen?« Sie zeigte niemandem ihre Entwürfe.

»Ich habe deine Zeichnungen in der Mülltonne entdeckt«, sagte er mit einem Augenzwinkern.

»Du hast den Müll durchwühlt?« Stormy schnappte nach Luft.

»Ich habe versucht, mir ein Bild von dir zu machen. Du bist sehr verschlossen.«

»Das ist nur ein Traum. Ein idiotischer.«

»Ich glaube, wir fangen alle mit einem Traum an. Diejenigen, die mutig genug sind, ihre Träume zu verwirklichen, verändern die Welt.«

Sie saß da und dachte über seine Worte nach, und dann lächelte sie. Wäre es nicht wunderbar, wenn ihre Träume wahr werden würden? Doch plötzlich war sie verlegen, dass sie im Mittelpunkt stand, und beschloss, die Rede wieder auf ihn zu bringen.

»Ich bin sicher, Düsenjets zu fliegen ist ziemlich aufregend.«

Er hielt inne, als wüsste er genau, was sie tat. Aber Gott sei Dank ließ er es durchgehen.

»Ja, ich liebe das Fliegen seit Kindertagen. Ich habe meinen Onkel Sherman oft begleitet und mich anstecken lassen. Meine Brüder übrigens auch.«

»Du hast Brüder, die auch fliegen?«, fragte Stormy. »Verdammt, ihr müsst aber viele Herzen brechen.«

»Nee. Wir haben nicht viel Zeit für Frauen, höchstens mal eine Nacht. Es gibt einen Unterschied zwischen einer festen Beziehung und einer einzigen Nacht mit einer Frau. Entweder man fliegt oder man entscheidet sich für ein Leben«, erklärte Cooper.

»Es gibt aber viele Piloten, die eine Familie haben«, gab Stormy zu bedenken.

»Und jede Menge betrügende Piloten ebenfalls«, warf er ein. »Ich würde niemals so leben wollen.«

»Du musst ja nicht betrügen, wenn du es nicht willst«, konterte sie.

»Ich habe nicht gesagt, dass ich *nicht* in der Lage wäre zu betrügen«, stellte er klar und legte seine Gabel ab. »Ich sage nur, dass ich viele gesehen habe, die es tun. Den Wunsch, mich selbst zu binden, hatte ich nie.«

»Klingt so, wie bei vielen Männern, die ich kenne«, brummte sie.

Eine Weile herrschte Schweigen zwischen ihnen, und dann lachte er wieder und überraschte sie.

»Wie viele Männer hattest du denn schon, Stormy?«

Bei der Frage verschluckte sie sich an einem Stückchen Fleisch. Es dauerte einen Moment, bis sie es hinuntergeschluckt hatte, und dann nahm sie einen großen Schluck Wein.

»Das geht dich wirklich nichts an«, antwortete sie schließlich.

»Warum nicht? Ich denke mal, mit uns beiden wäre es toll«, fuhr er fort und beugte sich ein bisschen näher zu ihr. »Stell dir uns auf einem schönen, stabilen Bett vor ... oder unter einer wirklich heißen Dusche ...«

Seine Stimme verlor sich, und dann aß er weiter, als hätte er nicht gerade dafür gesorgt, dass ihr die Knie weich geworden waren. Stormy schaute auf ihren Teller, während sie herauszufinden versuchte, ob er sie verarschte. Aller Wahrscheinlichkeit nach tat er das nicht. Duschen und Betten waren offenbar seine Vorgehensweise. Quatsch! Bei diesem Mann zu wohnen würde nicht einfach werden.

»Wann wird das Häuschen fertig sein?«, fragte sie. Ihr war der Appetit vergangen.

»Oh, das weiß ich nicht. In einer Woche oder in ein paar Wochen. Du weißt doch, wie Handwerker sind«, gab er zu bedenken. »Ist das Zimmer, in dem du wohnst, nicht behaglich?«

»Oh, das ist es! Es ist schön und mehr, als ich mir vorstellen konnte. Ich will nur nicht zu lange in deine Privatsphäre eindringen«, beeilte sie sich zu erklären.

»Mach dir um mich keine Sorgen. Ich genieße deine Gesellschaft.«

Am liebsten wäre sie schnell und weit fortgerannt. Bevor sie sich entschuldigen konnte, ohne jedoch unhöflich zu erscheinen, richtete er sein Augenmerk wieder auf sie.

»Warum erzählst du mir nichts über dich, Stormy? Ich weiß gar nichts«, behauptete er und lehnte sich zurück, wandte jedoch seine fantastischen grünen Augen nicht von ihr ab.

»Da gibt es nichts zu erzählen. Ich führe ein wenig bewegtes Leben«, log sie.

Einen Moment kniff er ein klein wenig die Augen zusammen, bevor der Ausdruck verschwand.

»Das glaube ich nicht. Ich wette, du hattest ein aufregendes Leben, bist an exotische Orte gereist und hast das Abenteuer gesucht«, konterte er.

»Nein. Wirklich nichts dergleichen«, wehrte sie ab und schluckte den Kloß im Hals hinunter. »Warum erzählst du mir nichts davon, wie es ist, Pilot zu sein?«

Wenn es ihr gelang, die Aufmerksamkeit von sich zu lenken, würde es ihr hier besser gehen. Er starrte sie mehrere Herzschläge lang an, und dann musste er entschieden haben, sie vom Haken zu lassen.

»Fliegen war schon in meiner Jugend mein Hobby. Ich habe nie davon geträumt, es zu meinem Beruf zu machen, aber als es an der Zeit war, zu entscheiden, was ich für den Rest meines Lebens tun wollte, war das Einzige, was mir in den Sinn kam, Flugzeuge. Und so kam ich dazu«, erzählte er mit einem Schulterzucken.

»Da muss es aber noch mehr geben. Wie fühlt es sich an, zu wissen, dass man für so viele Leben verantwortlich ist?«, fragte sie und merkte nicht, dass sie sich zu ihm gebeugt hatte.

»Als ich meine Streifen bekam und Kopilot bei Alaska Airlines wurde, ging ich durch den Flughafen, und Kinder hielten mich mit Staunen in den Augen an und baten um Autogramme. Es hat mich in die Zeit zurückversetzt, als ich selbst ein kleiner Junge und fasziniert von Piloten war.«

»Ja, ich war auch ziemlich fasziniert von Piloten, wenn ich gereist bin«, gab Stormy zu und vergaß, dass sie ihm nichts über sich erzählen wollte.

»Bist du immer noch von ihnen fasziniert?«, hakte er mit einem Augenzwinkern nach.

Stormy ertappte sich dabei, wie sie wieder rot wurde. Es war lächerlich. Das war doch nur ein Kommentar, der ihr überhaupt nichts ausmachen sollte. Schließlich war es nicht das erste Mal, dass jemand mit ihr flirtete. Aber das waren normalerweise keine Männer, mit denen sie geschlafen hatte oder mit denen sie immer noch Sex wollte.

Verdammt! Nein, sie wollte keinen Sex mit diesem Mann. Einmal hatte gereicht.

»Ich glaube, ich bin über die Faszination hinweg«, gab sie schließlich zu.

»Zu schade!« Cooper zog einen Flunsch, der sie zum Lachen brachte.

»Lass mich die Küche aufräumen, schließlich hast du gekocht«, bot sie an und stand auf. Verdammt, dieses Abendessen wurde für sie zu intim.

»Ich bestehe aber darauf, dir zu helfen.« Auch er stand auf, und zusammen räumten sie den Tisch ab und begannen abzuwaschen.

Als sie fertig waren, verkündete das Schlagen der Standuhr, dass es schon spät war. Cooper gähnte und lehnte sich an den Küchentresen.

»Es ist schon spät«, bemerkte Stormy, als ihr die Uhrzeit bewusst wurde. Es war irritierend, wie leicht sie in einen glücklichen, häuslichen Rhythmus verfallen waren.

»Ich denke, wir sollten zu Bett gehen«, sagte Cooper, und der Blick, den er Stormy zuwarf, verriet, dass er nichts dagegen gehabt hätte, wenn es dasselbe Bett gewesen wäre.

Sosehr sie sich davon auch nicht verleiten lassen wollte, es widerfuhr ihr gegen ihren Willen.

»Ja, es ist Zeit fürs Bett«, sagte sie leise. »Gute Nacht, Cooper. Danke für ein perfektes Abendessen und eine sogar noch bessere Unterhaltung. Und danke für das Zimmer.«

Sie drehte sich um und wollte nichts mehr hinzufügen. Doch gerade hatte sie die Treppe erreicht, da hielt er sie an ihrem Arm zurück.

Ohne ein Wort zog er sie an sich, griff nach ihrer Hüfte und drückte sie gegen die Erektion in seiner Hose, damit sie keinen Zweifel daran hatte, wie erregt er war. Dann küsste er sie, dass ihr die Knie zitterten, und zog mit den Händen an ihren Haaren.

Sie stöhnte in seinen Mund, war nicht in der Lage, ihrer Reaktion auf diesen Mann Einhalt zu gebieten, der sie eine ganze Nacht berührt hatte und ihr ständig im Kopf herumging. Als er ihr Bein hob und noch fester gegen sie drückte, spürte sie eine Sehnsucht, die sie sechs lange Jahre nicht mehr gefühlt hatte.

Dieser Mann war verantwortlich dafür, verwandelte sie in eine lüsterne Frau, ließ sie alles vergessen, außer ihm und der

Befriedigung, die er ihr verschaffen konnte und sicher verschaffen würde.

Fast war sie bereit, um mehr zu betteln, als er innehielt. Aus dunklen Augen starrte er sie an.

»Gibt es irgendetwas, das du mir mitteilen möchtest?«, fragte er und ließ die Finger über ihren unteren Rücken wandern.

Sie schwieg ein paar angespannte Augenblicke wie betäubt.

»Nein …«, hauchte sie schließlich mit zittriger Stimme.

Kurz kniff er die Augen zusammen, bevor er sie losließ. Sie musste nach dem Treppengeländer greifen und betete, sie möge aufrecht stehen bleiben.

»Gute Nacht, Stormy. Schlaf gut.« Sein Tonfall sagte ihr das Gegenteil.

»Gute Nacht«, antwortete sie schließlich und ging die Treppe hinauf.

Mit dem Schlaf würde es heute schwierig werden, wenn sie überhaupt welchen bekommen würde.

KAPITEL 22

Stormy atmete stoßweise ein und aus, als sie auf dem Laufband immer schneller wurde, während sie das Blinken der Sonne auf den ans Ufer rollenden Wellen beobachtete. Die Aussicht war perfekt in Coopers hochmodernem, privatem Fitnessstudio.

Sie kniff die Augen zusammen, als sie zum Gästehaus hinüberschaute und niemand dort arbeitete. Wie sollte es repariert werden, wenn kein Handwerker vor Ort war? Sie beschloss, Sherman so bald wie möglich danach zu fragen.

Eigentlich war sie keine Läuferin, aber die durch sie hindurchrasende Energie schrie nach einem Ventil. Deshalb hatte sie die letzte Stunde im Fitnessraum verbracht, und obwohl ihre Muskeln brannten, ließ ihr Verstand die Gedanken an Cooper und diesen Kuss zwei Abende zuvor nicht los.

Schließlich wurde es ihr zu viel, und sie hielt das Laufband an. Fast versagten ihr die Beine, als sie das Gerät verließ. Wasser! Sie brauchte Wasser. Also ging sie die Treppe hinauf ins Erdgeschoss und hinüber zur Küche.

Auf dem Weg zum Kühlschrank fiel ihr Blick auf eine Notiz mit ihrem Namen darauf. Der Durst war vorläufig vergessen, und sie nahm den Zettel an sich, als würde sie gleich einen Stromstoß bekommen.

Ich glaube, du hast mir einiges zu erzählen.
Ich werde ein paar Tage weg sein, aber ich
möchte, dass du weißt, dass ich mich auf meine
Rückkehr freue.
    Cooper

Am Küchentresen lehnend, las sie die Nachricht dreimal durch. Was bedeutete es, dass er sich auf seine Rückkehr freute? Was bedeutete es, dass er meinte, sie habe ihm einiges zu erzählen? Wusste er Bescheid? Er konnte es nicht wissen. Ihr Herz klopfte noch schneller als auf dem verdammten Laufband, als sie die Notiz ein weiteres Mal las.

Schließlich legte sie sie auf den Tresen und holte sich etwas zu trinken. Dann setzte sie sich und ging jedes Katastrophenszenario durch, das ihr in den Sinn kam.

Am liebsten hätte sie sich im Verlauf des Tages selbst eine reingeschlagen.

Nur weil sie mit Cooper einige spektakuläre Küsse ausgetauscht hatte und er ihr eine Nachricht hinterlassen hatte, in die sie sich hineinsteigerte, musste das nicht *unbedingt* etwas heißen.

Stormy musste sich auf sich selbst konzentrieren. Nachdem sie in diesem perfekten Städtchen am Meer wohnte und Cooper von ihren längst vergessenen Träumen erzählt hatte, dachte sie bei sich, dass sie ihren Hoffnungen vielleicht eine Chance geben sollte.

Das Schlimmste, was passieren konnte, war, dass sie versagen würde. Doch was, wenn sie gut war? Die Kette, die sie vor so vielen Jahren verloren hatte, hatte sie in der High School entworfen, und ihr Lehrer hatte gesagt, dass sie einen guten Blick für Kunst hatte und ein wahres Talent.

Sollte sie sich nicht lieber auf sich selbst konzentrieren und nicht auf einen Mann? Er würde ein paar Tage weg sein. Bis er zurückkam, hatte sie sich vielleicht besser im Griff.

In den nächsten beiden Tagen sorgte Stormy dafür, dass sie jegliche Gedanken an Cooper auslöschte.

***

Jetzt hatte Stormy das Haus ganz für sich allein und konnte nicht anders als lächeln. Das mit dem Gästehäuschen dauerte ewig, aber bald würde sie ihren eigenen Bereich haben. Allerdings fragte sie sich, ob sie sich nach der Zeit in Coopers riesiger Villa dort nicht eingeengt fühlen würde, obwohl das Häuschen eigentlich nicht so klein war.

Doch sie war so an beengte Wohnverhältnisse gewöhnt, die Geräusche von TV-Sitcoms durch dünne Wände, von Wut bei häuslichen Streitereien und von jungen Paaren über ihr, die ihre nächtlichen Zusammenkünfte so offensichtlich wie möglich machten, dass das Häuschen vergleichsweise paradiesisch wäre.

Aber hier, in Coopers Privatbesitz, hörte man nur das Geräusch der Fontäne vor dem Haus, das Plätschern der Wellen am Strand, das gelegentliche Aneinanderschlagen von Hafenbojen, den Wind in den Bäumen und die regelmäßig wiederkehrenden Schreie der Möwen, die über allem schwebten.

Cooper ist auf halbem Wege über dem Pazifischen Ozean, dachte sie mit einem Lächeln.

Anstatt sich in ihrem Zimmer zu verkriechen, musste sie die Gelegenheit wahrnehmen, wenn sie nicht arbeitete.

Stormy würde nichts auslassen, also fällte sie eine wesentliche Entscheidung: lieblicher Weißwein und Nacktbaden im Whirlpool. Wenn sie sich danach unter die Bettdecke kuschelte, würde sie schon bald die fröstelnden Tage in ihrer alten Wohnung vergessen. Heute Abend würde sie sich wie die Reichen und Berühmten fühlen und sogar aus einem Kristallglas trinken.

Vor eigennütziger Freude lächelnd, rannte sie die Treppe hinauf zu ihrem Zimmer, wo sie schnell in einen seidenen Morgenmantel schlüpfte und die Zimmertür hinter sich schloss, als sie wieder nach unten ging.

Sie durchstöberte die Küche auf der Suche nach einem ordentlichen Glas. »Jetzt geht's los«, sagte sie laut, als sie den Wein aus dem Kühler nahm. Sie hoffte, Cooper habe die Flasche nicht für eine besondere Gelegenheit aufgehoben. Ein schuldbewusstes Kichern entschlüpfte ihr, als sie die Schublade auf der Suche nach einem Korkenzieher durchwühlte.

»Ah, da bist du ja«, murmelte sie, nahm ihn heraus und öffnete damit die Weinflasche.

Dann goss sie sich ein Glas ein und verschüttete dabei etwas auf dem Boden. Sie würde sich später darum kümmern. Nachdem sie frische Erdbeeren aus dem Kühlschrank geholt hatte, ging sie schnell zu den Fenstertüren und öffnete sie. Die kalte Luft verwandelte ihren Atem sofort in Nebelwölkchen.

Stormy ging hinaus und schaltete das Verandalicht ein, aber nichts passierte. Vielleicht war das Zufall gewesen. Sie schaltete noch einmal aus und dann wieder ein. Immer noch nichts. Doch das hielt sie nicht auf. Die mondbeschienene Veranda verbreitete sowieso eine entspanntere Atmosphäre.

Schnell ging sie auf die andere Seite, zog die Abdeckung vom Whirlpool und stellte die Temperatur auf eine Gradzahl ein, die kurz vor dem Verbrühen zu sein schien. Dann schaltete sie die Düsen ein.

Der Dampf aus dem heißen Pool stieg in die kalte Luft auf, und eine Spur von Chlor erreichte Stormys Nase. Sie legte den Morgenmantel ab, platzierte die Erdbeeren und den Weißwein auf dem Absatz des Pools und stieg in das sprudelnde Wasser.

Auf halbem Wege hielt sie einen Augenblick inne, verschränkte die Hände vor der Brust und sah sich um, prüfte noch einmal, ob sie wirklich allein war. Da sie sich entschlossen hatte, in der Dunkelheit zu sitzen, schaltete sie auch die Lichter des Whirlpools nicht ein. Dann ließ sie sich komplett unter die Wasseroberfläche gleiten und tauchte sogar mit dem Kopf unter, wobei ihr eine Handvoll Erdbeeren unbeabsichtigt folgte.

Ihr Stress verflog genauso schnell wie der Dampf des heißen Wassers, und Stormy wusste, dass die vor ihr liegenden Tage noch besser werden würden.

Kapitel 23

Cooper murrte vor sich hin, als er die Straße entlangfuhr. Eine frustrierende Frau, gestrichene Flüge und erkranktes Bordpersonal führten dazu, dass er am liebsten kürzergetreten wäre, wie sein Onkel Sherman vorgeschlagen hatte.

Nachdem Cooper in die Einfahrt gefahren war und das Auto in der Garage abgestellt hatte, ging er ins Haus und war sofort von der Dunkelheit enttäuscht. Als er auf die Uhr schaute, stellte er fest, dass es erst Viertel nach zehn war. Stormy musste in ihrem Zimmer lesen oder so, denn normalerweise ging sie nicht so früh ins Bett.

»Stormy, ich bin zu Hause«, rief er, während er die Krawatte löste. Er war mehr als bereit für ihr Gespräch. Als er die Treppe hinaufging, knöpfte er sein Hemd auf. Dann stand er einen Augenblick vor ihrer Tür. Sie war geschlossen, und unter dem Türschlitz drang kein Licht hervor.

Frustriert ging Cooper in sein Schlafzimmer, streifte die Schuhe ab und stieß sie beiseite. Dann entfernte er das Namensschild und Pilotenemblem und legte beides auf die Kommode. Wenn er schon nicht mit der verflixten Frau reden konnte, dann konnte er genauso gut eine heiße Dusche nehmen und sich etwas anderes als diesen Müll der Fluggesellschaft zu essen holen.

Die Dusche dauerte nicht lange, und dann wickelte sich Cooper ein Handtuch um die Hüften und ging wieder die Treppe hinunter. Er schlenderte in die Küche, um sich ein Bier und Kräcker zu holen.

Bevor er wusste, was geschah, rutschte er aus, ruderte mit den Armen und versuchte, das Gleichgewicht zu halten. Aber das gelang ihm nicht. Der Aufprall auf dem Boden war schmerzhaft, und das Geräusch nackter Haut, die auf Granitfliesen aufkam, hallte durch die Küche.

»Was war das denn …?«, stöhnte Cooper, als er sich aufsetzte und die Pfütze bemerkte, die diesen Ausrutscher verursacht hatte.

Schließlich stützte er sich mit den Händen ab, drückte sich hoch und kam wieder auf die Füße, aber sein Stolz war verletzt und sein Rücken schmerzte. »Das kommt offenbar dabei raus, wenn man damit einverstanden ist, eine verdammte Mitbewohnerin aufzunehmen«, schimpfte er.

Ein Schauder durchlief ihn, und er bemerkte, dass von irgendwoher kalte Luft hereinströmte. Langsam ging er um die große Kücheninsel herum, passte auf, dass er nicht noch einmal auf dem feuchten Boden ausrutschte, und blieb stehen, als er sah, dass die Fenstertüren leicht offen standen.

Was war das denn? Sein Ärger wuchs von Minute zu Minute. Als er auf die Tür zuging und das Geräusch blubbernden Wassers und das Summen des Whirlpools hörte, entfuhr ihm tief aus der Kehle ein Knurren.

Doch so schnell der Ärger aufgekommen war, so schnell verschwand er auch wieder, denn wenn die Tür offen stand und der Whirlpool in Betrieb war, bedeutete es, dass sie dort draußen war. Vielleicht würde dieser Abend am Ende doch noch besser werden als gedacht.

Mit einem Lächeln, wo gerade noch ein mürrischer Gesichtsausdruck gewesen war, betrat Cooper die Veranda und ging entschlossen auf den Whirlpool zu, den er kaum erkennen konnte. Es war kalt hier draußen, aber das war angesichts der Tatsache, dass er unter dem um die Hüfte geschlungenen Handtuch nichts trug, nicht schlimm.

Als er allerdings am Pool ankam und ihr gerade etwas zurufen wollte, bewegte sich die Gestalt plötzlich und erhob sich aus dem Dampf. Er wurde fast umgestoßen, als sie aus dem heißen Wasser sprang und an ihm vorbei auf die Hintertür zuraste.

Und was, wenn das gar nicht Stormy war? Cooper hatte die Person nicht gut erkennen können.

»Stormy, wenn du das bist, dann antworte jetzt«, rief er, doch nichts war zu hören.

Cooper rannte der Person hinterher. In der Küche angekommen, sah er sich schnell um.

Die Person ging gerade an der Stelle mit Schwung zu Boden, wo Cooper kurz zuvor gefallen war. Wie bei einem Baseballabschlag schlitterte ihr Körper über die Fliesen.

Cooper lief auf sie zu und verlor auf dem feuchten Boden erneut den Halt. Er hatte nicht mit dem zusätzlichen Wasser gerechnet, das die vor ihm flüchtende Person zurückließ. Er stolperte vorwärts, versuchte sich abzufangen, doch umsonst.

Über den Boden rutschend, krachte er gegen den Whirlpool-Banditen, und beide kullerten in der nach Wein und Chlor riechenden Lache herum.

Cooper erstarrte, aber nicht wegen seines Dranges zu kämpfen. Diesmal, weil er keinen Zweifel daran hatte, wen er gerade eingefangen hatte – und irgendwann hatte er in diesem Durcheinander auch noch sein Handtuch verloren.

Es gab keine Möglichkeit, den Beweis dafür zu verbergen, was er für diese Frau empfand, nicht, wenn kein Fitzelchen Kleidung zwischen ihnen war.

Mehrere angespannte Augenblicke lang schwiegen beide und versuchten, wieder zu Atem zu kommen.

»Ich … äh, dachte, du wärst in Japan«, stieß Stormy schließlich hervor.

»Gestrichene Flüge … krankes Personal«, murmelte Cooper. »Warum hast du mir nicht geantwortet?«

»Ich hatte Panik, weil ich nackt war«, erklärte sie, nach Luft ringend.

Stormy lag noch immer unter ihm, aber das half nichts. Mit ihren sich leicht über seine Schultern bewegenden Fingern stand er kurz davor, die Kontrolle zu verlieren.

Cooper hob die Hände und strich mit den Fingern über ihre zarten Wangen, während er in die schönen dunklen Augen starrte.

Ein leises Stöhnen entfuhr ihm, und das war's dann für Cooper. Ihre Lippen waren feucht und leicht geöffnet, und er hielt es keinen Moment länger aus. Er senkte den Kopf, fing ihren Mund ein, und dann war nur noch ein Stöhnen aus zwei Mündern zu hören.

Jedes Mal, wenn Stormy ihre weichen Brüste gegen ihn schob und ihre Zunge sich um seine schlang, wurde Coopers Erektion stärker. Er spreizte ihre Beine und positionierte seine pulsierende Männlichkeit an ihrer feuchten Scham.

Ohne ein Zeichen des Bedauerns zog sie ihn an den Haaren. Fest umfasste er ihre Hüfte mit einer Hand, lehnte sich leicht zurück und stieß tief in sie.

Sie schrie auf – und Cooper hielt inne.

»Wirst du weiter Spielchen mit mir spielen oder zugeben, dass du weißt, wer ich bin?«, fragte er plötzlich verärgert.

Für einen Augenblick hatte er die Kontrolle verloren und stand kurz davor, dass sich das wiederholte. Verdammt, er hatte doch zuerst mit ihr reden wollen, bevor er sich in ihr versenkte.

»Ich … äh …« Sie brachte es nicht fertig, zusammenhängende Worte zu formulieren, und sein Ärger wuchs.

»Ist das hier ein Spiel?«, fragte er.

Da er keine andere Wahl hatte, als sie entweder zu erwürgen oder sie loszulassen, löste er sich von ihr und hätte am liebsten aufgeschrien, weil es sich so falsch anfühlte.

»Nein!«, rief sie, setzte sich schnell auf und umschlang mit den Armen schützend die Knie.

»Was soll ich denn sonst denken?«

Einen Augenblick schwieg sie. »Damals wolltest du nicht mehr als einen One-Night-Stand, und ich auch nicht.« Ihre Stimme war immer noch so leise, dass er nicht herausfand, was sie fühlte oder dachte.

»Vielleicht wollte ich mehr«, erwiderte er. Cooper dachte an das Medaillon, das er immer noch besaß.

»Lüg nicht, Cooper. Es war eine großartige Nacht, aber es sollte nur eine einzige sein«, entgegnete sie mit verärgerter Stimme.

»Und was tun wir jetzt hier?«, fragte er.

»Wir waren drauf und dran, Sex miteinander zu haben«, antwortete Stormy.

Eine Weile blieb er mucksmäuschenstill, und Stormy bemerkte nicht die Warnzeichen in seiner Wut. Sie brummelte noch etwas vor sich hin, und Cooper sprang auf die Füße.

»Ist es der Sex, den du willst, Stormy?«, fragte er.

Jetzt verstand sie das volle Ausmaß seiner Wut und riss die Augen auf.

»Nicht, wenn du so angefressen bist«, gab sie zurück, aber die atemlose Erregung in ihrer Stimme widerlegte das Gesagte.

»Wenn es eine Nacht mit Sex ist, die du willst …, *die* kann ich dir verschaffen.«

Er beugte sich zu ihr hinunter, hob sie mühelos hoch und machte sich auf den Weg zur Treppe.

»Cooper, was tust du?«, stieß Stormy hervor, als sie gegen seine Brust gedrückt wurde. »Lass mich runter!«

»Gerne«, sagte er, und Wut und Leidenschaft lieferten sich in ihm eine Schlacht. In Rekordzeit erreichte er sein Schlafzimmer und ließ Stormy kurzerhand aufs Bett fallen.

»Neandertaler«, schimpfte sie, und ihre Stimme war noch immer ein wenig atemlos.

»Oh, Süße, du hast doch noch gar nichts gesehen.«

Und dann verstummte das Gespräch, als er sich zu ihr aufs Bett legte.

Kapitel 24

Stormy hätte auf Cooper wütend sein müssen, aber alles, was sie im Moment fühlte, war Erregung. Die Lust in seinen Augen war etwas, das sie noch nie zuvor bei einem Mann gesehen hatte. Und sie wollte ihn, aber sie hätte es um alles in der Welt nicht zugegeben.

»Magst du Spiele, Stormy?«, fragte er, als er sich über sie beugte und ihr die Hände über dem Kopf festhielt.

Sie atmete stoßweise und hasste ihn fast dafür, dass er sie dazu brachte, ihn so sehr zu wollen.

»Ich glaube, du bist derjenige, der gern spielt«, entgegnete sie schließlich, als er sich nicht bewegte.

»Das stimmt, Baby. Ich liebe Spiele«, fuhr er fort und dann hoben sich seine Mundwinkel. »Und ich gewinne *jedes Mal*, wenn ich spiele.«

Sie brauchte einen Moment, bis sie diese Worte verarbeitet hatte, und dann überlief sie ein Schauer. Sie war nicht sicher, ob es Erregung oder Angst war. Aber wenn sie jetzt nicht bald Sex haben würden, das wusste Stormy ohne Zweifel, dann würde sie ganz sicher umkommen.

Plötzlich beugte er sich übers Bett und streckte die Hand nach dem Nachttisch aus. Sie konnte nicht sehen, was er tat, doch dann spürte sie, wie etwas, das sich wie Seide anfühlte, um ihre Handgelenke geschlungen wurde. Jetzt konnte sie ihre Arme nicht mehr bewegen. Als Nächstes wurden ihr die Augen verbunden und der ohnehin schwach erleuchtete Raum wurde ganz dunkel.

»Was tust du, Cooper?«

»Wir spielen, Stormy«, antwortete er.

Als sich Cooper bewegte und sie ungeschützt auf dem Bett liegen ließ, wand sie sich, um sich von den Fesseln zu befreien. Die ganze Sache nahm eine Wende, von der sie nicht sicher war, ob sie ihr gefiel.

»Hast du jetzt zu viel Angst, um zu spielen?«

Sie spürte den Luftzug, als er ihr die Worte ins Ohr flüsterte. Dann strich seine Hand ihren Hals hinab, wanderte über ihre Brüste und brachte die Hitze in ihrem Innersten auf Schmelzpunktniveau.

Stormy konnte ihn anlügen und behaupten, dass sie das nicht wollte, aber ihr Körper würde sie verraten. Als seine Finger über ihre Brustwarzen strichen, richteten die sich schmerzhaft auf, und Stormy drückte den Rücken durch. Ein tiefes Stöhnen löste sich aus ihrer Kehle.

»Ich glaube, du liebst dieses Spiel«, murmelte er. Auch wenn sie die Kontrolle hasste, die er über sie hatte, so konnte sie nicht leugnen, wie sehr sie wollte, dass dieser Mann sie nahm.

Trotzdem würde sie ihm das nicht sagen. Auch wenn sie sich weiterhin auf die Lippe beißen musste, um es zu verschweigen.

Ihre aufgerichteten Brustwarzen streckten sich ihm entgegen, als er mit den Fingern über ihren bebenden Körper glitt. Und als seine Zunge plötzlich den Weg seiner Hände nachfuhr, schrie sie auf, und ihr Körper näherte sich einem Orgasmus, ohne dass er bereits jenseits ihrer Taille angelangt war.

Dann lag er auf ihr, und sie spürte, wie er seine Erektion gegen ihre Scham drückte. Sie hob die Hüften, signalisierte ihm, dass es mit dem Vorspiel reichte und dass sie ihn in sich wollte, aber Cooper gab ihr nicht, was sie begehrte.

Sie stand kurz davor, ihn anzubetteln, sie endlich zu befriedigen, als seine Lippen auf ihre trafen und seine Zunge in ihren Mund eindrang, wie sie es sich für ihren Körper wünschte. Er nahm Besitz von ihrem Mund und verfügte genauso über sie, wie sie es sich wünschte.

Und während er sie küsste, wanderte seine Hand ihre Hüfte hinunter. Dann beugte er sich vor und ohne Vorwarnung schob er zwei Finger tief in sie, während sein Daumen über ihre erregte Klitoris rieb.

»Sag mir, dass du mehr als meine Finger willst, Stormy«, forderte er, bevor er ihre Unterlippe zwischen die Zähne sog und daran knapperte.

Stormy schwieg, schüttelte den Kopf und weigerte sich, ihm zu geben, was er wollte.

»Entweder du sagst mir, dass du willst, dass ich dich vögele, oder ich höre auf. Ich will keinen erzwungenen Sex«, knurrte er ihr ins Ohr, während seine Finger in ihren Körper hinein- und wieder herausglitten.

Sie war so nah dran … Wenn sie nur noch einen Augenblick länger durchhielt, würde sie ihn nicht bitten müssen.

Aber als hätte er den Moment ihres kurz bevorstehenden Orgasmus erahnt, zog er plötzlich die Finger aus ihr und strich mit der Zunge über die empfindliche Haut ihres Halses.

»Das ist deine letzte Chance, bevor ich aufhöre«, warnte er sie.

Noch immer schwieg sie, aber dann spürte sie, wie er sich von ihr zurückzog. Panisch riss Stormy an den Fesseln, versuchte sich von ihnen zu befreien, um nach Cooper zu greifen.

»Na gut!«, rief sie. »Ich will dich, Cooper!«

»Gut.«

Mehr sagte er nicht, aber plötzlich lag er wieder auf ihr. Er griff nach ihrer Hüfte und positionierte sich zwischen ihren Beinen.

Mit einem kräftigen, energischen Stoß drang er in sie ein, und Stormy drängte sich dem Höhepunkt der Lust entgegen, der so nah war.

Cooper glitt in sie hinein und wieder heraus, beugte sich zu ihr und eroberte noch einmal ihre Lippen – grob, heiß und ihr den Atem nehmend. Sie wollte, dass es nie aufhörte, doch andererseits wollte sie das befriedigende Pulsieren spüren, wenn sie sich der Lust hingab.

Cooper erhöhte das Tempo und drang noch tiefer in sie ein. Stormy war verloren, als sie um seine Männlichkeit pulsierte, ihr Stöhnen von seinem Mund aufgefangen wurde und sie zitternd in seinen Armen lag.

»Das war's, Baby«, stöhnte er, löste seine Lippen von ihren und schrie auf, als er den Kopf in den Nacken warf und sich in sie ergoss.

Und dann brach er auf ihr zusammen. Beide atmeten sie eine Weile schwer. Stormy versuchte, ihre Arme zu bewegen, stellte jedoch fest, dass sie immer noch gefesselt waren. Gerade wollte sie etwas sagen, als Cooper sich bewegte und sie losband.

Dann nahm er ihr die Augenbinde ab, die aus einer seidenen Krawatte bestand.

»Was war das?«, fragte sie schließlich, als er sie an sich zog und sie mit einem Blick anschaute, den sie nicht ganz deuten konnte.

»Ich will dich schon eine Weile. Vor ein paar Tagen habe ich herausgefunden, wer du bist, und bin verärgert gewesen, weil du es nicht zugegeben hast«, erklärte er, und seine Wut kehrte zurück.

»Und ich habe gemerkt, dass du mich nicht wiedererkannt hast, und deshalb habe ich nichts gesagt«, fauchte sie.

»Bei unserem ersten Kuss wusste ich es, und das war die perfekte Gelegenheit«, entgegnete er und setzte sich auf.

Sie bedeckte ihre Blöße, als sie sah, wie er sie anschaute.

»Schieb mir nicht die ganze Schuld zu. Ich vergesse nicht, mit wem ich geschlafen habe«, konterte sie.

Er starrte sie an, und das Strahlen, das nach dem Sex von ihr ausgegangen war, war völlig erloschen. Jetzt war sie genauso verärgert wie er. Sie machte Anstalten aufzustehen, und er griff nach ihrem Arm.

»Dieses Gespräch ist noch nicht zu Ende«, knurrte er mit zusammengebissenen Zähnen.

»Ich will nicht mehr mit dir reden.«

»Ich mache Fehler, aber das sollte dir nicht erlauben, mich zum Narren zu halten«, schimpfte er.

»Ich hatte nie vor, dich zum Narren zu halten«, gab Stormy zurück und riss an ihrem Arm, bis Cooper sie losließ. »Ich bin nicht perfekt. Ich mache auch Fehler.« Sie stand auf, entfernte sich weiter von ihm und zog seine Bettdecke mit sich.

»Na, dann sind wir ja ein perfekt unperfektes Paar, nicht wahr?«

»Sieht so aus«, stimmte sie zu.

Er entgegnete nichts, und sie ging auf die Tür zu.

»Wohin gehst du?« Auch er erhob sich jetzt vom Bett. Doch Stormy hielt eine Hand hoch.

»Ich gehe in mein Zimmer, und da will ich allein sein.«

Dann hastete sie aus der Tür und rannte über den Flur in ihr Zimmer. Hinter sich schloss sie sicherheitshalber ab. Sie stand eine Weile da und lauschte, aber er folgte ihr nicht.

Das war gut so, redete sie sich ein, als sie ins Badezimmer ging. Mit ihm noch einmal Sex zu haben, war ein großer Fehler gewesen.

Und das redete sie sich auch noch Stunden später ein, als sie immer noch wach lag.

KAPITEL 25

Die Musik war toll, die Lautstärke hochgefahren und der Alkohol floss gratis, aber Cooper konnte sich dennoch nicht entspannen und den Abend genießen.

»Was ist dein Problem?«, fragte Nick.

»Ich habe kein Problem«, knurrte Cooper. »Was ist deins?«

»Ich bin ein Verfechter der freien Liebe. Mit mir ist alles in Ordnung«, erwiderte Nick lachend.

»Ja, ja, ich weiß Bescheid«, brummte Cooper. Nick war durch und durch ein prima Kerl, obwohl er immer dachte, er sei ein Witzbold. War er auch, aber im Moment war ihm Cooper nicht allzu wohlgesinnt.

»Mach dich locker. Ich bin schließlich nur ein paar Wochen zu Hause, bevor ich wieder wegmuss, und da will ich Spaß haben«, erklärte Nick ihm.

»Ich bin ja schließlich heute Abend mit dir ausgegangen, oder?«, entgegnete Cooper.

»Schon, aber du schiebst die ganze Zeit einen Depri. Wie um alles in der Welt willst du mir Flankenschutz bieten, wenn du dich wie ein Trauerkloß benimmst?«, fragte Nick.

»Ich habe nicht geplant, dir beim Aufreißen behilflich zu sein«, erwiderte Cooper.

»Komm schon, Coop. Ich brauche eine Frau für die Nacht«, gestand Nick lachend.

»Ja, und da du so ein hässlicher Kerl bist, brauchst du meine Hilfe.« Zum ersten Mal an diesem Abend lächelte Cooper aufrichtig.

»Du bist der Hässliche in der Familie«, hielt Nick schnell dagegen.

»Okay, jetzt reicht's aber mit den Beleidigungen. Wen hast du im Auge?«, fragte Cooper.

Die beiden Brüder sahen sich in der edlen Bar um und ließen ihren Blick über die Menge schweifen. Ja, um sie herum gab es viele umwerfende Frauen, die an ihren Drinks nippten und gewissen Männern Blicke zuwarfen, die besagten, dass sie den nächsten ausgeben konnten. Aber keine von ihnen stach Cooper ins Auge.

Wie konnten sie auch, wenn er einzig und allein an seine neue Mitbewohnerin dachte, die auch noch die beste Liebhaberin war, die er je gehabt hatte. Seit ihrer gemeinsamen Nacht letzte Woche hatte sie ihn gemieden wie der Teufel das Weihwasser. Doch jetzt, wo sein Körper wieder für sie entbrannt war, war er darüber nicht allzu sehr erfreut.

Aber es war gut, dass er sie nicht sah, versuchte er sich selbst einzureden. Obwohl die Frau erst seit Kurzem bei ihm wohnte, hatte er angefangen, sich an ihre Gegenwart zu gewöhnen. Eigentlich konnte er sich jetzt das Haus ohne sie gar nicht mehr vorstellen. Sie hatte sich seit ihrem Streit rar gemacht, aber ihre Anwesenheit war in jedem Raum zu spüren. Er konnte ihr nicht entgehen und war auch nicht sicher, ob er das wollte.

Frische Blumen aus dem Garten schmückten den Tisch, und Stormy stellte sicher, dass sie jeden Tag ausgetauscht wurden. Ihr parfümierter Duft blieb in jedem Raum zurück und war das Erste, was er bemerkte, wenn er zur Tür hereinkam.

Jeden Abend, wenn er an ihrer geschlossenen Zimmertür vorbeiging, bekam er eine Erektion. Und jedes Mal, wenn das passierte, landete er im Badezimmer unter dem kalten Wasserhahn. Es hatte ihm nie Spaß gemacht, sich selbst zu befriedigen.

Es war viel zu gut, wenn das eine Frau für ihn erledigte.

Ja, er wusste, dass er Stormy zurück in sein Bett bekommen konnte, aber er wusste ebenso, dass das ein steiniger Weg sein würde, mit dem er sich einfach nicht befassen wollte. Außerdem war er sauer auf sie und die Spielchen, die sie spielte. Also was zum Teufel sollte er tun?

Offenbar leiden. Zumindest tat er das.

»Die Blonde da drüben hat ein Auge auf dich geworfen«, flüsterte Nick. »Und ihre Freundin sieht aus, als wäre sie genau die Richtige für mich.«

Cooper folgte Nicks Blick und entdeckte eine attraktive Blonde mit Kurzhaarschnitt, die tatsächlich Interesse zeigte. Ohne noch einmal darüber nachzudenken und seine Meinung zu ändern, lächelte er in ihre Richtung und winkte ihr zu.

Wie auf Knopfdruck machten sich die beiden Frauen langsam auf den Weg quer durch die Bar.

»Hallo, ich bin Julie«, stellte sich die Blondine vor. »Und das ist meine Freundin Debbie.«

»Nett, euch kennenzulernen. Wollt ihr euch zu uns setzen?«, fragte Nick schnell und stand auf – immer ganz Gentleman.

Cooper stand ebenfalls auf und zog, allerdings widerstrebend, einen Stuhl für die Blonde vor. Wie hieß sie noch mal?

»Und was macht ihr heute Abend hier?«, wollte Nick wissen und warf einen fragenden Blick in Richtung seines Bruders.

»Wir arbeiten im Immobilienbüro gegenüber. Debbie und ich haben gerade einen großen Verkauf getätigt, und das feiern wir«, erzählte die Blonde.

»Ja, Julie ist ein Fuchs, wenn es sich um Verkäufe handelt«, fügte Debbie hinzu.

Julie! Das war's.

»Dann müssen wir euch beim Feiern helfen«, schlug Cooper vor und fand endlich die Sprache wieder, während er in Julies Augen starrte.

Er hatte wieder zu seiner großspurigen Art zurückgefunden. *Ja!*

Nach einigen Runden stand Nick auf und führte Debbie zur Tanzfläche. Cooper und Julie blieben zurück.

»Du bist heute Abend aber nicht sehr gesprächig«, bemerkte sie mit einem verständnisvollen Lächeln. »Hattest du einen harten Tag?«

»Ich weiß nicht«, gab er ehrlich zu.

Sie lachte. »Wie kannst du das nicht wissen?«

Es war angenehm, sie um sich zu haben. Sie war ein nettes Mädchen, flirtete nicht übermäßig und war weder notgeil noch zickig. Vielleicht sollte er sie Wolf vorstellen.

Dieser Gedanke ließ ihn innehalten. Was zum Teufel war los mit ihm? Eine Frau, die stimulierend, hübsch und offensichtlich an ihm interessiert war, hatte er sich noch nie durch die Lappen gehen lassen.

»Das war nur einer dieser Tage«, sagte er mit einem Lachen. »Kann ich dir noch etwas bestellen?«

»Nein. Ich glaube, ich hatte genug heute Abend. Ich muss morgen wieder früh raus«, erklärte sie Cooper.

Verdammt! Das war genau die richtige Frau für ihn. Offenbar keine, die es übertrieb.

»Das dachte ich auch gerade«, gab er zu und signalisierte dem Kellner, dass er zahlen wollte.

Sie stand auf, und auch er sprang schnell auf die Füße. »Kann ich dich nach Hause fahren?«

Sie musterte ihn einen Augenblick und lächelte dann. »Vielleicht beim nächsten Mal, Cooper«, sagte sie schließlich. »Hier ist meine Telefonnummer. Ruf mich an.«

Sie drehte sich um und suchte nach ihrer Freundin, aber Nick und Debbie kamen bereits schnell auf sie zu.

»Wir werden gehen«, sagte Nick mit einem Lächeln in Coopers Richtung.

»Ja, ich auch«, entgegnete Cooper und griff nach seiner Jacke.

Nick hob eine Augenbraue, und Cooper schüttelte leicht den Kopf, woraufhin Nick ihn spöttisch anlächelte.

»In Ordnung, Kapitän, ruh dich aus, bevor du dich morgen früh wieder in die Lüfte erhebst«, witzelte Nick.

Coop warf seinem Bruder einen wütenden Blick zu. Nick musste den Frauen nicht sagen, dass er ein großer, böser Pilot war, damit er eine Nummer schieben konnte. Das war ein Spiel, das sie schon seit Jahren spielten. Immerhin hatte der Arsch darüber geschwiegen, dass er der verdammte Chef der Fluggesellschaft war. Cooper hatte für den Rest seines Lebens genügend Frauen gehabt, die auf sein Geld scharf gewesen waren.

»In die Lüfte?«, fragte Julie und hielt inne.

»Ja, mein großer Bruder hier ist Pilot«, erklärte Nick, während die vier auf den Ausgang der Bar zusteuerten.

»Ooh, wie beeindruckend!« Debbie schaute Cooper interessiert an.

»Nicht so beeindruckend wie Nick, der Hubschrauberpilot bei der Küstenwache ist«, warf Cooper schnell ein, und Debbies Blick wanderte sofort zurück zu Nick.

Seinen Bruder interessierte es nicht allzu sehr, ob sie Interesse hatte oder nicht. Entweder würde er mit der Frau schlafen oder nicht. Und dann würde er morgens verschwinden. Nick war ein noch größerer Hallodri als Cooper, und das sagte viel.

Vor der Bar verabschiedeten sie sich, und Cooper machte sich gespannt auf den Heimweg. Vielleicht sah er noch seine schwer fassbare Mitbewohnerin. Es war schlimm, wie sehr ihn dieser Gedanke aufmunterte.

KAPITEL 26

Stormy schoss kerzengerade im Bett hoch und wischte sich mit klopfendem Herzen den Schlaf aus den Augen. Sie brauchte einen Augenblick, aber schließlich bekam sie die Panik in den Griff und beruhigte sich.

Überraschenderweise bemerkte sie Tränen, als sie sich mit der Hand über die Wange wischte. Noch nie zuvor hatte sie solch einen lebhaften Albtraum gehabt, einen, der sie mit schrecklicher Angst erfüllt und geweckt hatte.

Da sie jetzt wach war, hatte es keinen Zweck mehr, liegen zu bleiben. Gestern Nacht hatte sie sich hin und her gewälzt und einfach nicht einschlafen können. Als sie Cooper den Flur entlanggehen und dann vor ihrer Tür stehen bleiben hören hatte, hatte ihr Herz aus einem völlig anderen Grund als diesem Albtraum gerast.

Hier seit einigen Wochen zu wohnen hatte ihrer Gesundheit nicht gutgetan. Es sei denn, sie sah es als Ausdauertraining an, denn ihr Puls raste die ganze Zeit. Das wäre eine prima Sache gewesen, denn sie trainierte nicht so viel, wie sie eigentlich sollte.

Stormy nahm sich Zeit für die Dusche, wusch ihre Sorgen und Ängste ab und machte sich für den Tag bereit. Heute

Nachmittag musste sie nicht arbeiten, was super war. Wenn das Wetter schön war, würde sie einen Spaziergang am Wasser entlang machen und sich dann vielleicht um Coopers Garten kümmern.

Sie liebte all die Blumen, die er gepflanzt hatte – oder von seinem Gärtner hatte pflanzen lassen, um genauer zu sein. Stormy hatte sich ausgiebig an der Pflege des Gartens beteiligt, seitdem sie hier eingezogen war. Vielleicht hatte Cooper dadurch Geld gespart. Heute war ein perfekter Tag zum Rasenmähen, wenn sie herausfand, wie der verfluchte Mäher in Gang zu bringen war. Noch nie hatte sie Rasen gemäht. Sie hatte immer an Orten gelebt, wo das nicht nötig gewesen war.

Als sie die Treppe hinunterging, hörte sie Stimmen und blieb stehen. Vielleicht war jemand bei Cooper, und er wollte Privatsphäre. Stormy war sich nicht sicher, was sie tun sollte. Nachdem sie eine Weile auf der Treppe gestanden hatte, trieb sie der Kaffeeduft schließlich vorwärts.

Wenn er Gäste hatte, würde sie sich nur einen Kaffee holen und dann wieder verschwinden. Als sie die Küche betrat, saß Cooper mit zwei der Männer am Frühstückstresen, die sie auf den überall im Haus hängenden Fotos gesehen hatte.

Verdammt! Die Fotos wurden ihnen überhaupt nicht gerecht.

»Komm und frühstücke mit uns, Stormy«, rief Cooper. Ihn schien die Unterbrechung durch sie nicht zu stören, und Stormy war schockiert, wie nett er plötzlich war.

Seitdem sie sein Schlafzimmer verlassen hatte, hatten sie kaum zwei anständige Worte miteinander gewechselt. Sie traute dem Lächeln nicht, mit dem er sie anschaute.

»Ist schon in Ordnung. Ich hole mir nur einen Kaffee und setze mich dann auf die Veranda«, sagte sie. Wahrscheinlich war er sowieso nur höflich.

»Das ist eine gute Idee. Die Sonne ist heute Morgen schon ziemlich warm«, warf einer der Männer ein. »Ich bin übrigens Maverick oder Mav. Cooper hat mir erzählt, dass er eine sexy Mitbewohnerin hat, aber seine Beschreibung wird dir gar nicht gerecht.« Stormy war sich sicher, dass der Mann mit diesem Lächeln das eine oder andere Mal Frauen dazu brachte, die Hüllen fallen zu lassen.

»Äh … danke«, murmelte sie und war unsicher, wie sie darauf reagieren sollte. »Ich bin Stormy.«

»Oooh, hervorragendes Aussehen und ein sexy Name«, sagte der andere Bruder, stand auf und kam ihr viel zu nahe. Als wäre sein Aussehen nicht genug, um das Herz einer Frau ins Stolpern zu bringen, roch er auch noch gut. »Ich bin Nick. Wir sind Coops Brüder.«

»Das habe ich mir fast gedacht. Ich habe eure Fotos an den Wänden gesehen«, sagte Stormy.

»Ich leiste dir auf der Veranda Gesellschaft«, bot Nick an und wartete darauf, dass Stormy sich Kaffee eingoss.

Jetzt war sie dazu verdammt, mit den sexy Brüdern zu plaudern.

»Kannst du meine Mitbewohnerin mal in Ruhe lassen?«, murrte Cooper und schob Nick beiseite. »Wie geht's dir heute Morgen?«

Stormy blieb wie angewurzelt stehen, als sie Coopers Blick mit voller Wucht traf.

»Mir … äh … mir geht's gut«, brachte sie schließlich stammelnd hervor, und dann wandte sie den Blick von ihm ab.

»Du scheinst aufgebracht zu sein. Bist du sicher?«, drängte er.

»Mir geht's gut, wirklich«, beharrte sie. Er bewegte sich nicht. »Ich hatte einen schlechten Traum, und der hat mich durcheinandergebracht«, gab sie zu.

»Wovon hat er gehandelt?«, fragte Cooper mit einer Stimme, die zu vertraulich war und seine Brüder irgendwie in den Hintergrund treten ließ.

»Ich kann mich gar nicht mehr erinnern«, behauptete sie, und die Traumbilder, die sie erschreckt hatten, begannen auch bereits zu verblassen. »Ich war gefangen ...«

»Ich hasse solche Träume«, sagte Cooper und schien sich damit nicht lustig über sie zu machen.

»Ja, die sind wirklich ätzend«, bekräftigte Stormy mit dem Versuch eines leisen Lachens.

Sie hatte sich Kaffee eingegossen, hielt die Tasse vor sich und ging auf die Hintertür zu, die Brüder ihr dicht auf den Fersen. Das war ziemlich überwältigend.

»Hast du diese Quiche gemacht?«, fragte Nick, als er sich neben sie auf einen Stuhl setzte und einen großen Bissen in den Mund schob.

»Ja. Das ist ein ganz einfaches Rezept, das ich vor langer Zeit gelernt habe, damit ich nicht verhungere«, erzählte Stormy.

»Ist wirklich ausgezeichnet. Du kannst jederzeit zu mir kommen und mir eine machen«, bot er mit einem Augenzwinkern an, das sie erröten ließ.

»Hör auf damit, Nick! Du bringst sie in Verlegenheit«, schimpfte Cooper.

»Ich hab nur gesagt, dass eine Frau, die kochen kann, bei mir immer willkommen ist«, verteidigte sich Nick und gab nicht im Geringsten klein bei.

»Sie steht dir fürs Kochen nicht zur Verfügung«, knurrte Cooper.

»Gereizt«, bemerkte Mav mit einem Lachen und zwinkerte Stormy zu.

»Ich kann nicht wirklich kochen – also, nicht allzu viele Sachen«, erklärte sie den Männern. Dieses ganze, ihr geltende Flirten warf sie völlig aus der morgendlichen Routine.

»Dann könnte ich für dich eine Ausnahme machen«, sagte Nick und stopfte sich wieder ein Stück in den Mund.

Diesmal lachte sie über das arglose Flirten. Sie hatte mitbekommen, dass er nur seinen Bruder ärgern wollte, aber sie wusste nicht, weshalb. Cooper und sie waren kein Paar, und weder Nick noch Mav hatten eine Ahnung, dass Stormy vor sechs Jahren mit Cooper geschlafen hatte.

»Ich werde euch Kerle aus dem Haus werfen, wenn ihr Stormy nicht in Ruhe lasst«, drohte Cooper. Beide Brüder lachten.

»Weißt du, weshalb Cooper in letzter Zeit so schlechte Laune hat?«, fragte Mav Stormy.

»Ich, also, ich habe ihn nicht oft gesehen, seit …« Sie hielt inne, und wurde rot. »Ich habe ihn einfach nicht oft gesehen«, beendete sie den Satz fast flüsternd.

»Hast du ihn oft genug gesehen, um seine schlechte Laune zu bemerken?« Mav schien derjenige zu sein, der wirklich einen Spaß daran hatte, andere hochzunehmen.

»Nein, eigentlich nicht«, log sie und fühlte sich definitiv in Verlegenheit gebracht.

»Jetzt reicht's! Ihr seid beide Arschlöcher«, empörte sich Cooper und stand auf. »Lasst uns gehen, damit ich euch im Ring zeigen kann, wie sehr ich euch schätze.«

»Ha! Das letzte Mal, als wir dort waren, hast du den Arsch vollgekriegt«, erinnerte Mav ihn.

»Da war ich in Gedanken woanders«, entgegnete Coop mit wütendem Blick.

»Und wo waren deine Gedanken?«, fragte Mav allzu unschuldig, bevor er Stormy anschaute und ihr zuzwinkerte.

Wieder wurde sie rot, obwohl sie nicht wusste, warum.

»Du machst Stormy verlegen«, blaffte Cooper ihn an.

»Ach, sie ist zäher, als du denkst«, verteidigte sich Nick. »Das sehe ich doch.«

Als er ihr dieses Mal zuzwinkerte, lächelte sie und ein kleines Kichern entschlüpfte ihr.

»Ja, ich bin ziemlich zäh«, bekräftigte sie Nicks Aussage.

»Siehst du, Coop. Du machst dir wegen nichts Sorgen«, ließ Mav nicht locker.

»Du wirst derjenige sein, der sich Sorgen machen muss«, drohte Cooper und gab seinem Bruder einen Vorgeschmack auf das, was kommen würde, indem er ihm heftig auf den Arm schlug.

»Ja, du bist knallhart, wenn wir nicht im Ring sind«, behauptete Mav, stand auf und tanzte wie im Boxring um Coop herum.

»Also, wir wollen hier doch keinen Kampf vom Zaun brechen und versehentlich mit der hübschen Lady zusammenstoßen«, schaltete sich Nick ein. Stormy lächelte ihm dankbar zu.

»Ja, ja, der Bruder, der immer die Stimme der Vernunft bis hin zum Klugscheißer ist«, konterte Mav und verpasste Nick einen Schlag auf den Arm. Dann rannte er zurück ins Haus und wahrscheinlich aus der Eingangstür wieder hinaus. Dicht gefolgt von Nick.

»Bis dann«, rief Cooper mit einem Blick, der Stormy einen Schauer über den Rücken jagte, bevor er seinen Brüdern hinterherjagte.

Als Stormy endlich wieder ihre zitternden Beine in den Griff bekommen hatte, machte sie sich Frühstück und räumte auf. Dann fiel ihr auf, dass sie den Lärm vermisste. Das Lachen und die Sticheleien der drei hatten das Haus mehr zu einem Zuhause gemacht.

Aber Stormy musste sich in Erinnerung bringen, dass es nicht ihr Haus war – nicht mehr für sehr lange. Deshalb würde es besser sein, sich hier nicht zu wohlzufühlen. Das war leichter gesagt als getan.

KAPITEL 27

Cooper war mit den Bedienelementen seines Düsenjets beschäftigt, der im Landeanflug auf Seattle war, und Wolf las die Punkte der Checkliste vor, auf die Cooper entweder mit *Set* oder *Check* antwortete. Dann begann Cooper durch Drehen des Steuerrades nach links eine weitläufige Kurve zu fliegen.

An einem klaren und malerischen Nachmittag war die Aussicht aus den Cockpitfenstern atemberaubend. Unter sich erkannte Cooper gut sichtbar den Aussichts- und Restaurantturm Space Needle sowie die Küste. Als er aus dem Fenster sah, waren seine Gedanken bei Stormy, und er fragte sich, was sie gerade machte.

Nachdem er letztens Zeit mit seinen Brüdern verbracht hatte, war er nach Hause gekommen und hatte sie nirgends gefunden. Dann war er ein paar Tage weg gewesen. Aber jetzt hatte er frei und würde die Zeit zu nutzen wissen.

»Wolf, wie spät ist es?«

»Viertel vor zwei. Pre-landing checklist complete.«

Cooper hatte die Nase voll von seiner Wut. Er wollte sie wieder in seinem Bett haben. Da er mit Drängeln nicht weiterkam, wollte er jetzt auf Verführung setzen.

Wenn er sich beeilte, konnte er sie vielleicht noch im Café erwischen und sie zu einem Ausflug überreden. Also, zumindest einem mit seinem Auto, leider keinen in sein Bett. Obwohl das natürlich auch eine Möglichkeit gewesen wäre.

Gedanken wie diese verursachten eine unangenehme Enge in seiner Uniform.

»Gut, checklist complete, gear down and cleared to land. Hör zu, sobald wir am Gate andocken, will ich so schnell wie möglich raus, wenn sich die Tür öffnet. Meinst du, du packst den Rest ohne mich?«

»Na klar! Heißes Date?« Wolf grinste Cooper über den Rand seiner Sonnenbrille an.

»Heißes Date? Ich hoffe es«, antwortete Cooper lachend.

»Du hoffst es? Was hat das zu bedeuten?«, fragte Wolf. »Du hast meine Cousine nie angerufen, also weiß ich, dass du nicht mit ihr verabredet bist.«

»Es gibt da ein anderes Mädchen, deshalb wollte ich das deiner Cousine nicht antun. Diese Frau ist …, ich weiß nicht, wie ich sie beschreiben soll. Sie macht mich ein bisschen verrückt«, gab Cooper zu.

Das brachte Wolf zum Lachen. »Hast du tatsächlich eine Frau getroffen, die zu dir passt?« Wolf schüttelte sich vor Lachen.

»Nein!«, wetterte Cooper. »Mir gefällt es einfach, mit ihr … äh … Zeit zu verbringen.« Aus irgendeinem Grund wollte er sie nicht entehren, indem er Wolf erzählte, wie gut sie im Bett war.

»Das ist ja der Hammer! Der Chef von Trans Pacific Airlines und Kapitän der großen, furchteinflößenden Boeing 757 hat das Spiel verloren und lässt sich von einer läppischen Frau aus der Fassung bringen? Ich muss sagen, ich mache mir Sorgen um dich, Mann«, stieß Wolf zwischen Lachsalven hervor. »Ein tierisch reicher, alleinstehender Mann mit einem abartig riesigen Haus und keine, für die er sein Geld ausgeben kann.«

»Besser alleinstehend als geschieden. Und ich will definitiv keine Frau, die sich wegen meines Bankkontos auf mich stürzt«, erklärte Cooper mit bösem Blick. »Außerdem solltest du daran denken, dass ich auch deine Geheimnisse kenne, Wolf, und wie viel du auf dem Konto hast.«

»*Schh*. Wir plaudern doch nicht unsere Geheimnisse aus«, flüsterte Wolf und sah sich tatsächlich um, obwohl sie im Cockpit eingeschlossen waren. »Und klar, so eine Scheidung ist ätzend. Beth ist abgehauen, hat gesagt, sie erträgt es nicht mehr, dass ich so oft weg bin. Ich glaube, sie konnte mich nicht mehr ertragen. Weiter nichts. Das Letzte, was sie sagte, war, dass sie jemand Neuen kennengelernt hat. Aber es gibt ja immer irgendwelche Flugbegleiterinnen, oder?« Wolf murmelte leise einen Fluch über seine baldige Exfrau.

»Tut mir leid, Mann. Das war ein Schlag unter die Gürtellinie«, entschuldigte sich Cooper.

»Schon gut. Wir haben uns in Vegas kennengelernt und betrunken geheiratet«, sagte Wolf mit einem Achselzucken.

Obwohl Wolf die Angelegenheit ins Lächerliche zog, war Cooper kein Trottel. Er wusste, dass sein Freund litt. Aber Männer redeten nicht über so etwas – na ja, jedenfalls nur, wenn der Freund tatsächlich sagte, dass er darüber reden wollte, und dann war es einfach nur peinlich.

»Du weißt nie. Vielleicht wird ja doch noch alles gut für dich«, tröstete ihn Cooper.

»Ich will gar nicht, dass es gut wird. Nicht, wenn bei jedem Stopp, den ich mit diesem Flugzeug mache, eine Schwemme von Schönheiten um mich herum ist«, entgegnete Wolf.

Cooper kaufte ihm das nicht ab. Aber anstatt etwas Ernsthaftes zu erwidern, beschloss er, einen Witz zu machen. Immerhin wurde das erwartet. »Flugbegleiterinnen?«, spottete er. »Nein, bloß nicht! Niemals! Halt dich von den Luftmatratzen fern. Die verhelfen dir nicht nur zu Rückenproblemen.«

»Nicht alle, Sportsfreund.« Wolf lachte. »Hast du diese kleine heiße Nummer gesehen, Tori? Verdammt, ich hätte nichts dagegen, mit der mal auszugehen.«

»Wer?«, fragte Cooper und ging seine geistige Checkliste durch.

»Sie ist neu hier, aber, verdammt, die hat Pepp«, schwärmte Wolf lachend.

»Die muss ich mal unter die Lupe nehmen«, sagte Coop.

»Solange dir klar ist, dass sie schon vergeben ist«, gab Wolf zu bedenken.

»Ha! Na gut, aber wenn sie so gut ist, wird sie dich keines zweiten Blickes würdigen.«

»Wir werden sehen …«

Sie beließen es dabei. Wenn Gespräche mit dem anderen Geschlecht nur so einfach wären, dachte Coop.

Vielleicht war heute die Nacht, in der er Stormy zurück in sein Bett bekam. Der Gedanke allein verursachte bei ihm eine gewaltige Erektion.

Zum Glück schaute Wolf nicht nach unten, sonst wäre Cooper bis an sein Lebensende dem Spott preisgegeben gewesen. Cooper versuchte sich auf den Landeanflug zu konzentrieren, wünschte sich jedoch, er könnte direkt in Gig Harbor landen, damit er schneller dort wäre.

Bald, dachte er. Sehr, sehr bald …

Kapitel 28

Das Ende ihrer Schicht nahte, und Stormy schaute beim Abwischen der Tische alle dreißig Sekunden auf die Uhr, wodurch die Zeit noch langsamer verging. Im Café war heute lächerlich wenig los, sodass sie am liebsten Schluss gemacht hätte. Aber jetzt waren es nur noch ein paar Minuten.

Als die Uhr schließlich den Feierabend anzeigte, seufzte sie vor Erleichterung, verabschiedete sich von ihren Kolleginnen und ging nach hinten, um ihre Sachen zu holen. Für den Weg nach Hause brauchte sie nur fünfzehn Minuten, aber ihre Füße schmerzten heute ein wenig, und sie freute sich nicht darauf.

Als sie auf den Bürgersteig trat, hielt ein protziger Porsche, und sie hasste sich für die Vorfreude, die sie überkam, als sie sah, dass Cooper ausstieg und mit seiner Kapitänsmütze und der lose um den Hals liegenden Krawatte einfach zum Anbeißen aussah. Ihre Blicke trafen sich, als er auf sie zukam.

Vielleicht war sie doch noch nicht so ganz über ihre Faszination für Piloten hinweg, wie sie geglaubt hatte. Egal, wie sie auch versuchte, das Gefühl zu bekämpfen, von Cooper angezogen zu sein, ihr Körper hatte andere Vorstellungen. Sein bloßer Anblick verursachte ihr ein flirrendes Gefühl im Magen und ließ sie glauben, sie habe Knochen aus Gummi. Stormy steckte in Schwierigkeiten und wusste nicht, wie sie aus denen wieder herauskommen sollte.

»Hallo, Cooper. Was machst du denn hier?«, fragte sie, als er vor ihr stand.

»Mein Flugplan hat sich geändert, und ich konnte bei einem früheren Rückflug von New York einspringen. Jetzt bin ich drei Tage zu Hause und dachte, ich könnte dich im Wagen mitnehmen.« Er hielt inne, und Schmetterlinge flatterten in Stormys Bauch auf, als sie ihn anschaute. Gerade wollte sie antworten, als er fortfuhr: »Wir könnten das Dach einfahren und die Sonne und den Wind in den Haaren genießen. Und dann könnten wir ein paar Stunden vorgeben, uns nicht gegenseitig die Kleider vom Leib reißen zu wollen.«

Zwischen ihren Schenkeln sammelte sich Hitze, und sie drückte sie zusammen. Sie hätte eigentlich Nein sagen und losgehen sollen, um etwas von der sexuellen Energie zu verbrennen. Aber das waren nicht die Worte, die ihr über die Lippen kamen.

»Hört sich gut an.« Sie folgte ihm zum Auto und kam nicht umhin, es charmant zu finden, dass er ihr die Tür öffnete.

»Wie war dein Tag?«, fragte er, während er das Verdeck einfahren ließ.

»Lang und langweilig. Ich habe lieber viele Gäste. Nicht wegen des Trinkgeldes, sondern weil die Zeit dann schneller vergeht.«

»Ja, ich bin auch lieber beschäftigt«, stimmte er ihr zu. »Und ich mag Geschwindigkeit«, fügte er hinzu und hob die Augenbrauen. Nach diesem Kommentar wurde Stormy im Porsche ein bisschen nervös.

»Wie war New York?«, fragte sie. »Ich stelle es mir dort ziemlich aufregend vor.«

»Glaub mir, es ist nicht so schrill, wie sich die Leute diese Stadt vorstellen. Ich bin gestern um ungefähr sechs Uhr abends von Los Angeles kommend auf dem JFK gelandet und war um acht Uhr im Hotel. Dann heute zurück nach Seattle, und hier bin ich. Ein wahres Wunder moderner Wissenschaft und Genialität«, antwortete er.

»Ist doch aber faszinierend, all diese Städte zu sehen. Ich bin viel gereist, nur nicht auf dem Vordersitz und nicht zu Orten, die man sich als Urlaubsziel ausgesucht hätte.«

»Ich will den Vordersitz nicht herunterspielen. Von dort hat man eine Aussicht, die mit nichts zu vergleichen ist. Vielleicht nehme ich dich auf einen der Flüge mal heimlich mit, und dann kannst du vorne sitzen.«

Bei dieser Äußerung begann Stormys Herz in der Brust zu hämmern. Was sie sich bei einem Flug im Cockpit vorstellte, war nicht gerade jugendfrei. Scheiß drauf!

Cooper fuhr auf die Autobahn auf, und dann blieb Stormy aus einem anderen Grund die Luft weg. Der Wind peitschte durch ihre Haare, und sie griff schnell in ihre Tasche und suchte nach einem Gummiband. Dann band sie sich die Haare hoch und lachte entzückt, als sie ohne jegliche Beachtung der Geschwindigkeitsbegrenzung dahinschossen.

Links und rechts überholte Cooper andere Autos, und Stormy merkte, dass er wie ein Rennfahrer mit dem Wagen umging. Kein bisschen überfuhr er die Linien, als sie die Autobahn entlangrasten. Als er ungefähr dreißig Minuten südlich von Seattle abfuhr, vermisste Stormy die Geschwindigkeit, denn jetzt krochen sie regelrecht durch eine kleine Stadt.

»Das hier ist ein kleines Restaurant, aber eins meiner liebsten«, erklärte ihr Cooper, als er vor einem Gebäude hielt, von dem sie nie gedacht hätte, dass er es frequentierte. »Lass dich nicht vom Äußeren täuschen. Hier gibt es das beste Essen in ganz Washington.«

Er ließ das Dach wieder hochfahren, bat sie, sitzen zu bleiben, und kam ums Auto herum, um ihr die Tür zu öffnen.

Stormy hatte es nicht eilig auszusteigen. Sie wollte ihre Haare in Ordnung bringen und noch einen Hauch Lippenstift auflegen.

»Sehe ich völlig zerzaust aus?«, fragte sie. Sie hatte nicht erwartet, heute noch auszugehen.

»Du siehst atemberaubend aus.«

Wie sich sein Blick wieder verdunkelte, als er sie anschaute, brachte das Kribbeln in ihrem Bauch zurück, und Stormy fragte sich, weshalb sie diesen Mann von sich stieß. Sie musste wahnsinnig sein.

Es war noch ein bisschen früh fürs Abendessen, deshalb war das Lokal nicht überfüllt. Die ältere Wirtin begrüßte Cooper mit einem Lächeln und umarmte ihn, bevor sie Stormy anschaute. Und die hatte das Gefühl, den Kürzeren zu ziehen.

»Ein Tisch für zwei?«, fragte die Frau.

»Ja, Sally, hinten im Freien«, antwortete Cooper.

»Ah, heute soll es wohl romantisch werden, oder?«, bemerkte sie mit einem Kichern.

»Na klar«, bekräftigte Cooper und drehte sich dann mit einem Augenzwinkern zu Stormy um.

Die wurde natürlich rot und sah zu Boden. Was tat sie hier?

Sie wurden durch einen kleinen Speisesaal geführt, wo auf Holztischen wunderschöne Tischdecken und Gedecke lagen, in der Mitte frische Blumen und eine brennende Kerze, die eine romantische Atmosphäre verbreitete.

Dann betraten sie eine Terrasse, auf der Lampen und Heizgeräte verteilt waren, obwohl man sie noch nicht brauchte.

»Wir nehmen eine Vorspeise und etwas zu trinken und dann den Hauptgang, wenn die Sonne untergeht«, teilte Cooper der Wirtin mit.

Sie bekam noch nicht einmal eine Speisekarte. Für einen Augenblick war Stormy deshalb beleidigt, aber dann beeindruckt, als er die Bestellung aufgab. Das meiste hörte sich köstlich an.

Als jedoch die Weinbergschnecken mit einem getoasteten Bagel serviert wurden, passte Stormy. Cooper lachte und nahm einen Bissen. Stormy nippte stattdessen am Rotwein und war überrascht über den lieblichen Geschmack. Eigentlich bevorzugte sie Weißwein.

»Manchmal ist es wichtig, neue Dinge auszuprobieren. Das habe ich schon vor langer Zeit gelernt«, sagte er und hielt ihr ein Stückchen Weinbergschnecke hin.

»Ich habe nichts dagegen, die Grenzen zu verschieben, aber ich esse keine Schnecken«, beharrte sie. Stattdessen nahm sie eine von Kokosflocken umhüllte Riesengarnele und tunkte sie in Thai-Chili-Soße. Das war viel besser.

Sie unterhielten sich, und langsam entspannte Stormy der Wein, während sie auf den vorbeifließenden Bach schaute und ihren Salat mit gerösteter Roter Bete und Babyspinat aß, dessen scharfe Himbeervinaigrette einfach köstlich war.

»Du musst es wirklich genießen, in so einer Gegend zu wohnen und Lokale wie dieses ausfindig zu machen«, sagte sie.

»Ich bin in Gig Harbor aufgewachsen und habe mein ganzes Leben dort verbracht. Mein Dad hat in Seattle gearbeitet, wollte aber dort nicht eingepfercht mit so vielen Menschen wohnen. Und meine Mutter hat sich zu Beginn ihrer Ehe sofort in den kleinen Hafen verliebt.«

»Leben deine Eltern noch?«, fragte Stormy. Sie erinnerte sich an nur einen Kommentar über seine Mutter.

»Mein Dad starb vor mehreren Jahren, aber meine Mutter ist Gott sei Dank noch da. Sie ist unglaublich. Ich kann gar nicht glauben, dass du sie noch nicht getroffen hast. Eigentlich besucht sie mich ziemlich oft«, erzählte er mit einem Lachen.

»Magst du ihre Besuche?«, hakte sie nach.

»Ja, natürlich! Sie ist ja meine Mom.«

Darüber lachte Stormy. »Du wärst überrascht, wie viele Leute vergessen, dass sie Eltern haben, die sie lieben. Ich habe meine

Eltern vergöttert, aber ich habe so viele Freunde, die ihre Eltern nie besuchen, nie anrufen und noch nicht einmal wissen, was sie treiben«, erzählte Stormy. »Ich würde alles dafür geben, wenn ich meine auch nur für fünf Minuten zurückhaben könnte.«

»Es tut mir so leid, dass du sie verloren hast, Stormy«, sagte er und griff nach ihrer Hand. »Auf die Familie können wir auch dann noch zählen, wenn der Rest der Welt untergeht. Es gibt nichts, was ich nicht für meine täte.«

Die Bewunderung für diesen Mann nahm weiter zu. Sie brauchte nicht nach Gründen zu suchen, sich *nicht* in diesen Mann zu verlieben.

»Ja, das stimmt. Ich wollte eigentlich alles alleine schaffen und beweisen, dass ich es kann, aber es gibt viele Gelegenheiten, bei denen ich einfach nur nach Hause laufen und mich an der Schulter meiner Mutter ausweinen will, bis mir einfällt, dass sie nicht mehr da ist«, gab Stormy zu.

»Ich wünschte, ich könnte etwas sagen, das deinen Schmerz vergehen lässt.« Er strich weiter mit den Fingern über ihre Hand, was sie an dem Silberarmband herumspielen ließ, das sie trug, weil sie sonst nach ihm gegriffen hätte. »Das ist schön. Mir ist aufgefallen, dass du es oft trägst«, bemerkte er.

»Ich liebe es«, erzählte sie lächelnd. »Meine Mom und ich haben einen Kurs besucht und das Armband zusammen mit ein paar Glücksbringern geschmiedet. Immer, wenn wir an einem neuen Ort waren, haben wir einen neuen Anhänger darangehängt. Dieses Armband hat eigentlich meine Liebe fürs Schmuckentwerfen entfacht.«

»Sieht so aus, als wäre da noch Platz für einen weiteren Anhänger«, sagte er und strich mit dem Finger über ihr Handgelenk, was ihren Puls rasen ließ.

»Ja, für noch ein paar«, antwortete sie und schluckte, während sie an ihrer Hand zog. »Zu schade, dass meine Eltern nicht mehr da sind und mir dabei helfen können.«

Cooper ließ sie nicht sofort los. Je länger er sie berührte, desto nervöser wurde sie. Das hier sollte eigentlich nicht so romantisch werden, wie es sich jetzt herausstellte. Es sollte nur ein Essen unter Freunden sein.

»Erinnere dich einfach an die guten Zeiten, die du mit ihnen hattest. Und du kannst das Armband zu ihren Ehren vervollständigen«, schlug er vor.

»Wenn ich daran denke, die Anhänger zu schmieden, bekomme ich Angst. So, als würde ich wirklich versuchen, meinen Traum zu verwirklichen, und dann furchtbar scheitern«, sagte sie schüchtern.

»Ich finde, du solltest es riskieren. Warum nicht?«

»Weil die Schule nicht billig ist und nie Zeit dafür zu sein scheint«, erklärte sie. Ja, das war eine Entschuldigung, aber eigentlich glaubte sie selbst nicht genug an sich, um das Entwerfen von Schmuck zu einem Beruf zu machen.

»Wo ein Wille ist, ist auch ein Weg. Ich denke, du solltest deinen Traum weiterverfolgen«, ermutigte Cooper sie und beugte sich dabei über den kleinen Tisch, um ihr näher zu sein.

Sie war sehr still, als sie versuchte zu entscheiden, ob sie ihm erlauben sollte, sie zu küssen oder nicht. Aber in letzter Sekunde zog sie sich zurück. Es war einfach zu intensiv.

Der Hauptgang wurde serviert, und er war so lecker, wie Cooper versprochen hatte. Sie hatte Butternussravioli mit Maine-Hummer und er das New-York-Steak mit Kartoffeln. Als sie die Mahlzeit beendet hatten, waren beide angenehm satt.

»Lass uns den Sonnenuntergang anschauen«, schlug er vor.

Er gab ihr keine Möglichkeit, Nein zu sagen. Stattdessen legt er den Arm um sie und zog sie hinüber zu einer Feuerstelle, um die herum Bänke standen. Sie traute sich noch nicht einmal zu atmen, als sie zuschauten, wie das Sonnenlicht über dem Bach immer schwächer wurde.

»Ich bin froh, dass du mich von der Arbeit abgeholt hast«, sagte sie und genoss das Gefühl seines Armes um sich. »Danke, Cooper. Der Abend war perfekt.«

»Er muss jetzt noch nicht enden«, sagte er.

Irgendetwas, das mit der Dunkelheit zusammenhängen musste, verlieh ihr ein bisschen Mut. Sie drehte sich zu ihm, betrachtete seine Silhouette im sanften Licht des Feuers und kämpfte damit, wie sehr sie sich an ihn schmiegen und den Kuss entgegennehmen wollte, den er ihr anbot.

Doch dann ließ er ihr keine Wahl mehr.

Er nahm Besitz von ihrem Mund, ohne ihr Gelegenheit zu geben, die Sache noch einmal zu überdenken, und es überwältigte sie, wie richtig, wie vertraut er sich anfühlte. Es gefiel ihr in seinen Armen und erfüllte sie im Innern mit Wärme, als seine Lippen ihre liebkosten und mit jedem Darüberstreichen leidenschaftlicher wurden.

Aber bevor sie an dem Punkt ankam, an dem es kein Zurück mehr gab, wich Stormy zurück.

»Doch, er muss enden«, stieß sie schließlich hervor.

Er sah aus, als wollte er mit ihr darüber diskutieren, und überraschte sie dann, als er stattdessen aufstand und ihr aufhalf.

»Danke, dass du mich begleitet hast. Lass uns jetzt nach Hause fahren.«

Cooper bezahlte, umarmte zum Abschied die Wirtin und begleitete Stormy zum Auto. Auf der Rückfahrt schaltete er einen Radiosender ein, der zu ihrer Überraschung und Freude Oldies spielte.

Als sie zu Hause ankamen, brachte er sie bis zum Fuß der Treppe und küsste sie auf die Wange. »Nochmals vielen Dank.«

Dann drehte er sich um und ging davon.

Sie konnte an seinem Tonfall nicht erkennen, wie er sich fühlte. Fast verspürte sie den Drang, ihm nachzulaufen. Aber sie wusste, dass das keine gute Idee war. Also ging sie stattdessen hinauf zu ihrem Zimmer – allein.

Als sie sich schließlich schlafen legte, fragte sie sich, weshalb sie sich so sehr dagegen wehrte. Eigentlich gab es keinen Grund.

Vielleicht, weil sie wusste, dass er ihr Herz besitzen würde, wenn sie noch einmal mit ihm schlief. Und sie glaubte nicht, dass er es sehr lange behalten wollte. Jetzt mochte es ein wenig wehtun, aber es würde ihr später eine Menge Leid ersparen.

KAPITEL 29

Drei Tage kamen und gingen, ohne dass Cooper sich erneut an sie heranwagte. Stormy fragte sich, ob das sein einziger Versuch in Sachen Romantik gewesen war. Der Gedanke war ein bisschen herzzerreißend, auch wenn es einfach nur das Beste war.

Dann, eines Abends, hielt sie es nicht mehr in ihrem Zimmer aus und ging langsam die Treppe hinunter, unsicher, ob sie Cooper stören würde. Bevor Stormy irgendetwas sah, hörte sie das Knistern des Feuers und nahm den Geruch von etwas Köstlichem wahr, der in der Luft lag. Das dunkle Haus war vom flackernden Schein erleuchtet, der aus dem großen Zimmer drang.

Das Sofa stand vor dem Feuer und dazwischen der kleine Tisch. Darauf erkannte Stormy zwei Teller und zwei Gläser mit Wein. Cooper saß still an einem Ende des Sofas und sah unglaublich verlockend aus.

Stormy bekam rote Wangen. Was, wenn er eine Verabredung hatte? Der Gedanke trieb ihr die Tränen in die Augen, obwohl sie das albern fand. Wäre doch gut, wenn er ein Date hätte, versuchte sie sich einzureden. Aber der Druck in ihrer Brust verriet ihr, dass sie das ganz und gar nicht wollte.

Sie drehte sich um und wollte davonhuschen, bevor er sehen konnte, dass sie gedemütigt war. Aber in dem Moment rief er nach ihr.

»Komm und setz dich, Stormy.«

»Und was soll das?«, fragte sie, als sie sich zu ihm umdrehte.

»Du gehst mir nicht mehr aus dem Kopf. Ich dachte, wir könnten einen netten Abend zusammen verbringen«, antwortete er.

Stormy blieb der Atem weg, als sie den Mann anschaute, der ihr gerade gestanden hatte, dass sie ihm etwas bedeutete. War das echt? Es schien so. Er war echt.

Sie hatte zwei Wahlmöglichkeiten. Entweder sie nahm die Einladung an, oder sie rannte weg und versteckte sich. Stormy hatte vom Wegrennen und Verstecken die Nase voll. Deshalb ging sie zurück und setzte sich – ans andere Ende des Sofas, was Cooper zu einem Kichern veranlasste.

Er reichte ihr ein Glas Wein und hob seines, um ihr zuzuprosten.

»Auf dich, Miss Stormy Halifax. Du lässt mich … ich weiß nicht, etwas spüren, das ich sehr lange nicht gespürt habe.«

Verdammt, sie liebte es, ihn das sagen zu hören. Es brachte die Erinnerung an den mondbeschienenen Spaziergang zurück, an jene Nacht, in der sie sich so besonders gefühlt hatte. Hatte sie ihren Prinzen zurück?

»Danke, Cooper. Du bist unglaublich«, sagte sie.

»Ich sollte dich warnen. Ich tue alles, was ich kann, damit du zurück in mein Bett kommst – aus freien Stücken«, gab er mit einem Lächeln und einem Augenzwinkern zu.

Sie errötete, als sich das Bild von ihnen beiden auf seinem Bett, ineinander verschlungen, in ihrem Kopf in den Vordergrund drängte. Sie wollte das mehr als alles andere auf der Welt. Aber es durfte nicht geschehen. Sie beschloss, dass es an der Zeit war, das Thema zu wechseln.

»Jetzt habe ich ja deine Brüder kennengelernt. Warum erzählst du mir nicht mehr von deiner Familie?«

»Das ist ein langweiliges Thema«, sagte er mit einem leichten Erstickungsanfall. Das war natürlich eine Lüge.

»Ich habe die Armstrongs kennengelernt, oder zumindest einen großen Teil davon, und den Ausdruck langweilig würde ich niemals gebrauchen, um deine Familie zu beschreiben«, widersprach Stormy mit hochgezogener Augenbraue.

»Mein Dad war Pilot bei Pan Am, aber er ist vor einigen Jahren gestorben. Meine Mutter war eine talentierte Fotografin, die ihre Kunst in Galerien im ganzen Land verkauft hat. Einfach eine Durchschnittsfamilie, wirklich. Ich habe drei Brüder und keine Schwestern.«

»Das würde die ganzen Fotografien von euch im Haus erklären. Du verbringst offenbar gern Zeit mit deiner Familie.«

»Ja, meine Brüder und ich stehen uns unglaublich nahe.«

»Also ich weiß, dass Nick bei der Küstenwache arbeitet, aber was macht Maverick?«

»Bist du sicher, dass du etwas über sie hören willst? Ich bin viel interessanter«, sagte er lachend.

Das fand sie auch. Aber um ihn besser kennenzulernen, musste sie auch seine Familie kennen.

»Ja, ich bin sicher.«

»Na gut. Da wäre zuerst einmal Nick, von dem du weißt, dass er Pilot bei der Küstenwache ist. Maverick fliegt eine F-18 bei der Air Force und ist hier in McChord Field stationiert. Und dann gibt es noch Ace … Ace ist eine Weile weg.«

Das leichte Krächzen in seiner Stimme machte sie neugierig, aber sie sah, dass sie ihn nicht drängen konnte, darüber zu sprechen, also ließ sie es.

»Ist wirklich toll, dass ihr alle die Liebe zum Fliegen teilt«, sagte sie.

»Ja, das ist einfach so passiert. Unser Vater und unser Onkel waren Piloten, und wir haben schon in jungen Jahren unsere Leidenschaft fürs Fliegen entdeckt. Allerdings hätte keiner von uns gedacht, dass das mal unser Beruf werden würde«, erklärte er.

»Und wie kam es, dass ihr so verschiedene Sparten der Fliegerei gewählt habt?«

»Um ehrlich zu sein, weiß ich das gar nicht. Als ich beschloss, das Fliegen zum Beruf zu machen, da wollte ich immer größere Flugzeuge fliegen, obwohl ich dir sagen muss, dass es nicht so viel Spaß macht, wie mein Privatflugzeug zu steuern. Mav will immer Abenteuer und Geschwindigkeit, und ich glaube, Nick gefällt es, ein Held zu sein«, erzählte Cooper.

»Ihr seid schon so ein Trio.« Stormy wollte so gern nach Ace fragen, aber Cooper sprach nicht über seinen jüngsten Bruder, deshalb wollte sie nicht neugierig sein.

»Möchtest du noch Wein?«

»Danke, ich habe noch«, antwortete sie, denn sie wollte bei klarem Verstand bleiben.

Die Dunkelheit im Zimmer, das warme Feuer und der Wein ließen sie schnell von ihrem Entschluss abbringen. Und der Ausdruck in Coopers Augen verbrannte sie fast bei lebendigem Leib.

»Gut, dann werde ich dich jetzt halten.«

Cooper gab ihr keine Gelegenheit abzulehnen. Er stand einfach auf, zog sie hoch und setzte sich dann wieder, wobei er sie auf seinen Schoß zog.

»Ich glaube, das ist keine gute Idee, Cooper«, gab Stormy zu bedenken, entzog sich ihm jedoch nicht.

»Vieles ist im Leben keine gute Idee«, entgegnete er.

Seine Hand wanderte ihren Rücken hinunter, und Stormy lehnte sich an ihn, ohne es überhaupt zu bemerken. Dieser Mann berührte sie mehr, als ihr lieb war.

Er sagte nichts mehr, und sie spürte, wie sich ihre Augenlider senkten, als sie den Kopf gegen seine Brust lehnte. Sie rang mit sich, ob sie das hier auf die nächste Stufe heben und wieder mit ihm schlafen sollte.

Doch bald lag diese Entscheidung nicht mehr in ihren Händen, denn der Schlaf übermannte sie.

***

Cooper bemerkte, dass Stormy sich in seinen Armen entspannte und ihre Deckung aufgab. Lächelnd schaute er auf ihre friedliche Schönheit. Er beugte sich vor und gab ihr einen Kuss auf die Stirn.

»Wir kommen der Sache näher«, flüsterte er.

Langsam stand er auf und hielt sie in den Armen. Er war dieser Frau verfallen, wie er es selbst nie für möglich gehalten hätte. Und es war sowohl beängstigend als auch aufregend. Doch obwohl ihn diese Erkenntnis zutiefst erschütterte, brachte er es nicht fertig, Stormy in ihr Zimmer zu bringen.

Er betrat sein Zimmer und legte sie aufs Bett, ließ sie nicht einen Augenblick los, sondern hielt sie mit den Armen fest umschlungen.

Zum ersten Mal seit langer Zeit schlief er mit einem Lächeln auf den Lippen ein.

KAPITEL 30

Das Klingeln an der Haustür erschreckte Stormy, die gerade dabei war, einem neuen Blumenstrauß auf dem Küchentisch den letzten Schliff zu verpassen. Auf schöne Blumen hatte sie nie Zugriff gehabt, aber jetzt, wo sie ihn hatte, beschloss sie, dass es ein Luxus war, den sie auch beibehalten würde, wenn ihre Zeit bei Cooper vorbei war. Sie liebte ihre Pracht und wie sie einen dezenten Duft in der Luft verströmten.

Sie drehte sich um. Es war das erste Mal, dass jemand vor der Tür stand, während sie allein im Haus war. Sie wusste nicht, weshalb sie das beunruhigte.

Derjenige, der zu Besuch kam, besaß offenbar den Code für das Eingangstor, deshalb gab es keinen Grund, sich Sorgen zu machen.

Als sie aus dem Seitenfenster spähte und Sherman draußen stehen sah, schloss sie sofort auf und riss die Tür weit auf.

»Ich habe dich vermisst«, rief sie und zögerte nicht, ihm die Arme um den Hals zu werfen.

»Das wollte ich auch gerade sagen, junge Dame. Ich dachte, du hattest versprochen, mich anzurufen, wenn du Zeit für einen Besuch haben würdest.«

»Oh, Sherman, es tut mir so leid. Ich habe viel gearbeitet und dann …« Ihre Stimme verlor sich.

»Was verbirgst du vor mir?« Er war sofort alarmiert.

»Es ist nichts. Aber ich wollte dich unbedingt fragen, was jetzt mit dem Häuschen ist. Es sind Leute da, aber sie scheinen nicht zu wissen, was sie tun sollen. Und dann ist wieder tagelang niemand da. Einmal habe ich sogar drei Männer auf der Veranda Bier trinken sehen«, erzählte Stormy mit gedämpfter Stimme.

Sherman wurde rot, und sie nahm an, dass er wahrscheinlich verärgert war. Stormy wollte nicht, dass jemand gefeuert wurde, aber sie fand es auch fair, ihn wissen zu lassen, was dort vor sich ging.

»Ich muss das überprüfen«, murmelte er schließlich. »Und jetzt erzähl mir, was du vor mir verbirgst. Ich weiß, dass da etwas ist.«

Sollte sie diesem Mann erzählen, dass sie mit seinem Neffen zusammen war? Was, wenn er dachte, dass sie Cooper benutzte? Das hätte ihr das Herz gebrochen. Aber wie er sie ansah, hatte sie das Gefühl, dass sie es beichten musste.

»Ich bin mehr oder weniger mit Cooper zusammen, wenn man es überhaupt so nennen kann, aber vielleicht sollte ich auch gar nicht sagen, dass wir zusammen sind. Es ist mehr …«

Sie hielt inne. War sie gerade kurz davor gewesen, Coopers Onkel zu erzählen, dass Cooper und sie Freunde mit gewissen Vorzügen waren? Was zum Teufel war los mit ihr?

»Tatsächlich redet Cooper auch viel von dir«, sagte Sherman mit einem verborgenen Lächeln, das Stormy nicht ganz deuten konnte.

»Na ja, wir wohnen immerhin unter ein und demselben Dach«, erklärte sie locker.

»Bist du glücklich mit ihm?«, fragte Sherman auf dem Weg in die Küche. Er nahm sich eine Limonade und Chips und setzte sich.

»Schon, aber es ist nichts Ernstes«, antwortete Stormy und wollte nicht, dass diese Unterhaltung Cooper zu Ohren kam und ihn ausflippen ließ.

»Wann immer zwei Menschen eine intime Beziehung haben, ist daran nichts Zwangloses«, versicherte ihr Sherman. Stormy wand sich vor ihm. Das Einzige, was sie jetzt hier hielt, war, dass sie sich einredete, es sei nichts Ernsthaftes.

»Das ist nicht genau, was ich meine«, wich sie aus.

»Ich bin nicht von gestern, kleines Fräulein, und du weißt ja wohl, dass es viele Formen von Intimität gibt. Verwechsele das, was du mit meinem Neffen hast, nicht mit zwanglos.«

»Er hält sich zurück«, gestand Stormy und fühlte sich, als würde sie über ihn lästern.

»In seinem Leben ist schon viel passiert. Es gibt Gründe dafür, aber seitdem er dich kennt, hat er sich viel mehr geöffnet. Im letzten Monat oder so ist er richtig aufgeblüht«, versicherte ihr Sherman.

»Er spricht nicht über seine Vergangenheit. Eigentlich weiß ich verdammt wenig über ihn«, stieß Stormy frustriert hervor. »Außer der Tatsache, dass er Pilot ist und Pilotenbrüder hat und einer weg ist.«

»Die Jungs hatten eine sehr schwere Zeit, als sie vor sechs Jahren ihren Vater verloren haben. Für keinen von ihnen war es einfach, und sie mussten ein Stück weit erwachsen werden.« Sherman seufzte.

»Vor sechs Jahren?«, fragte sie.

»Ja. Warum?«

Sherman hatte sofort bemerkt, dass Stormy unbehaglich auf ihrem Stuhl herumrutschte.

»Einfach so«, sagte sie und vermied Blickkontakt. War Coopers Vater gestorben, bevor sie die eine Nacht zusammen verbracht hatten? Wenn sie den Mut hätte, Sherman zu fragen, würde sie es vielleicht erfahren. »Was ist mit seiner Familie passiert?«

»Ich bin nicht jemand, der tratscht«, behauptete Sherman, bevor er lächelte.

Sie wussten beide, dass das so weit von der Wahrheit entfernt war, wie ein Eisbär von Arizona.

»Ich werde zu niemandem ein Wort sagen«, versprach Stormy und drückte die Finger auf die Lippen.

Sherman lächelte und entspannte sich ein wenig. Das würde eine lange Geschichte werden.

»Die vier Brüder standen sich einmal sehr nahe, aber das Leben zieht uns manchmal den Boden unter den Füßen weg«, sagte er traurig.

»Bitte erzähl mir, was passiert ist. Ich will das verstehen.« Jedes Mal, wenn Aces Name erwähnt wurde, wurde Cooper sofort distanziert. Stormy wollte wissen, weshalb.

»Ich warne dich. Es ist eine lange Geschichte …«

»Dann ist es ja gut, dass ich heute nichts mehr vorhabe«, erwiderte sie.

»Na ja, es begann eigentlich, als Bill und ich noch Kinder waren«, fing Sherman an.

»Ich wünschte, ich hätte ihn noch kennengelernt. Er muss ein kluger Mann und ein großartiger Vater gewesen sein«, unterbrach ihn Stormy.

»Ja, er war ein großartiger Mann. Und er sah, dass sich bei seinen Jungs etwas abzuzeichnen begann. Etwas, das ihn erschreckte …«

Sein Blick schweifte in die Ferne, als er in die Vergangenheit abdriftete und zu erzählen begann. »Vor langer Zeit haben Coopers Vater und ich ein privilegiertes Leben geführt. Wir kannten nur Exzesse, aber Exzesse tragen nicht zu einem glücklichen Leben bei, zumindest nicht, wenn man unter dem schädlichen Einfluss eines Vaters steht, der Alkoholiker ist, und einer Mutter, die zu schwach ist, um für sich selbst, geschweige denn für uns, einzutreten. Damals haben die Leute natürlich alles für sich behalten, und Menschen, die uns hätten helfen können, wagten nicht, sich einzumischen oder die Schläge zu unterbinden. Alles, was getan werden konnte, war uns zu trösten oder die blauen Flecken unter erlesener Kleidung zu verbergen. Als Kinder brauchten wir eine Zuflucht, einen Ort, an dem wir frei herumstreifen und Dinge erkunden konnten. Frei von Unterdrückung durch unseren betrunkenen Vater und seinen Plänen, uns zu Herrschern über sein Finanzimperium zu machen.« Er hielt inne und schien seinem Blick nach zu urteilen in der Vergangenheit versunken.

Stormy unterbrach ihn nicht.

»Bill war fünf Jahre älter als ich, und ich war zehn, als er Evelyn kennenlernte. Es war Liebe auf den ersten Blick, obwohl sie noch so jung waren. In Evelyns Familie waren alle Farmer, aber sie waren auch als Piloten tätig, zum Großteil in der Schädlingsbekämpfung. Egal, welcher Hingucker Evelyn auch war, Bill bekam sie, und ich war sofort von den Flugzeugen begeistert. Bill brauchte etwas länger, um von ihnen infiziert zu werden, aber schon bald haben wir beide die Sommertage fliegend verbracht. Es war eine Flucht vor unserem Vater. Schließlich bekam er mit, dass wir nicht mehr oft zu Hause waren. Als er herausfand, dass wir lieber bei einem armen Bauern herumhingen als im Luxus unseres teuren Zuhauses, beschloss er, uns zu zeigen, dass er ein echter Kerl war.«

Stormy wollte Sherman eigentlich sagen, dass er aufhören konnte. Sie sah, wie schmerzhaft diese Geschichte für ihn war. Aber sie sagte nichts, und er fuhr fort.

»Ich weiß, dass dieser Teil von der Vergangenheit handelt, aber er hat einen Einfluss darauf, was später mit Bill und den Jungs geschah«, erklärte Sherman entschuldigend.

»Das möchte ich wissen«, sagte Stormy sanft, während sie ihm eine Hand auf den Arm legte und hoffte, sie könne den Schmerz lindern, aber sie wusste, dass das nicht möglich war.

»Eines Tages kamen wir von Evelyns Familie nach Hause, und Vater war betrunken und wütend. Er erzählte uns, dass Gewerkschaftler versuchten, seine Leute zu einem Generalstreik zu ermuntern. Natürlich ließ Vater das nicht zu, und er wollte, dass wir genau sahen, was er dagegen tat, wie er mit jedem verfuhr, der öffentlich gegen ihn war.«

»Oh, Sherman ...« Stormy hatte Angst zu wissen, was nun kommen würde.

»Ist schon gut, Liebes. Das ist lange her. Unser Vater sagte, dass der Mann von der Straße nicht mehr war als eine wilde Bestie, dass seine Rolle im Leben darin bestand, diejenigen zu unterstützen, die klug genug waren, Geld zu machen, denn Geld regiert die Welt. Ohne Geld ist der Mensch ein Nichts. Hätte Bill nicht Evelyn kennengelernt, dann hätten wir beide diesen Mist vielleicht sogar geglaubt«, fuhr Sherman fort und war offensichtlich über diese Vorstellung entsetzt.

»Bill und ich sagten nichts auf der Fahrt zur Mühle. Der Fahrer hatte das Auto noch nicht einmal zum Stehen gebracht, als unser Vater am Haupttor aus dem Wagen sprang, wo er einen Gewerkschaftsvertreter entdeckt hatte. Vor all seinen Arbeitern prügelte unser Vater den Mann blutig und ließ ihn bewusstlos auf dem Boden liegen.«

Stormy schnappte nach Luft. »Und keiner hat das verhindert?«

»Du kannst dir nicht vorstellen, wie anders die Zeiten vor fünfzig Jahren waren. Unser Vater kontrollierte die Stadt. Er hatte das ganze Geld, und er stellte Jobs zur Verfügung. Die Leute hatten Angst. Jetzt verstehe ich das, aber damals habe ich das nicht.« Sherman schüttelte den Kopf.

»Ich hätte da nicht einfach zusehen können«, entrüstete sich Stormy, und eine Träne lief ihr über die Wange.

»Wenn du Kinder zu ernähren hättest, würdest du anders darüber denken«, sagte er. In seinem Tonfall lag keine Wertung, sondern Akzeptanz.

»Bill und ich hatten so etwas noch nie gesehen. Wir kannten Wutausbrüche unseres Vaters und hatten selbst die Brutalität seines Zorns erlebt, aber noch nie hatten wir gesehen, dass er einen Menschen fast tötete. Wir hatten entsetzliche Angst. Bill packte mich am Arm und zerrte mich praktisch aus dem Auto. Wir sind direkt zu Evelyn gelaufen. Sie war mit ihrem Dad in der Scheune und reparierte gerade den alten Doppeldecker, als wir hereinstolperten.«

»Hat euer Vater euch verfolgt?«, fragte Stormy.

»Nein. Das war eigentlich das letzte Mal, dass wir ihn sahen. Später an dem Abend wurde Vater von demselben Mann niedergeschossen und getötet, den er geschlagen hatte. An jenem Abend ist er zur Mühle gefahren und nie mehr nach Hause gekommen.«

»Oh, Sherman, das tut mir so leid«, sagte Stormy.

»Ja, es war tragisch, aber es war auch nicht schwer, Abschied zu nehmen. Er wurde mit dem Alter immer schlimmer, und wir hatten Angst vor ihm. Unsere Mutter hatte Angst. Plötzlich waren wir frei. Und ich glaube, aus uns sind nur halbwegs anständige Menschen geworden, weil er nicht mehr da war«, gestand Sherman.

»Hast du deine Erbschaft ausgeschlagen?«, fragte ihn Stormy. Noch nie hatte sie gesehen, dass er mit seinem Reichtum geprotzt hätte, und immer saß er in diesem heruntergekommenen Café. Das ergab einen Sinn.

Sherman lachte und tätschelte Stormys Knie. »Ich bin ein ziemlich reicher Mann, Stormy.«

Verwirrt schaute sie ihn an. »Das verstehe ich nicht.«

»Wir wussten, dass wir nicht wie unser Vater sein wollten. Aber wir haben es vermasselt. Wir haben es mordsmäßig vermasselt. Nein, wir waren niemals so gewalttätig wie dieser Mann, aber wir haben unsere Familie verwöhnt, heftig gefeiert und noch intensiver gespielt. Viele Jahre lang führten wir einen verschwenderischen Lebensstil. Und dann erkrankte Bill an Krebs. Es war eine dieser fiesen Arten, die einen Menschen langsam auffressen. Er sah dem Tod entgegen, aber bevor es zu spät war, wollte er noch ein paar Dinge ändern.« Sherman seufzte wieder.

»Und was wollte er ändern?«

»Wir haben an Ort und Stelle vereinbart, dass den Jungs so lange das Geld entzogen wird, bis sie sich darüber klar werden, wie man sein Leben richtig lebt. Bills letzte Worte an seine Söhne waren voller Enttäuschung, und Ace traf es am härtesten. Er war am meisten verwöhnt worden. Bill und ich sprachen darüber und sahen zu viel von seinem Großvater in ihm. Wir hofften, diesen Teufelskreis zu stoppen, und versuchten es zu erklären, aber die Jungs waren zu verärgert, um zuzuhören.«

»Warum war gerade Ace so verärgert darüber? Scheint doch so, als wären es die anderen nicht gewesen.«

»Oh, sie waren alle wütend, aber nicht des Geldes wegen. Die Jungs hatten zu dem Zeitpunkt bereits ziemlich viel Geld auf ihren Konten angehäuft. Sie waren verärgert, weil ihr Vater sie bei seinem Tod für Versager hielt«, erklärte Sherman Stormy.

»Aber die drei, die ich kennengelernt habe, sind alles andere als Versager«, verteidigte Stormy die Jungs.

»Sie sind erwachsen und zu feinen Menschen geworden, weil sie für ihr Leben Verantwortung übernommen haben. Aber egal, wie erwachsen sie geworden sind, jeder von ihnen spürt noch immer die Enttäuschung des Mannes, den sie alle vergöttert haben. Sie müssen sich da durcharbeiten, und Teil des Prozesses ist es, dass sie eine Frau an ihrer Seite haben, die sie so sieht, wie sie wirklich sind.« Sherman schaute Stormy dabei so an, dass sie nervös wurde.

»Cooper und ich sind nur Freunde … wirklich«, behauptete sie irgendwie zögerlich.

»Wenn du das glaubst, musst du auch erwachsener werden«, entgegnete Sherman nicht unfreundlich.

Stormy wollte schnell das Thema wechseln. »Und was ist mit Ace? Warum ist er auf seine Brüder wütend?«, fragte sie.

»Er fühlte sich von seinen Brüdern betrogen, weil sie genau das taten, was ihr Vater verlangt hatte. Sie suchten sich Jobs und wurden zu den Männern, von denen wir immer gewusst hatten, dass sie in ihnen steckten«, fuhr Sherman kopfschüttelnd fort. »Seitdem das Testament verlesen worden ist, ist Aces Mission, genau das Gegenteil von dem zu tun, worauf sein Vater bestanden hat. Aber ich weiß, dass er einlenken wird. Er liebt seine Familie zu sehr, als dass er sich zu weit von ihr entfernen könnte. Ich treffe ihn ab und zu und freue mich darüber. Er kann sich nicht auf Dauer von seinen Brüdern fernhalten, auch wenn er es versucht.«

»Und warum bringen sie ihn nicht dazu, mit ihnen zu reden?« Stormy konnte sich nicht vorstellen, dass jemand den Armstrong-Brüdern etwas verweigern konnte, wenn sie es unbedingt wollten.

»Sie werden das aller Voraussicht nach irgendwann tun. Allerdings müssen sie sich zuerst *selbst* finden, bevor sie ihren Bruder retten können.«

»Jetzt, wo ich das alles gehört habe, habe ich das Gefühl, in Coopers Leben eingedrungen zu sein«, gab Stormy zu.

»Schätzchen, ich habe das Gefühl, dass du diejenige sein wirst, die Cooper rettet.«

Stormy verstummte bei seinen Worten. Lange nachdem Sherman gegangen war, saß sie noch auf dem kleinen Sofa vor dem Kamin im Wohnzimmer und sah dem Flackern der Flammen zu, während das Gewicht seiner Worte auf ihren Schultern lastete.

Sie war nicht sicher, ob sie sich selbst retten konnte, ganz zu schweigen von jemand anderem …

KAPITEL 31

Gab es wirklich eine Möglichkeit, die Zeit zu messen? Die Menschen sagten Dinge wie *Ich bin spät dran* oder *Es ist keine Zeit, dies oder das zu tun* oder *Mir rennt die Zeit davon …* Aber das Rad der Zeit dreht sich weiter, egal wie wir versuchen, sie zu messen. Jeder Tag hat die gleiche Anzahl von Stunden und jedes Jahr die gleiche Anzahl von Tagen. Die Zeit bleibt nicht stehen. Sie ist gleichbleibend und verlässlich.

Und die Zeit verging, während Stormy in Coopers Haus wohnen blieb. Das Gästehaus war längst repariert, aber er hatte darauf bestanden, dass es jetzt ein Schimmelproblem gab, das vom vorangegangenen Wasserschaden stammte. Stormy sah überhaupt keinen Schimmel, aber sie wollte nicht streiten, denn sie genoss jeden Moment, der ihr mit Cooper blieb.

Zeit. Sie ist wirklich ein Fluch, dachte Stormy. Wenn sie sich eine übernatürliche Kraft hätte aussuchen können, dann wäre es gewesen, die Zeit anhalten oder zumindest verlangsamen zu können, denn sie wollte nicht, dass ihre Zeit mit Cooper endete – jedenfalls nicht so bald.

An diesem wunderschönen Sommermorgen saß Stormy im lichtdurchfluteten Zimmer im Schneidersitz mit dem Notizblock in der Hand und skizzierte ein Schmuckstück.

Dann wich sie zurück und betrachtete lächelnd das komplizierte Armband, das sie entworfen hatte – Wirbel aus Metall, in deren Mitte ein Kompass saß.

Sie hatte Tage damit zugebracht, den Entwurf zu perfektionieren. Ursprünglich wollte sie etwas für Cooper gestalten, aber jetzt wusste sie, dass es viel zu feminin für einen Mann war. Vielleicht konnte sie aus dem Kompass eine Anstecknadel für seinen Anzug machen. Darüber musste sie nachdenken.

Sie schaute auf und bemerkte den undeutlichen Umriss des roten Weckers und die verschwommenen Zahlen. Sie blinzelte, um klarer sehen zu können. Als sie die Welt um sich herum wieder wahrnahm, stellte sie fest, dass sie stundenlang auf demselben Fleck gesessen hatte.

Immerhin hatte sie den ganzen Tag frei und das gesamte Haus für sich allein, deshalb spielte das eigentlich keine Rolle. Die Krämpfe in ihren Beinen bestanden allerdings darauf, dass sie aufstand und herumlief.

Die friedliche Stille des perfekten Morgens wurde durch ihr vibrierendes Handy unterbrochen. Stormy lächelte, als sie sah, dass es Lindsey war.

»Hallo, Lindsey«, krächzte sie und lachte dann. »Tut mir leid, aber ich habe den ganzen Morgen gezeichnet. Ich komme gerade in die reale Welt zurück.«

»Hallo, Schätzchen. Ich brauche mal wieder Freundinnenzeit. Hast du später Zeit?«

»Ich habe heute frei.«

»Juhu! Ich bin gestern Abend wegen einer medizinischen Konferenz hergekommen und muss erst morgen früh wieder in Bellingham sein.«

»Wann ist denn deine Konferenz zu Ende?«

»Die sollte bis zum Mittag beendet sein. Ich schicke dir eine SMS, und dann können wir uns treffen, ja?«

»Okay, das hört sich gut an. Dann bis bald.«

Nachdem Stormy aufgelegt hatte, sprang sie auf und beschloss, dass es an der Zeit war, sich für ihr Mittagessen zurechtzumachen. Sie hätte bei perfektem Licht zwar den ganzen Tag zeichnen können, aber sie vermisste Lindsey, deshalb ging sie ins Badezimmer.

Dort sah sie einen leuchtend blauen Umschlag, der am Spiegel klebte, und ging langsam und mit einem Lächeln auf den Lippen darauf zu.

Vor Cooper hatte sie nie Mitteilungen bekommen. Es gefiel ihr.

Ihr Name stand in schöner Handschrift darauf. Sie löste den Umschlag vorsichtig vom Spiegel und strich mit den Fingern über das Siegel, bevor sie es brach.

Drinnen befanden sich eine Karte und eine gepresste Rose. Stormy zog beides heraus und legte die Rose behutsam auf die Ablage. Dann las sie die Notiz.

Meine liebe Stormy,
komm heute Abend um acht Uhr zum Trans
Pacific Hangar Nummer 7.
Zieh ein Kleid an – und sonst nichts.
    Cooper

Bei diesen Worten wurde ihr sofort heiß. Sie hatte zu viel Zeit außerhalb Coopers Bett verschwendet, und jetzt, wo sie ihn zurückhatte, konnte sie nicht genug von diesem Mann bekommen.

»Scheint so, als hätte ich ein Date, für das ich mich zurechtmachen muss«, flüsterte sie, als sie sich im Spiegel betrachtete. Und dann entschlüpfte ihr zu ihrer eigenen Überraschung ein Kichern.

Ein neues Kleid war sicherlich in Ordnung. Obwohl die Zeit lief, ignorierte es Stormy, denn solange sie zusammen waren, wollte sie sicherstellen, dass er sie nie wieder vergaß.

Und das bedeutete, dass sie ihn aus den Socken hauen würde – und auch aus der Hose.

Stormy zog sich eilig um, damit sie sofort nach Lindseys SMS aus der Tür rennen konnte, und setzte sich dann ruhelos auf die hintere Veranda, um alle zwei Minuten ihr Handy zu überprüfen.

Mit strahlend blauem Himmel und nicht einer Wolke in Sicht schritt der wunderschöne Tag voran. Die Sonne schien warm auf die Landschaft von Gig Harbor und verstärkte Stormys Gefühl, wie sehr sie ihr neues Zuhause liebte.

Ich bin da.

Stormy sprang auf, als sie die SMS ihrer Freundin las. Es wurde auch Zeit. Sie lief zur Vorderseite des Hauses und lächelte, als Lindsey aus dem Auto stieg.

»Stormy!«

»Lindsey!« Stormy lief auf sie zu, und die beiden umarmten sich. »Es ist so schön, dich wiederzusehen. Ich kann kaum glauben, dass das letzte Mal schon Monate her ist. Ich hasse es, wie die Zeit verfliegt«, klagte Stormy.

»Ich weiß. Es ist schon zu lange her. Aber wie es aussieht, hat sich dein Leben definitiv verändert. Ich konnte es nicht glauben, als du mir die Adresse gegeben hast«, bemerkte Lindsey mit einem verschmitzten Grinsen. »Hast du einen Bankdirektor getroffen oder so was?«

»Lass uns ein fantastisches Kleid aussuchen, und ich werde dir alles auf dem Weg erklären«, bot Stormy an.

»Na gut. Wie wär's zuerst mit einem Kaffee und dann Shopping. Ich muss meine Batterien aufladen«, schlug Lindsey vor.

»Einverstanden.«

Sie stiegen ins Auto, fuhren die lange Auffahrt entlang, warteten am Tor, dass es sich öffnete, und braustzen davon.

Lindsey lebte in Bellingham, Washington, und die beiden waren Freundinnen, seitdem sie in einem Café in Seattle zusammengearbeitet hatten, als Stormy neu in der Stadt war. Sie hatten sofort Freundschaft geschlossen.

»Ich will Informationen, Fräulein«, beharrte Lindsey, während sie zum Einkaufszentrum in Bellevue fuhren.

»Mein alter Nachbar, ein unglaublicher Mann, bekam mit, dass ich eine neue Bleibe brauchte, und erzählte mir, dass sein Neffe ein Zimmer übrig hätte. Ich war natürlich misstrauisch, aber viele Wahlmöglichkeiten hatte ich nicht«, begann Stormy.

»Warte! Du standest kurz davor, obdachlos zu werden, und du hast nicht einmal daran gedacht, mich anzurufen?«, fragte Lindsey entrüstet.

»Du steckst in einer Beziehung, wohnst in dieser winzigen Wohnung, und ich würde nicht im Traum daran denken, dich mit meinen Problemen zu belästigen«, verteidigte sich Stormy.

»Also, wenn wir öfter miteinander reden würden, dann wüsstest du, dass diese Beziehung beendet ist, und ich hätte jetzt gerne Gesellschaft. Tatsache ist, dass ich ein Zimmer für dich habe, wenn du je das Paradies verlassen möchtest.«

»Oh, Lins, das tut mir so leid!« Stormy griff nach der Hand ihrer Freundin.

»Mir nicht. Er hat mich geschlagen, und ich habe ihm ein blaues Auge und um einiges vergrößerte Hoden verpasst«, fuhr Lindsey mit einem Lächeln fort.

»Warum hast du mich nicht angerufen, als das passiert ist?«, wollte Stormy wissen.

»Es war mir peinlich, und irgendwie konnte ich das ja auch selbst regeln«, antwortete Lindsey.

»Ich wünschte, ich wäre so stark wie du, Lins. Verdammt, ich hätte alles dafür gegeben, diesem Mann dabei zuzusehen, wie er sich auf dem Boden wälzt und seine Eier hält«, gab Stormy schließlich zu, und ein Kichern entfuhr ihr.

»Ich kann immer noch nicht glauben, dass er dachte, er würde davonkommen. Ich bin schließlich mit vier Brüdern aufgewachsen.«

»Hast du denen davon erzählt?«, wollte Stormy wissen und stellte sich vor, was sie getan hätten.

»Nein. Ich habe dem erbärmlichen Mann das Leben gerettet. Wenn ich meinen Brüdern davon erzählt hätte, wäre er nicht mehr aufgestanden. Ich habe ihn gewarnt, dass ich es ihnen erzählen würde, wenn er mir je wieder nahekommt«, sagte Lindsey. »Es ist nicht so, dass ich nicht selbst nach mir schauen könnte, aber ich wollte sichergehen, dass ich seine Visage nie mehr sehen muss. Er wurde ganz blass und hat sich dann aus dem Staub gemacht.«

»Aber du warst über ein Jahr mit ihm zusammen. Ich bin sicher, dass es schwer ist«, mutmaßte Stormy.

»Nicht wirklich. Ich bin daran gewöhnt, allein zu sein, und ich habe bisher noch keinen Mann gefunden, der vor meinen Brüdern keine Angst hatte. Ich verliere den Respekt vor Männern, wenn sie vor ihnen Angst haben«, erklärte Lindsey.

»Ja, ich mag eigentlich auch harte Männer, aber Beziehungen sind kompliziert«, sagte Stormy mit einem Seufzer.

»Mich interessiert aber viel mehr, etwas über deinen Mann zu hören«, bohrte Lindsey nach.

»Er ist nicht wirklich mein Mann. Ich lebe in seinem Haus. Wir hatten vor sechs Jahren auf der Anderson-Hochzeit Sex miteinander, und das war mir damals so peinlich, dass ich noch nicht mal dir davon erzählt habe. Und jetzt haben wir seit einiger Zeit wieder verdammt heißen Sex. Aber wir sind nur … ich weiß nicht, wir sind nur Freunde mit gewissen Vorzügen. Ich glaube, so könnte man das nennen«, gestand Stormy.

»Na ja, wir werden sehen, was daraus wird.« Lindsey lachte. »Jetzt werden wir erst mal nach einem Kleid suchen, das diesen Typen auf die Knie fallen lässt.«

Die beiden Frauen verbrachten den Rest des Nachmittags damit, von Laden zu Laden zu schlendern und zahllose Kleider anzuprobieren. Gerade als sie die Hoffnung aufgeben wollten, noch das richtige Outfit zu finden, kam Stormy aus der Umkleidekabine und sah einfach umwerfend aus.

Stormy war normalerweise kein Mädchen, das sich herausputzte. Sie war sich gegenüber nicht kritisch, aber sie hatte nie in den Spiegel geschaut und sich als atemberaubend empfunden. Mit diesem Kleid änderte sich das. Es war wie für sie gemacht. Ein schwarzes Cocktailkleid, das oben zwar züchtig geschnitten war, aber genügend Dekolleté zeigte, um zu reizen. Der Saum des Kleides endete kurz über dem Knie und ließ ihre Beine endlos erscheinen. Aber am besten gefiel Stormy der tief ausgeschnittene Rücken. Das Kleid war elegant und sexy, und sie fühlte sich glamouröser darin als je zuvor in ihrem Leben.

»Verdammt heiß! Der Mann wird die Hosen runterlassen, bevor du zwei Schritte gemacht hast«, schwärmte Lindsey, als sie zur Kasse gingen.

»Das ist der Plan.« Stormy zwinkerte ihr zu.

Beide waren traurig, als der Tag vorbei war, auch wenn Stormy eine Nacht mit Cooper erwartete.

»Versprich mir, dass wir nicht mehr so viel Zeit vergehen lassen, bis wir uns das nächste Mal wiedersehen«, bat Lindsey, als sie in der Auffahrt hielt.

»Ich garantiere dir, dass du so viel von mir hörst, dass du meine Stimme satthaben wirst«, entgegnete Stormy mit Tränen in den Augen.

»Ich werde dich darauf festnageln«, drohte Lindsey.

Stormy beugte sich zu ihr und umarmte sie. Dann öffnete sie die Tür und stieg aus. Sie stand in der Auffahrt mit ihrem Kleid über dem Arm und winkte der davonfahrenden Lindsey hinterher.

Jetzt war es an der Zeit, sich zu verwandeln.

KAPITEL 32

Es war drei Minuten vor acht, genau pünktlich ... oder ein bisschen zu früh.

Stormy lachte leise in sich hinein, als sie feststellte, dass sie es tatsächlich pünktlich irgendwohin geschafft hatte. Ein leichtes Quietschen der Bremsen des gelben Taxis, das sie bestellt hatte, um sie zum Hangar zu bringen, war auf dem ganzen Platz zu hören, als es vor dem großen rostigen Gebäude zum Stehen kam.

Damit das neue Kleid nicht hängen blieb, trat Stormy beim Aussteigen vorsichtig auf den unebenen Asphalt und schwankte ein wenig wegen der Wahl ihrer Schuhe. Es war schon eine Weile her, seitdem sie High Heels getragen hatte. Sie stützte sich mit einer Hand am Taxi ab und versuchte, das Gleichgewicht wiederzufinden. Mit einem schnellen *Danke* nahm der schweigsame Taxifahrer das Geld entgegen, nickte und gab Stormy fast keine Gelegenheit beiseitezutreten, als er davonfuhr.

Stormy war ein wenig besorgt, als sie so allein und in einem kurzen Kleid auf diesem verwaisten Grundstück herumstand. Als sie aufschaute, ragte der verrostete blassblaue Hangar wie eine hässliche Kulisse in einem Horrorfilm über ihr auf. Das half auch nicht gerade bei ihrem derzeitigen Gemütszustand.

Doch mit einem Funken Hoffnung suchte sie die Umgebung des Hangars nach Coopers Auto ab. Warum hatte sie ihn nicht daran erinnert, dass sie kein Auto besaß, und ihn gebeten, sie abzuholen?

Weil sie unabhängig war ... deshalb.

Sie ließ ihren Blick über die weite Asphaltfläche schweifen und stieß einen erleichterten Seufzer aus, als sie das Heck von Coopers Porsche entdeckte. Dann ging sie auf das riesige Hangartor zu, hatte den Blick aber noch immer ängstlich auf das rostige Äußere des Gebäudes gerichtet.

Na ja, es war zumindest ein Abenteuer. Stormy zog eine Metalltür auf und hoffte, dass sie nicht die Kulisse des Tatorts betrat, der als Nächstes in den Zeitungen zu sehen sein würde.

»Hallo?«, rief sie. »Cooper, bist du hier?« Die Halle war viel zu dunkel und ließ sie schaudern. O ja, sie befand sich definitiv in einem Horrorstreifen.

Keine Antwort. Sie wurde zunehmend genervter. Als sie entschied, umzudrehen und wieder nach draußen zu gehen, umschlangen sie zwei Arme und sie taumelte. Der Schrei, der ihr entfuhr, hallte von den Metallwänden wider. Ihr Herz schlug dumpf, bis sie tief einatmete, und ihr der süßliche Duft seines vertrauten Eau de Cologne in die Nase stieg. Ihre Panik ließ nach, aber nicht ihre Verärgerung.

»Ich war langsam frustriert«, beklagte sie sich.

»Ich versuche dich zu überraschen, Fräulein. Also sei still«, entgegnete er mit einem Lachen.

Gerade wollte sie etwas sagen, als seine Hände über ihren Bauch, dann zu den Schenkeln und wieder hoch zu den Brüsten glitten und sie leicht nachzeichneten. Stormy stieß keuchend die Luft aus. Die Dunkelheit der Halle, seine Hände, der raue Klang seines Atems dicht an ihrem Ohr – alles war dafür verantwortlich, dass ihr die Knie zitterten.

Seine Hände hielten plötzlich inne, und sie begann zu protestieren. Aber dann strich er mit den Fingern ihre Haare zurück, und sie spürte das vertraute Gefühl von kühler Seide auf ihren Wangen. Er verband ihr die Augen.

»Nicht gucken«, flüsterte Cooper, und sein heißer Atem strich kurz an ihrem Ohr entlang, bevor er mit den Zähnen an dieser Stelle knapperte.

Leidenschaft überkam Stormy, als er von hinten gegen sie drängte und sie seine Erektion spürte. Dann schürte er das Feuer, indem er begann, zärtlich ihre entblößte Schulter zu küssen, mit den Lippen über die empfindliche Haut zu wandern und die Zunge vorschnellen zu lassen.

Stöhnend legte sie den Kopf zur Seite, damit Cooper leichteren Zugang zu ihrem Hals hatte. Schnell verstand er den Wink, kam um sie herum und tauchte mit den Lippen in das V ihres Ausschnitts ein.

Obwohl Stormy Hunger gehabt hatte, als sie angekommen war, waren sämtliche Gedanken an Essen völlig verschwunden, denn Cooper vollbrachte weitere Wunder. Doch genauso schnell, wie er damit begonnen hatte, wich er zurück.

»Komm mit mir.«

»Wenn es sein muss«, erwiderte sie atemlos, und es war ihr egal, ob sie sich wie ein schmollendes Kind anhörte.

Cooper führte sie vorsichtig durch die Dunkelheit und blieb dann stehen. Stormy hörte ein verwirrendes Klickgeräusch, und dann war der gerade noch stille Raum von einem lauten Brummen erfüllt, als sich das schwere Hangartor öffnete.

Cooper hielt noch immer Stormys Arm und führte sie jetzt nach draußen auf den Asphalt der Rollbahn.

Als die frische Abendluft auf sie traf, bekam sie eine Gänsehaut.

»Du siehst absolut großartig aus, Stormy. Die Dinge, die ich mit dir tun möchte …« Seine Stimme verlor sich.

»Ich wünschte, ich könnte das Gleiche über dich sagen, aber ich kann dich nicht sehen«, entgegnete sie mit einem nervösen Lachen.

»Mir gefällt es, wenn du die Augen verbunden hast«, sagte er und küsste wieder ihren Hals.

»Du müsstest mich jetzt aber mal in deine Überraschung einweihen«, drängte Stormy. »Wohin genau gehen wir?« Sie hörte das Rumoren großer Düsenflugzeuge in der ansonsten stillen Nacht und bemerkte, wie ihr der penetrante Geruch von Abgasen in die Nase stieg.

»Gedulde dich«, bat Cooper, als er ihre Hand nahm und sie wieder mit sich zog. »Wir sind fast da.«

Aber Geduld war etwas, das Stormy nicht besaß. Doch wenn Cooper mit ihr sprach, wollte sie ihm aus irgendeinem Grund jede Bitte erfüllen, die er äußerte. Das konnte ein Problem werden – ein dickes, fettes Problem.

»Weißt du, Stormy, das Einzige, was mich halbwegs von dir ablenkt, ist das Fliegen. Aber auch dann muss ich kämpfen, dass ich mich nicht in Gedanken an deinen nackten Körper unter mir verliere und meinen Job tue«, erklärte Cooper und verstärkte damit ihre Erregung.

»Ich bin ganz dafür, ein Bett zu finden«, gestand sie und hörte zufrieden, wie er scharf die Luft einsog.

»Das ignoriere ich mal vorerst«, sagte er, anscheinend mit zusammengebissenen Zähnen. »Wir sind da. Ich will dir schon eine ganze Weile etwas zeigen.«

Er nahm ihr die Augenbinde ab, und Stormy starrte auf das Flugzeug vor ihr.

»Ich werde dich in meinem Baby mit hochnehmen«, verkündete er voller Begeisterung.

»Oh … mein Gott!« Stormy schnappte nach Luft.

Sie schaute auf Coopers große zweimotorige Cessna. Durch den lang gezogenen Bug und den großen Heckbereich hatte das Flugzeug eine merkwürdige Form. Am Rumpf war eine Reihe von Bullaugen zu sehen. Makellos weißer Lack überzog die Metallhaut, und kleine himmelblaue Akzente zierten die Flügelspitzen, den Bug und das Heck. Ein dicker marineblauer Streifen zeichnete die Konturen des Flugzeugs nach. Die Kombination aus Metall, Kunststoff und Gewebe schuf einen echten Beweis moderner Fliegerei.

Stormy fuhr es in den Magen. Extreme Höhen hatten sie schon immer nervös gemacht. Die Wipfel hoher Bäume, die Ränder von Klippen, die Kronen von Wasserfällen und der Blick aus kleinen Flugzeugen erzeugten bei ihr ein furchtbar mulmiges Gefühl.

»Ich bin kein großer Freund von kleinen Flugzeugen«, gab sie zu.

Cooper schaute sie besorgt an. Sie konnte sehen, dass es für ihn unbegreiflich war, wie jemand Angst davor haben konnte, mit dieser schönen Maschine eine Spritztour zu machen. Sie wollte ihn nicht enttäuschen, wusste aber auch nicht, ob sie sich darauf einlassen konnte.

»Sie ist nicht gerade das, was man klein nennen würde. Ein Segelflugzeug ist klein«, klärte er sie mit einem Lächeln auf.

»Sie ist viel kleiner als eine Siebenviersieben«, betonte sie.

»Viele Leute fürchten sich vor Privatflugzeugen, aber wenn sie erst mal oben sind, haben sie keine Angst mehr.«

»Es fällt mir schwer, das zu glauben«, bekannte Stormy.

»Wie wär's damit? Wir gehen rein und setzen uns. Wenn du Panik bekommst, werde ich noch nicht mal die Motoren starten. Aber wenn du dich nach ein paar Minuten wohlfühlst, werden wir sie auf Touren bringen. Du kannst mir jederzeit sagen, wenn du genug hast, und ich werde aufhören. Ich werde deine Gefühle nicht verletzen und dich auch nicht drängen. Ich werde nichts tun, womit du nicht klarkommst«, versprach Cooper, während er mit dem Kopf in Richtung des Flugzeugs deutete.

»Du versprichst aufzuhören, wenn ich dich darum bitte?«

»Auf jeden Fall«, sagte er und sah sie ermutigend an.

»Ich denke ...«, setzte sie an, und er gab ihr keine Chance, vor ihrem ersten Schritt, nämlich überhaupt ins Flugzeug einzusteigen, einen Rückzieher zu machen. Deshalb griff er nach ihrer Hand und ging auf den Flieger zu.

Widerwillig folgte sie ihm hinter den Flügel.

Ein schneller Ruck am Handgriff und ein leichtes Ziehen und schon schwang der Eingang auf. Stufen und Tür falteten sich zusammen nach außen und setzten auf dem Boden auf. Cooper trat auf die unterste Stufe, um sicherzustellen, dass sie eingerastet war.

»Ladys first.« Er beugte sich vor und gab ihr ein Zeichen hinaufzugehen.

Stormy ging ein paar Schritte zurück. »Ich versuche es.«

»Denk dran, dass du nur hineinschauen musst. Ich werde die Motoren nicht starten, bis du mir sagst, dass es in Ordnung ist. Du wirst sehen, dass es eigentlich wie ein Auto ist, nur mit Flügeln. Da ist nichts dabei. Wir werden absolut sicher sein.«

Immer noch unsicher ging Stormy die Stufen hinauf, steckte den Kopf durch die Öffnung und spähte um die Ecke, trat jedoch nicht ein. Sie schaute sich in der Kabine um, sah hellbraune Ledersitze, hochflorigen Teppich und Sichtschutz vor den runden Fenstern.

Cooper war vor ihr die Stufen hinaufgesprungen und streckte ihr jetzt mit einem Grinsen die Hand entgegen. »Vertraust du mir?«

Stormy dachte über das Thema Vertrauen nach und stellte schnell fest, dass es keinen Grund gab, ihm zu misstrauen. Ein seltsames Vertrauen verdrängte die Angst, als sie erneut tief in Coopers grüne Augen schaute.

»Ja, das tue ich«, sagte sie und war selbst ein wenig überrascht über die Ruhe, die sie überkam. Sie zog ihre High Heels aus, nahm seine Hand und ging an Bord.

Als sie sich im Cockpit setzten, blieb Stormys Kleid am Sitz hängen. Verwirrt fragte sie sich, weshalb er sie gebeten hatte, ein Kleid anzuziehen, und konnte nicht widerstehen, ihn danach zu fragen.

»Sag mir noch mal, weshalb ich für einen Flug ein Kleid anziehen sollte.«

»Weil ich dich, du schöne Frau, nach der Landung zu einem netten Abendessen ausführen werde«, antwortete er.

»Abendessen? Wo?«

»Das ist eine Überraschung.«

Stormy wusste, dass Cooper jetzt den Flug vorbereiten musste, und saß deshalb ruhig da und sah ihm dabei zu. In der einen Hand hielt er die Checkliste und murmelte ein paar hörbare Worte, vor allem *Checked* und *Set*.

Als würde er eine Symphonie dirigieren, schien er im Cockpit jeden Knopf, jede Taste und jeden Schalter zu betätigen oder einzustellen. Hingerissen von dieser Darbietung blieb Stormy ruhig sitzen und ließ ihrer Fantasie freien Lauf. Die sprang mit Leichtigkeit von schmutzig zu rein und wieder zurück zu schmutzig.

»Ich werde sie jetzt anwerfen«, verkündete Cooper und gab ihr eine Minute Zeit, um eventuell Einspruch zu erheben.

»Gut.«

Stormy fühlte sich jetzt viel behaglicher. Es war darauf zurückzuführen, dass sie ihm tatsächlich vertraute.

Cooper war fertig und schaltete den Funk ein, um die Flugsicherung zu informieren, dass er zum Abflug bereit war. Er öffnete das kleine Seitenfenster, hielt sein Gesicht dicht an die Öffnung und schrie: »Clear prop!« Mit einer einzigen Bewegung betätigte er den Anlasser und schob die Schubhebel nach vorn, um die stotternden Motoren mit Treibstoff zu versorgen.

Das Flugzeug vibrierte in einem gleichmäßigen Rhythmus, als sich beide Motoren stabilisierten. Diese Vibrationen heizten Stormys verworrene Gefühle an, und sie wusste nicht, ob es Vorfreude oder Angst vor dem bevorstehenden Flug war.

Nichtsdestotrotz schlug ihr Herz schnell und stark genug, dass sie es in den Fingerspitzen spürte. Ihre rechte Hand klammerte sich fest um die Armlehne, und ihre linke hielt sich an Coopers Oberschenkel fest.

»Oha, nicht ganz so fest, bitte.«

Stormy bemerkte, dass sich ihre Nägel in sein Fleisch gruben und lockerte den Griff mit einem leisen »Tut mir leid«.

Cooper lächelte, als er das Flugzeug über das Rollfeld zur Startbahn manövrierte. »Alles wird gut«, versicherte er ihr und legte die Hand auf ihr entblößtes Bein.

Dann bemerkte Stormy, als sie ihre Hand ein bisschen weiter seinen Oberschenkel hinaufschob, dass sie nicht die Einzige war, die diesen Moment genoss. Es schien, als wäre ihre vorherige Annahme, sie könnte ihn mit den Nägeln verletzen, unmöglich, denn all sein Blut schien an eine andere Stelle geflossen zu sein.

Der grelle Schein der untergehenden Sonne am Ende der Startbahn spiegelte sich auf der leicht trüben Frontscheibe, als Cooper das Flugzeug in perfekter Ausrichtung zur Mittellinie der Startbahn lotste.

Die Bremsen ächzten, als er anhielt, um die abschließenden Checks vor dem Abflug durchzuführen. Sobald er damit fertig war, nahm er Stormys Hand und legte sie auf den Schubhebel. Mit seiner darüber schob er ihren Arm in einer einzigen gleichmäßigen Bewegung nach vorn in Startposition.

Die beiden Motoren reagierten fast gleichzeitig auf die plötzliche Zufuhr von Treibstoff, die sie zu einem ohrenbetäubenden Getöse veranlasste. Stormys Herz raste vor Angst angesichts der Aufgabe, die sie ausführte. Im Gegensatz zu den vorherigen Vibrationen zitterte und drängte das Flugzeug jetzt wie eine sich von Fesseln zu befreien versuchende Kreatur.

Als würde er sie aus der Gefangenschaft entlassen, löste Cooper die Bremsen. Die Cessna reagierte mit einem Ruck nach vorn, und die rasche Beschleunigung drückte Stormy in den Sitz. Um ihre Nerven zu beruhigen, blickte sie aus dem Seitenfenster, wo sie die hypnotisierenden Muster der die Startbahn säumenden Lichter sah, die immer schneller unter dem Flügel und außer Sicht verschwanden.

»Also gut, los geht's«, sagte Cooper, als er behutsam am Steuerknüppel zog.

Wie ein Adler, der hoch in den Himmel flog, erhob sich der Bug des Flugzeugs mühelos über den Horizont. Das laute Drehen der Reifen auf dem Asphalt wurde zu einem stetigen Brummen der Motoren, als das Fahrwerk eingefahren wurde. Stormy verglich das ohrenbetäubende Rauschen der Luft mit dem Getöse von Wasser, das über eine Felskante schießt.

Sie spürte ihr Herz im Hals schlagen und konzentrierte sich auf die unter ihr dahinschwindende Landschaft. Die die Startbahn säumenden Dächer wurden immer kleiner und verschwanden dann ganz.

»Siehst du? Gar nicht so schlecht«, rief Cooper das Motorengeräusch übertönend und lächelte ein wenig. Weiter am Steuerknüppel ziehend, flog er eine Kurve und steuerte auf die Meeresbucht von Puget Sound zu.

Stormys Angst begann zu verfliegen, als das Flugzeug über das schimmernde Wasser unter ihnen flog und sie auf den Schleierwolken zu tanzen schienen.

Das Cockpit war nur vom dezenten grünen Schein der Instrumententafel und den gelegentlich grell aufleuchtenden Lichtern an den Flügelspitzen erhellt. Unter ihnen befand sich eine riesige Fläche funkelnder Lichter.

Die hohen Bürogebäude, die noch erleuchtet waren, weil die Menschen darin immer noch nicht nach Hause gegangen waren, und die Anordnung der umliegenden Vororte schufen fantastische Lichtmuster. Auf den Schnellstraßen, Seitenstraßen und Stadtstraßen bewegten sich weiße und rote Lichter fahrender Autos wie Blut, das durch die Betonvenen der Stadt floss.

Cooper flog eine große, schwungvolle Linkskurve und dann weiter durch den Himmel. Der Blick nach unten zeigte einen steten Wechsel zwischen dunkler Landschaft und kleinen erleuchteten Orten.

Stormy wandte sich vom Fenster ab und schaute zu Cooper, dessen gebräunte Haut im trüben Licht des Cockpits leuchtete. Sie beobachtete das Spiel seiner Muskeln bei jeder Korrektur der Flugroute mit dem Steuerknüppel. Mit ihm an ihrer Seite konnte sie alles tun, sogar den schlimmsten ihrer Ängste begegnen. Das war ein ernüchternder Gedanke. Vielleicht war sie jetzt für alle Zeiten an Cooper Armstrong verloren und es war bereits zu spät, ihn je wieder gehen zu lassen.

Kapitel 33

Stormy hielt es nicht länger aus, Cooper nicht zu berühren, deshalb legte sie die Hand auf seinen Oberschenkel und streichelte ihn leicht. Ohne ein Wort griff er nach ihrer Hand und legte sie auf seine zunehmende Erektion. Dann strich er leicht über die Wölbung.

Ein heftiges Verlangen durchströmte Stormy. Vielleicht kann dieser Flug für mich um einiges interessanter werden, dachte sie. Und sie beschloss, jemand zu sein, der sie normalerweise nicht war – zumindest für die nächste Stunde.

Mit einer Hand zog sie den Reißverschluss seiner Hose herunter und befreite seine beeindruckende Männlichkeit. Frustriert darüber, nicht näher an ihn heranzukommen, löste Stormy ihren Sicherheitsgurt. Endlich hatte sie freies Spiel mit seinem Körper, verschwendete keine Zeit und ließ ihre Hand in seinen Hosenschlitz gleiten. Als sich ihre Finger um seine stahlharte Erektion legten, entfuhr ihm ein leises Stöhnen, was sie veranlasste weiterzumachen. Plötzlich neigte sich das Flugzeug nach links und warf sie leicht in ihren Sitz zurück.

Stormy hielt inne. »Was war das?«

»Leichte Turbulenzen. Sieht so aus, als zöge ein Gewitter auf«, antwortete Cooper und nahm widerwillig ihre Hand aus seiner Hose. »Du solltest vielleicht wieder deinen Gurt anlegen …«

Das Flugzeug verlor plötzlich an Höhe und schwankte wie ein Boot auf einem bewegten See.

»Ist wahrscheinlich eine gute Idee«, gab Stormy zu, als sie sich auf ihrem Sitz zurechtsetzte und sich sofort anschnallte.

»Das sind nur leichte Turbulenzen und nichts Besorgniserregendes.« Cooper klang völlig ruhig.

Die Sterne verschwanden, als Wassertropfen auf die Frontscheibe klatschten und an den Seitenfenstern herunterliefen. Cooper zeigte eine erstaunliche Entschlossenheit. Den Steuerknüppel fest in der Hand, konzentrierte er sich ganz auf das Fliegen, während das Flugzeug auf und nieder hüpfte.

Als sie sich Portland näherten, ließ er Stormy wissen, dass sie mit dem letzten Schwung von Flügen dieses Abends eintreffen würden. Wie bei der Rush Hour in Los Angeles wimmelte es am Himmel über dem Flughafen von landewilligen Flugzeugen aus dem ganzen Land, und das Geplapper über Funk mit der Flugsicherung erklang ununterbrochen. Stormy entspannte sich in ihrem Sitz, während sie zusah, wie Cooper die magische Kunst des Landeanflugs auf einen Flughafen vollführte. Er sprach mit der Flugsicherung, bediente die Instrumente und steuerte das Flugzeug.

Als sie aus den Wolken herausflogen, konnten sie blinkende Lichter sehen. Der Anblick unter ihnen kam näher, als Cooper das Flugzeug zur Landung dirigierte. Die Landebahn war deutlich zu sehen, und für Stormy sah sie aus wie eine große Autobahn, die von weißen, gelben und roten Lichtern gesäumt war.

Die Rollbahnrandbeleuchtung strahlte so hell wie ein Feld von Saphiren, das neben dieser Autobahn von Farben funkelte. Nachdem das Flugzeug die Landebahnschwelle überflogen hatte, schob Cooper die Hebel auf Leerlauf und beide Motoren verfielen in ein langsames Rattern.

Obwohl sich Stormy auf ihrem Flug wohlgefühlt hatte, freute sie sich *immer noch* darauf, wieder festen Boden unter den Füßen zu haben. Sie hielt sich wieder am Sitz fest, als das Flugzeug abrupt aufsetzte und das Fahrwerk Kontakt mit dem Asphalt aufnahm.

Cooper bog von der Landebahn auf die angezeigte Rollbahn ab. Da nur ein einziges Bugradlicht die mittige weiße Linie erhellte, musste sich Cooper auf die leuchtend blauen Lichter verlassen, die die Rollbahn für das Navigieren zum Jet Center säumten. Der Regen war jetzt zu einem ausgewachsenen Wolkenbruch geworden und die Sicht eingeschränkt. Cooper verließ sich auf die orangefarbenen Leitstäbe und manövrierte das Flugzeug in die Parkposition.

Mit einem leichten Quietschen der Bremsen kam das große zweimotorige Flugzeug elegant zwischen riesigen Business Jets zum Stehen, die die Cessna wie ein Modellflugzeug aussehen ließen. Cooper stellte nacheinander die Motoren aus, die stotternd verstummten und das Flugzeug schüttelten wie eine aus dem Gleichgewicht geratene Waschmaschine.

Da das Flugzeug nun stand, löste Stormy schnell den Sicherheitsgurt.

»Sollten wir zu Abend essen?«, fragte Cooper mit einem verruchten Ausdruck in den Augen. »Oder gleich zum Dessert übergehen?«

»Dessert«, flüsterte Stormy und war erregter als je zuvor in ihrem Leben. »Immer Dessert.«

»Komm her, Stormy.«

Mehr brauchte er nicht zu sagen. Mit einer schnellen Bewegung zog sie ihr Kleid bis zu den Oberschenkeln hoch und setzte sich mit gegrätschten Beinen auf Coopers Schoß. Ihr Hinterteil drückte gegen den Steuerknüppel, als sie nach vorn drängte und die Hände über sein Hemd nach oben gleiten ließ. Sie spürte, wie ihre Lust ins Unermessliche stieg, als sie ihre Scham gegen seine steinharte Erregung drückte und nur ein winziges Stückchen Seide sie voneinander trennte.

Cooper beugte sich vor und fing ihre Lippen mit einem heißen Kuss ein, der irgendwann alle Fenster beschlagen lassen würde. Stormy knöpfte den obersten Knopf seines Hemdes auf. Am liebsten hätte sie alle Knöpfe abgerissen, aber stattdessen öffnete sie mit zitternden Fingern einen nach dem anderen.

Sie konnte kaum atmen, als Coopers Hände unter ihr Kleid glitten und es weiter hochschoben. Reine Begierde schimmerte in seinen Augen und gab Stormy das Gefühl, schön und begehrenswert zu sein.

Als seine Erektion gegen ihr Geschlecht drückte, begann sie dagegenzustoßen. Der Kontakt machte beide verrückt. Ihre Brüste waren prall vor Verlangen, und die aufgestellten Brustwarzen drückten unangenehm gegen den BH. Seine Hände bewegten sich langsam von den Hüften zu der Rundung ihres Rückens und strichen über die Haut. Sie wusste, dass auch er den tiefen Rückenausschnitt ihres Kleides schätzte. Seine Hände wanderten weiter nach unten und fanden den Reißverschluss. Mit einer einzigen gleichmäßigen Bewegung zog er ihn über die Wölbung ihres Pos herunter.

Als Nächstes griff er nach den Trägern ihres Kleides und schob sie von den Schultern, wobei seine warmen Finger über ihre Arme strichen.

Plötzlich hörte Stormy Stimmen, und ihr ganzer Körper verkrampfte sich. »Ich glaube, ich höre jemanden«, flüsterte sie.

Cooper schien sich über die draußen herumlaufenden Menschen keine Sorgen zu machen, denn er zögerte nicht, ihr das Kleid auszuziehen und den pinkfarbenen Spitzen-BH zu enthüllen.

Als er mit seinen Blicken gierig die gegen den Stoff drängenden Brustwarzen verschlang, vergaß auch sie die Leute. Stormy zerrte an Coopers Kopf, wollte, dass er ihre Brustspitzen in den Mund nahm. Er zögerte jedoch zu lange, deshalb griff sie nach seinen Unterarmen und bog sie hinter die Rückenlehne, während sie ihn noch leidenschaftlicher küsste. Cooper befreite seine Arme, als sich ihre Zungen umschlangen, und hakte schnell den BH auf, um endlich ihre Brüste zu befreien.

Haut auf Haut spürte sie, wie ihre steifen Brustwarzen gegen seine Brust drückten und somit endlich eine Spur von Linderung erfuhren. Cooper löste seinen Mund von ihrem und begann leckend seinen Weg ihren Hals hinab.

Mit jedem Kuss biss er behutsam zu und ließ sie immer wieder aufschreien. Jetzt wanderten seine Finger zu ihren prallen Brüsten, nahmen sie in die Hände und berührten flüchtig mit den Daumen die harten Brustwarzen.

Endlich erreichte sein Mund die obere Wölbung ihrer Brust, und seine Zunge liebkoste die Haut. Dann fuhr sie eine knospende Brustwarze nach, die er sogleich tief in den Mund sog, bevor er nachgab und mit seinen Zähnen darüberfuhr.

Ihr Körper bebte, als in ihrem Innersten ein rasendes Feuer ausbrach. Sie zog seinen Kopf näher, drückte ihn gegen ihre Haut, wollte nicht, dass er aufhörte. Als er zurückwich, entfuhr ihr ein protestierendes Stöhnen, bis er sacht seinen warmen Atem über ihre feuchte Haut blies, was ihr eine Gänsehaut am ganzen Körper verursachte und sie vor Lust aufschreien ließ.

Seine Hände setzten ihren Weg fort und wanderten zu den Schenkeln, über deren Innenseite er leicht mit den kurzen Fingernägeln kratzte. Sie versuchte sich ihm zu öffnen, aber der begrenzte Platz erlaubte es nicht. Seine Hand strich ihr Bein hinauf, bis sie spürte, wie er den hauchdünnen Stoff ihres Slips berührte.

Dann fuhr er die Spitze um ihr Bein nach. Stormy stöhnte zustimmend und bat still darum, nicht aufzuhören. Mit einer einzigen schnellen Bewegung rissen seine starken Finger den Slip weg und warfen ihn auf den Boden.

Seine Heftigkeit gab ihr das Gefühl, ihm zu gehören und nur ihm. Noch bevor sie aufschreien konnte, versenkte er seine kräftigen Finger tief in ihrer feuchten Mitte und ließ ihren Körper vor Lust schaudern.

Durch ihre Sehnsucht nach ihm fast wie im Delirium, wollte sie nichts so sehr, wie den Tausch seiner Finger gegen seine Erektion. Seine geschickten Finger glitten rhythmisch in sie hinein, während sie zustimmend keuchte und sich seiner stoßenden Hand entgegendrängte.

Ihr Herz klopfte lauter als der prasselnde Regen außerhalb des Flugzeugs, und ihr Verstand raste in Erwartung des Moments, in dem er sich in ihr versenken würde.

Bereit, mit dem fortzufahren, was sie am Himmel begonnen hatte, griff sie nach seinem dicken Schaft und fuhr mit den Fingern hinauf und hinab, genoss das Gefühl der samtenen Haut über der harten Erektion. Er stöhnte zustimmend, stieß in ihre Hand und leitete sie an, ihm Vergnügen zu verschaffen.

Stormys Stöhnen wurde rhythmisch, und sie sehnte sich mit jedem Stoß nach der wahren Erfüllung. Mehr als bereit, gab sie ihm einen letzten sehnsüchtigen Kuss, bevor sie ihm ins Ohr flüsterte: »Komm mit.«

Sie kletterte von seinem Schoß, nahm seine Hand und führte ihn in den hinteren Teil des Flugzeugs. Dann zog sie ihr Kleid aus und stand nackt vor ihm. Cooper bekam große Augen und vermittelte ihr uneingeschränktes Selbstvertrauen in ihren entblößten Körper.

Er sah so unglaublich aus, wie er mit bloßem Oberkörper und seiner stolz aufragenden und gegen den Bauch drückenden, prachtvollen Männlichkeit vor ihr stand und seine untere Hälfte noch immer in Kleidung steckte.

Als hätte er gerade festgestellt, dass er noch zu viel anhatte, zog er schnell die restlichen Sachen aus.

Stormy weidete sich an seinem nun komplett entblößten Anblick, aber dieser sexy Körper und die pulsierende Erektion waren zu weit von ihr entfernt. Endlich kam er auf sie zu und legte sie behutsam auf den Boden.

Und dann spürte sie seinen warmen Atem auf der Haut, als er ihre empfindsamen Knöchel küsste und sich langsam nach oben arbeitete. Seine Lippen glitten über ihre Waden direkt zu den Innenseiten der Schenkel.

Dann war er dort angelangt, wo sie ihn am meisten brauchte. Seine Lippen trafen auf ihre feuchte Mitte. Das Knurren, das seiner Kehle entwich, als er spielerisch in die Haut biss, ließ eine Woge der Leidenschaft in Stormy aufbranden. Damit er nicht aufhörte, griff sie nach seinem Kopf und zog sein Gesicht auf ihre Scham, während sie ihm die Hüften entgegendrängte.

Die Fenster um sie herum waren komplett beschlagen. Die kalte Luft von draußen konnte den warmen Kokon, den sie geschaffen hatten, nicht durchdringen. Die Geräusche des belebten Flughafens und die Menschen zeigten unmissverständlich, dass sie nicht allein waren, aber keiner von beiden bemerkte es.

Stormy spürte, wie sich der Druck aufbaute, als seine Zunge ihre empfindsamste Stelle umkreiste und sie der Erfüllung immer näher kam.

»Bitte …«, bettelte sie und wusste genau, worum sie bettelte.

Mit neuer Intensität schoben sich Coopers Finger in sie hinein und wieder heraus, während seine Zunge sie weiterstimulierte und sie auf den Gipfel der Lust trieb.

»Cooper!«, rief sie, als seine Zunge einige weitere Male ihre Knospe umkreiste. Die Woge der Lust schlug über ihr zusammen, und sie erlebte bebend den wunderbarsten Orgasmus ihres Lebens. Noch ein paar Mal strich er mit der Zunge über ihre Klitoris und ließ sie zusammenzucken.

»Ich könnte die ganze Nacht von dir kosten«, brummte er leise, als er den Kopf hob und über ihren Körper hinweg zu ihr aufschaute. Ihre Blicke trafen sich für einen einzigen energiegeladenen Moment. Der Anblick seiner kaum gestillten Leidenschaft erfüllte Stormy in Erwartung dessen, was noch kommen würde, schnell mit erneuter Lust.

Cooper riss den Blick von ihr los und legte eine Spur von Küssen bis zu ihrem Bauchnabel, den er mit der Zunge umkreiste. Dann setzte er seinen Weg fort, machte einen weiteren Abstecher zu ihren prallen Brüsten und leckte behutsam jede Brustwarze, bevor es weiterging und ein leidenschaftlicher Kuss folgte, als er wieder bei Stormys Lippen angelangt war.

Sie hörte das Knistern der Folienverpackung, und dann drückte er sich endlich gegen sie, und nichts konnte die beiden mehr stoppen. Mit einem heftigen Stoß war er tief in ihr und füllte sie so vollkommen aus, dass sie aufschrie, als eine Welle der Erleichterung durch sie hindurchströmte. Schnell fand er einen zügigen Rhythmus, der sie beide befriedigte. Sie hob ihren Körper und passte sich Coopers Bewegung Stoß für Stoß an.

Stormy verlor jegliches Gefühl für Raum und Zeit und gab sich dem wunderbaren Genuss hin, den er ihr verschaffte. Er fuhr fort, sie zu küssen, und stieß seine Zunge im gleichen Rhythmus in ihren Mund, wie ihr Körper ihn tief in ihr willkommen hieß. Beide vereinten sich in einem nie enden wollenden Ritt der Ekstase, als die Leidenschaft sie verschlang.

Er gehörte ihr – und sie ihm.

»Komm für mich, Stormy! Gib dich mir hin«, forderte Cooper.

Der Klang seiner von Begierde erfüllten Stimme, das Gefühl seines harten, immer wieder in sie stoßenden Schaftes, sein Geschmack auf ihren Lippen – all das ließ sie vor Lust vibrieren. Ihr Körper umklammerte ihn und zog ihn noch tiefer in sich hinein.

»Ja!«, rief er, als er ein letztes Mal seinen Körper auf ihren prallen ließ und auch er sich tief in ihr Erlösung verschaffte.

Cooper sank auf sie und benötigte einige Zeit, um wieder zu Atem zu kommen. Dann löste er sich von ihr und zog sie fest an sich. Stormy fühlte sich befriedigt und wertgeschätzt.

Und sie wollte es immer wieder tun.

KAPITEL 34

Cooper öffnete die Tür seines Flugzeugs genau in dem Augenblick, als es blitzte und donnerte. Der Regen kam von der Seite, und der Wind nahm an Geschwindigkeit zu.

»Wir sollten uns beeilen, wenn wir trocken bleiben wollen.« Cooper griff nach Stormys Hand und half ihr die Stufen hinab direkt in den strömenden Regen hinein.

»Irgendetwas sagt mir, dass wir nicht trocken bleiben werden«, entgegnete Stormy und trat in eine Pfütze.

Ohne Mantel, Schirm oder wenigstens eine Kapuze wusste Cooper, dass ihnen nichts weiter übrig blieb, als zu rennen. Stormy hinter sich her ziehend, flitzte er über die Rollbahn.

Doch Stormy zerrte an Coopers Hand und veranlasste ihn stehen zu bleiben. »In diesen Schuhen kann ich nicht rennen. Die bringen mich um.«

»Dann zieh sie doch aus! Komm jetzt!«, brüllte er gegen das Geräusch des Regens und des Windes an.

»Auf keinen Fall! Dann bekomme ich nasse Füße.«

Cooper sah Stormy an. Sie war bereits völlig durchnässt, und das Wasser lief ihr über die Wangen. Er brach in Gelächter aus. »Du bist doch schon triefnass«, platzte es aus ihm heraus, und er zeigte offen, wie lustig er das fand.

Stormys wunderschönes Gesicht schaute ihn empört an, was Cooper noch lauter lachen ließ. Diese Frau war so ehrlich mit ihren Gefühlen – ein offenes Buch, in dem der Rest der Welt lesen konnte, wenn er sich nur die Zeit dafür nahm.

Cooper verlagerte sein Gewicht, und ihm wurde klar, weshalb er ihr vertrauen konnte und nie zuvor einer anderen Frau vertraut hatte. Sie war absolut ehrlich, und jedes Mal spürte er in ihrer Gegenwart, wie die Mauer um ihn herum mehr und mehr bröckelte.

»Ich sehe keinen Grund, weshalb das hier …« Mitten im Satz hielt sie inne, und ihr wurde bewusst, dass eine Diskussion mitten im strömenden Regen die Sache nur noch schlimmer machte. Aber wie konnte sie noch schlimmer werden? Sie waren nass bis auf die Knochen, und sie machte sich Sorgen um nasse Füße! Stormy lächelte, und dieses Lächeln wurde zu einem ausgewachsenen Lachen, als sie in seines einfiel. »Du bist aber auch nicht gerade trocken«, hänselte sie ihn.

»Wenn du keine nassen Füße bekommen willst, dann werde ich dich tragen.«

Bevor Stormy antworten konnte, hob Cooper sie hoch und warf sie über die Schulter. Dann sprintete er auf die Terminaltür zu.

Mit dem Fuß stieß er sie auf, bevor der Wind dahinter fasste und sie weit aufriss, sodass Cooper hindurchrennen konnte. Sie wussten, dass sie einen amüsanten Anblick boten: Stormy über seiner Schulter und beide immer noch laut lachend.

Cooper blieb abrupt stehen, und ihm verging das Lachen, als er feststellte, dass der Raum verstummt war und alle Fluggäste auf sie starrten. Da stand er nun, das Wasser tropfte auf den makellosen Boden, und er hatte eine Frau über der Schulter, mit der er gerade nahezu hysterisch gelacht hatte.

Cooper ließ Stormy behutsam zu Boden gleiten und stellte sicher, dass sie fest auf den Beinen stand, bevor er sie losließ. Sie drehte sich um und sah, dass alle Augen auf sie gerichtet waren. Auch ihr Lachen verstummte völlig, und Cooper merkte, wie sie nervös die nassen Haare aus den Augen strich. Langsam gingen sie weiter. Das einzige Geräusch, das zu hören war, war das Schmatzen von Coopers nassen Schuhen.

»Ähm … guten Abend, meine Herren.« Cooper räusperte sich und nickte.

Dann ging er mit Stormy auf einen Empfangstresen zu, hinter dem eine feurige, attraktive Angestellte ungeduldig darauf wartete, sie begrüßen zu dürfen.

»Guten Abend, Kapitän Armstrong.« Sie hielt kurz inne und richtete ihr Augenmerk auf Stormys und Coopers völlig durchnässte Kleidung.

»Guten Abend, Andrea. Könnten Sie bitte veranlassen, dass die Jungs das Flugzeug auftanken und über Nacht in den Hangar schleppen?«

»Jawohl, Kapitän Armstrong«, erwiderte Andrea und griff nach dem Funkgerät, um die Anweisung weiterzugeben. »… und Ihr Wagen wartet draußen.«

Cooper sah die freudige Überraschung in Stormys Gesicht und triumphierte einen Moment, weil er das Date richtig gut hinbekommen hatte.

Er bedachte Andrea mit einem Lächeln, hakte Stormy unter und geleitete sie zur Tür. Eine pechschwarze Limousine mit glänzenden Chromfelgen und Innenlampen, die ein sanftes gelbes Licht verbreiteten, parkte vor ihnen.

»Ich dachte mir, wir könnten stilvoll zu unserem Ziel fahren.« Cooper öffnete die hintere Tür und gab Stormy ein Zeichen einzusteigen. »Nach dir.« Sie kletterte hinein, und Cooper schloss die Tür hinter ihnen.

»Wohin fahren wir?«, fragte Stormy, als sie es sich bequem gemacht hatten.

»Das ist eine Überraschung.«

Stormy schaute nervös in den kleinen Spiegel, den sie aus der Handtasche gekramt hatte. »So kann ich kein feines Lokal betreten«, stieß sie hervor.

»Du hast mir gesagt, dass du mir vertraust, also mach das auch weiterhin.« Cooper lächelte, als das Auto losfuhr.

Die einstündige Fahrt endete für Stormy, die verzweifelt mit den Fingern ihr Haar zu kämmen und ihr Make-up zu richten versucht hatte, viel zu schnell. Aber alles vergebens. Sie sah wie eine ertränkte Ratte aus.

Als sich die Tür öffnete und der Fahrer danebenstand, dachte sie darüber nach, sich einfach zu weigern auszusteigen. Aber sie hatte Cooper versprochen, ihm zu vertrauen.

Also stieg sie aus und lächelte beim Anblick der Eingangstüren, die zu einem Hotel gehören mussten.

»Willkommen im Allison Inn und Spa«, begrüßte sie ein uniformierter Mann und nahm ihre Hand.

»Danke«, antwortete sie und fühlte sich furchtbar in ihrer nassen Kleidung.

»Du bist wunderschön«, versicherte ihr Cooper. »Jetzt solltest du aber reingehen.«

»Haben Sie Gepäck, Sir?«, fragte der Mann.

»Das ist bereits gebracht worden«, antwortete Cooper.

Als Cooper seinen Namen nannte, schien der Mann noch ein bisschen mehr Haltung anzunehmen und geleitete sie sofort ins Hotel, wobei er den Check-in-Schalter umging. Stormy wusste nicht, was sie davon halten sollte.

Der Mann rühmte den Spa-Bereich des Hotels und bat sie, ihm Bescheid zu geben, falls sie irgendetwas brauchten, aber sie würden laut den Anweisungen von Cooper natürlich zu keinem Zeitpunkt ihres Aufenthalts gestört werden.

Er entfernte sich schnell, sobald Cooper und Stormy die Penthouse-Suite betreten hatten, die Stormy vor Entzücken nach Luft schnappen ließ. Bevor sie sich alles anschauen konnte, griff Cooper nach ihr und zog sie fest an sich.

»Jetzt, wo ich dich alleine habe …«, sagte er, und seine Augen verdunkelten sich sofort.

»Was sollen wir tun?«, fragte sie und hatte sofort wieder Lust auf ihn.

»Zuerst ziehen wir uns um«, erklärte er, obwohl er aussah, als würde er viel lieber ihr und sich die Kleider vom Leib reißen. »Dann bekommst du einen romantischen Abend«, fügte er mit einem breiten Lächeln hinzu. »Und dann werde ich dich verschlingen.«

»Oder wir könnten direkt zum Verschlingen übergehen«, schlug Stormy mit heiserer Stimme vor, woraufhin seine Augen noch dunkler wurden.

»Führe mich nicht in Versuchung, kleines Fräulein. Ich habe eine Menge Zeit in die Planung gesteckt«, bekannte er, drehte sie und gab ihr einen behutsamen Klaps auf den Po.

Sie hatte das Gefühl, dass die Feuchtigkeit an einer bestimmten Stelle noch zunahm, als sie auf den Raum zuging.

Beim Betreten des luxuriösen Schlafzimmers fühlte sich Stormy wie auf einem anderen Planeten. Cooper hatte sie buchstäblich im Handumdrehen in seinem Privatflugzeug zu einem Penthouse im für seinen Weinanbau bekannten Oregon gebracht, und jetzt lagen auch noch Geschenke auf dem Bett.

Langsam strich Stormy mit den Fingern über die Schleifen und seufzte. Sie wollte sich am liebsten direkt darauf stürzen, aber zuerst brauchte sie eine Dusche.

Sie beeilte sich mit dem Duschen, denn sie konnte es nicht abwarten, zurück zu den Geschenken zu kommen. In ein Handtuch gewickelt, ging sie zum Bett und öffnete vorsichtig die Pakete. Sie errötete leicht, als sie zarte Dessous und einen passenden seidenen Morgenmantel auspackte.

Aber sie wollte Cooper gefallen und die sexy Unterwäsche tragen. Deshalb zog sie sie an, bevor sie sich dem kleineren Paket widmete. Ihre Finger zitterten, als sie die Schleife aufzog, und dann fiel Stormy aufs Bett, weil ihr die Knie weich wurden.

Sie kämpfte mit den Tränen, als sie behutsam das Medaillon berührte, das auf Samt neben atemberaubenden Diamantohrringen lag. Sie waren wunderschön, aber das Medaillon war unbezahlbar.

Es war das allererste Schmuckstück, das sie entworfen und angefertigt hatte. Und Cooper hatte es offenbar gefunden und aufgehoben. Ihr wurde warm ums Herz, und die Knie zitterten. Eine Träne lief ihr über die Wange, als sie die Kette umlegte.

Er hatte es einfach getan. Er hatte es geschafft, dass sie sich in ihn verliebt hatte.

Stormy brauchte einige Minuten, um sich zu fassen, und dann konnte sie es gar nicht abwarten, sich in seine Arme zu werfen. Welch ein wertgeschätztes Geschenk hatte er ihr gemacht!

Als sie aus dem Zimmer trat, von Kerzenschein und leiser Musik überrascht wurde und den Champagner, die schokolierten Erdbeeren und eine Auswahl von Vorspeisen sah, waren ihre Sinne überwältigt.

»Cooper …« Ihre belegte Stimme ließ ihn den Kopf wenden, und das sofortige Leuchten in seinen Augen gab ihr Selbstvertrauen. »Ich bin bereit für mehr Dessert«, flüsterte sie.

Er zögerte nicht. Auf dem Weg zu ihr quer durchs Zimmer entledigte er sich bereits seiner Kleidung. Dann hob er sie hoch und kehrte direkt in das Schlafzimmer zurück, aus dem sie gerade gekommen war.

»Dann verschieben wir die Romantik und stillen zuerst diesen Hunger«, sagte er.

»Ich glaube nicht, dass der je gestillt sein wird, aber mehr Romantik, als mit diesem Geschenk, hättest du mir niemals geben können«, gestand sie ihm und strich mit den Fingern über das Medaillon.

»Ich habe die ganzen Jahre nie aufgehört, an dich zu denken, und ich möchte, dass du das weißt. Jetzt habe ich meinen Glücksbringer abgegeben«, sagte er mit einem milden Lächeln.

»Du benutzt das Medaillon als Glücksbringer?«

»Nein, du warst die ganze Zeit mein Glücksbringer«, entgegnete er.

Ihr fehlten die Worte. Aber das war nicht schlimm, denn jedes Wort erübrigte sich, als seine Lippen auf ihre trafen.

KAPITEL 35

Cooper und Nick arbeiteten Hand in Hand im Hangar, in dem die P-51 D stand, die sie begeistert erbeutet hatten. Es würde sie Monate, wenn nicht gar über ein Jahr kosten, um dieses Projekt zu vollenden, aber wenn das Flugzeug nach der Restaurierung in seiner früheren Pracht dastand, würde es einen Kampf zwischen den beiden geben, wer es am meisten fliegen durfte.

Cooper drehte sich zu schnell um und schmiss dabei eine Ölkanne um. Die schmierige schwarze Flüssigkeit ergoss sich über seine Finger. Er wischte sie schnell ab und ging zu seinem Bruder zurück, der unter dem Flugzeug emsig bei der Arbeit war.

»Brauchst du die ganze Nacht?«, brüllte Nick.

»Ich komme ja schon!«, schrie Cooper zurück und verdrehte die Augen.

»Cooper Armstrong! Bist du das wirklich?«

Cooper drehte sich um und erblickte Keri Jensen, die quer durch die Halle auf ihn zukam.

»Hallo, Keri, was machst du denn hier?«

»Ich bin mit meinem Bruder hier. In ein paar Minuten nimmt er mich mit auf einen Flug.«

»Dann will ich dich nicht aufhalten«, sagte Cooper.

»Ich habe dich vermisst!«, rief sie.

Mit Keri hatte er in zurückliegenden Jahren gern geflirtet. Groß, blond und mit all den richtigen Kurven an den richtigen Stellen war sie seine Lieblingsflugbegleiterin gewesen. Außerdem war sie kess, lustig und immer gut drauf. Als er eine Nacht mit ihr unterwegs gewesen war, hatte er Gott gedankt, dass sie eine der wenigen Frauen war, mit denen er nicht geschlafen hatte. Es war viel besser, nur mit ihr befreundet zu sein.

Bevor er seine Gedanken zu Ende gedacht hatte, warf sie sich in seine Arme, umschlang mit den Beinen seine Taille und küsste ihn mit einem lauten Schmatz auf die Wange.

»Keri, ich stecke in einer Beziehung! Du kannst mich nicht mehr so anspringen«, tadelte Cooper sie mit einem Lachen, als er versuchte, sich von ihr zu befreien.

»Oh, verdammt, wenn du in einer Beziehung steckst, dann wird deine Auserwählte sicher eine sein, die mich zu schätzen weiß«, erwiderte Keri und bewegte sich nicht.

»Sie ist großartig, aber ich glaube kaum, dass irgendein Mädchen es gerne sieht, wenn eine hübsche Blondine ihre Beine um ihren Freund schlingt«, protestierte er mit einem Lachen.

»Aber ich habe dich doch so vermisst«, schmollte sie.

»Ich habe dich auch vermisst.« Cooper empfand sehr viel für seine Freunde.

»Aber die Arbeit hat gerufen«, verteidigte er sich wieder mit einem Lachen.

»Es geht nicht immer darum, eine Meile hoch am Himmel zu sein, Schätzchen. Freunde sind auch wichtig«, erinnerte sie ihn.

»Ja, du hast recht. Manchmal vergesse ich das«, gab er zu.

»Okay, gleich wird mich mein Bruder umbringen. Ich liebe dich, Schätzchen.« Sie beugte sich vor und gab ihm einen weiteren schmatzenden Kuss. Dann sprang sie von ihm herunter.

»Stell dir nur mal vor, du hättest tatsächlich daran gedacht, dieses Mädchen zu heiraten, damit du an deine Erbschaft kommst«, gab Nick lachend zu bedenken.

»Für ganze zwei Sekunden habe ich daran gedacht und dann erkannt, dass es das Geld einfach nicht wert war«, antwortete Cooper lachend. »Ich mag sie sehr, aber sie braucht zu viel Aufmerksamkeit. Innerhalb von Sekunden habe ich entschieden, dass Freundschaft das Einzige ist, was ich mit ihr aufrechterhalten kann.«

»Na ja, sieht aber so aus, als bekämst du das Geld trotzdem«, fügte Nick mit einem Augenzwinkern hinzu.

»Ja«, sagte Cooper, obwohl er auf den Rest seiner Erbschaft pfiff. Er hatte mehr als genug eigenes Geld. Er brauchte nichts mehr. Aber er wollte Stormy unbedingt heiraten. Er wunderte sich selbst darüber. »Ich werde sie fragen, ob sie mich heiraten will«, verkündete er schließlich.

»Nicht schlecht. Eine heiße Frau, mehr Geld in deinen bodenlosen Taschen und Sex, so viel du willst.«

»Du bist so ein Arschloch, Nick«, gab Cooper mit einem weiteren Lachen zurück. »Aber stimmt, das Eheleben erscheint mir gar nicht mehr so schlecht.«

»Machst du Witze?« Stormy stand in der Tür und war leichenblass.

»Stormy!«, rief Cooper und seine Mundwinkel hoben sich, bis er ihr Gesicht sah. Verdammt! Wie viel hatte sie von diesem Gespräch mitbekommen? Er ging es noch einmal in Gedanken durch. Es musste sich falsch angehört haben.

»Ich dachte … Ich weiß nicht, was ich denken soll«, stammelte sie, und in ihren Augen sammelten sich Tränen.

»Lass uns reden. Es ist nicht, was du denkst«, verteidigte sich Cooper und streckte die Hand nach ihr aus, als wäre sie ein verängstigtes Hündchen.

»Es klingt so, es bräuchtest du eine Frau, um an einen Haufen Geld zu kommen«, stieß sie hervor.

Ein enger Panzer legte sich um seine Brust. Er war so darauf bedacht gewesen, keiner Frau zu erlauben, ihn wegen seines Geldes zu benutzen, und jetzt stand Stormy hier aufgebracht darüber, dass er die Erbschaft vor ihr geheim gehalten hatte. Wie falsch war das von ihm gewesen? Offenbar war er ein Idiot.

Aber inmitten dieses Durcheinanders spürte er Hoffnung, denn Stormy war anders als die Frauen, mit denen er bisher zusammen gewesen war. Sie war ehrlich und nicht im Geringsten intrigant oder habgierig.

»Also ja und nein. Ich bekomme meine Erbschaft, wenn ich heirate, aber deshalb habe ich nicht daran gedacht, dir einen Antrag zu machen«, erklärte er ihr. Er ging so ungeschickt vor und war nicht gut, wenn er in Zugzwang geriet.

»Du bist nicht der, der ich dachte, Cooper«, sagte sie, und ihre Tränen versiegten, während sie ihn anstarrte.

»Ich habe nie vorgegeben, jemand anderes zu sein, als der, der ich bei dir bin, Stormy«, beharrte er. Und das war so wahr.

»Such dir eine andere Braut, um an deine Erbschaft zu kommen.«

Sie drehte sich um und rannte aus dem Hangar.

»Autsch! Das hast du aber vermasselt«, meldete sich Nick zu Wort.

»Du hast es vermasselt! Verdammt!«, wetterte Cooper. »Ich werde mit ihr reden.«

Er machte einen Schritt nach vorn, um ihr hinterherzulaufen, und legte eine Bauchlandung hin.

»Was war das denn?« Ein beißender Schmerz durchfuhr seinen Knöchel, als er auf die Hebevorrichtung sah, über die er gestolpert war.

»Aua«, sagte Nick und lachte wieder.

»Verdammt, Nick! Für so was habe ich keine Zeit. Ich muss wirklich mit ihr reden.« Langsam stand Cooper auf und versuchte, den Knöchel zu belasten. Aber der Schmerz nahm ihm die Sicht.

»Hah! Ich glaube, du gehst nirgendwohin, außer zum Arzt, um den Fuß untersuchen zu lassen«, widersprach Nick.

»Wann zum Teufel lernst du eigentlich, deine Sachen wegzuräumen«, fauchte Cooper und wusste, dass sein Bruder recht hatte.

»He, versuch nicht, mich zu ändern, Mann«, wehrte sich Nick. »Und jetzt raus hier. Du kannst später vor deiner Frau Männchen machen.«

Cooper stimmte widerwillig zu, als er seinem Bruder zu dessen altem, schmutzigem Pick-up hinterherhumpelte. »Warum zum Teufel fährst du immer noch diese alte Karre?«, murrte Cooper.

»Weil ich die alte Bitsy liebe. Sie war immer gut zu mir.« Dann wurde Nicks Grinsen noch breiter. »Und wenn uns dann der große EMP-Schlag trifft, werden dein und Nicks extravagante Elektroautos nur noch eure Vorgärten zieren, während dieses Biest hier eure Ärsche in der Gegend herumkutschieren wird.«

»Das ist okay. Wenn er uns trifft, werde ich höchstwahrscheinlich in der Luft sein und zu Boden fallen.«

»Na ja, das ist eine positive Art, die Dinge zu betrachten.« Nick verdrehte die Augen.

Der Pick-up sprang ratternd an, und sie fuhren vom Parkplatz in Richtung Notfallambulanz, wo das Personal die Armstrong-Brüder mit Namen kannte. Wenn man ein Adrenalinjunkie war, zog man sich meistens Verletzungen zu.

Als sein Bruder verstummte, griff Cooper in die Tasche und zog die samtene Schachtel heraus, an der er sich seit drei Tagen festgehalten hatte.

Unerwartet hatte er sich in Stormy verliebt. Und obwohl sie sich gerade über ihn geärgert hatte, würden sie im Leben miteinander klarkommen, wenn sie sich beruhigt und sie vernünftig miteinander geredet hatten.

Das besserte seine Laune. Weshalb sollte das nicht klappen?

KAPITEL 36

Was sollte sie tun? Stormy war so durcheinander, dass sie nicht klar denken konnte. Anstatt es zu versuchen, eilte sie zum Haus zurück und rief ein Taxi. Sie wollte nur ein paar Sachen holen, und der Rest war ihr erst mal egal. Sie brauchte Zeit, um mit der Situation klarzukommen, und zwar mit Abstand zu Cooper.

Sicher würden sie wieder miteinander reden, aber im Moment konnte sie sich nicht vorstellen, ihm ins Gesicht zu sehen. Wollte er so an Geld kommen? Hatte er nicht schon genug? Wie viel brauchte eine einzige Person?

Sie ging ins Haus, eilte zu ihrem Zimmer und packte ein, was sie in den nächsten Wochen brauchen würde. Den Rest würde später eine Freundin für sie abholen.

In der Küche griff sie nach Stift und Papier und schrieb schnell eine Notiz. Dann zog sie das Ultraschallbild aus der Tasche. Er hatte ein Recht darauf, es zu wissen, obwohl sie diese Freude eigentlich nicht mit ihm teilen wollte.

Gerade als sie vom Stuhl aufstand, hörte sie, wie die Haustür zugeschlagen wurde, und ihr rutschte das Herz in die Hose. Nein! Das durfte nicht sein.

»Stormy!«

Ein Seufzer der Erleichterung entfuhr ihr. Obwohl sie in diesem Moment keinem der Armstrong-Brüder gegenübertreten wollte, war ihr Nick lieber als Cooper.

Sie verhielt sich ruhig und hoffte, er werde denken, sie sei nicht da. Als sie davon ausging, dass er nach oben gegangen war, ließ sie die Notiz und das Bild in der Küche liegen und eilte zur Haustür.

»Stormy? Was ist das mit der Tasche da?«, fragte Nick und stellte sich ihr in den Weg.

»Hallo, Nick. Ich … äh … ich muss gehen«, stammelte sie und überlegte, ob sie ihn zur Seite drängen konnte, um an ihm vorbeizukommen.

»Wohin musst du gehen?« Er rührte sich nicht.

»Ich muss einfach gehen«, beharrte sie.

»Stormy …« Nick schienen die Worte zu fehlen.

»Bitte …« Ihr versagte die Stimme. »Nein!« Sie drückte sich an ihm vorbei, und überraschenderweise ließ er sie gehen.

Sie lief zum wartenden Taxi und weinte fast, so froh war sie, dass es dastand. Als sie hinten einstieg, wies sie den Fahrer an, einfach loszufahren. Einen Augenblick war der verwirrt, fuhr dann aber los und stellte keine Fragen.

Nachdem sie sich einige Straßen vom Haus entfernt hatten, teilte Stormy dem Fahrer die Adresse mit, zu der sie wollte. Dann lehnte sie sich zurück und war froh, unbeschadet davongekommen zu sein.

»Was ist das denn?« Das Taxi machte plötzlich einen Schlenker, und Stormy fuhr es in den Magen. »Tut mir leid, Ma'am. Es gibt da ein Problem.«

Stormy schaute aus dem Fenster und stellte entsetzt fest, dass ihnen Nicks Pick-up den Weg versperrte. War er dem Taxi gefolgt?

»Stormy, komm mit mir!«

269

Er hatte die Tür des Taxis aufgerissen und stand mit wütendem Blick da.

»Nick, was in aller Welt tust du?«

»Ich bewahre dich vor einem verdammten Fehler«, antwortete er und griff nach ihrem Arm.

»Ma'am, soll ich die Polizei rufen?«, fragte der Taxifahrer und schien nicht sonderlich interessiert an der Szene.

»Nein, Sie müssen nicht die verfluchte Polizei rufen«, blaffte Nick ihn an. »Sehe ich aus wie ein Irrer?«

Der Taxifahrer zog eine Augenbraue hoch, als würde seine Antwort Ja lauten.

»Nein, Sie brauchen die Polizei nicht zu rufen«, beruhigte Stormy ihn, bevor die Sache völlig aus dem Ruder lief.

Nick warf dem Taxifahrer Geld zu, griff sich ihre Tasche, packte Stormy am Arm und führte sie zu seinem Pick-up. Sie erlaubte ihm widerwillig, dass er sie hinter sich herzog.

Dann stieg sie in sein schmutziges Auto ein. »Entführst du mich?«, fragte sie, als sie etwas von ihrer Bissigkeit zurückgewonnen hatte.

»Ja«, lautete seine Antwort, und ihre Wut machte ihm nichts aus.

»Na ja, da du mein Taxi abgewimmelt hast, kannst du mich ja jetzt fahren«, sagte sie zu ihm. Obwohl sie nicht sicher war, ob sie wollte, dass irgendeiner der Armstrong-Brüder wusste, wohin sie fuhr, hatte sie jetzt keine große Wahl mehr. Sie konnte sich zum Bahnhof bringen lassen. Dann hatte er keinen Anhaltspunkt.

»Bring mich zum Bahnhof in der Innenstadt«, bat sie schließlich. Sie würde mit ihm fahren, aber ihm nicht zuhören.

»Cooper ist beim Arzt«, sagte Nick, und seine Stimme klang ernst.

Sie wollte nicht anbeißen, konnte aber nicht anders. »Was hat er?«

»Es ist schlimm …«, begann er.

»Nick, was ist passiert?«, fragte Stormy mit Nachdruck.

»Okay, es ist nicht allzu schlimm, aber er hat mich losge-schickt, falls du genau das tust, was du jetzt gerade tust, und wegrennst.«

»Pfui Teufel!« Sie warf den Kopf in den Nacken und seufzte angewidert.

»Warum läufst du davon, Stormy?«

Sie schwieg eine Weile, aber er wartete einfach, warf ihr nur hin und wieder mit einem unruhigen Gesichtsausdruck einen Blick zu. Sie wusste, dass sie aus dieser Sache nicht mehr herauskam.

»Hör zu, ich dachte, es gebe da etwas zwischen deinem Bruder und mir. Und nun stelle ich fest, dass er einfach nur hab-gierig ist, dass ich jede Frau hätte sein können. Ich war zufällig gerade da, als er den Drang verspürte, sein Geld zu vermehren.«

»Es gibt da wirklich etwas«, beharrte Nick. »Was du gehört hast …«, setzte er an, aber sie fiel ihm ins Wort.

»Ich habe dich laut und deutlich gehört, Nick. Bekommt er eine große Summe Geld, wenn er heiratet, oder nicht?«, fragte Stormy.

Nick wand sich auf dem Sitz neben ihr, und sie hatte ihre Antwort, obwohl sie nicht aussteigen würde, bis er es laut aus-gesprochen hatte. Sie brauchte das. Sie musste loslassen. Stormy sah Nick streng an, bis er die Schultern hängen ließ und einen Seufzer ausstieß.

»Ja. Wir alle bekommen den zweiten Teil unserer Erbschaft, wenn wir heiraten. Aber ich garantiere dir, dass Cooper dich wirklich gern hat. Dass er mit dir zusammen ist, hat nichts mit dieser blöden Klausel im Testament zu tun.«

»Ich glaube dir nicht.« Stormy stieß einen Seufzer aus. Ihre Wut verrauchte, und sie fühlte sich innerlich einfach leer. Mit der Hand strich sie behutsam über ihren flachen Bauch. Was sollte sie jetzt tun?

»Er liebt dich, Stormy. Ich kenne meinen Bruder, und ich weiß, was er fühlt«, beharrte Nick.

Deshalb hatte sie nicht warten wollen. Sie hatte gewusst, dass sich dieser Hoffnungsschimmer bei der ersten Erklärung, die ihr gegeben wurde, in ihrem Herzen festsetzen würde, denn sie wollte, dass das zwischen Cooper und ihr echt war.

»Ich brauche Zeit, Nick. Im Moment kann ich nicht denken. Ich brauche einfach Zeit, bitte«, bettelte sie mit brennenden Augen und zitternden Muskeln.

Er warf ihr einen Blick zu, der besagte, dass er weiter argumentieren wollte, aber dann ließ er den Kopf hängen.

»Mein Bruder wird mich umbringen«, murmelte er. »Aber wenn du Zeit brauchst, dann gebe ich sie dir. Ich weigere mich jedoch, dich an einem Bahnhof abzusetzen.« Er klang entschlossen.

»Na gut, du kannst mich zu einer Freundin bringen, aber du musst mir versprechen, Cooper nichts davon zu sagen. Ich möchte Zeit für mich haben, um herauszufinden, was ich fühle, und zwar ohne Gefühlschaos.«

»Ich werde nichts sagen.«

Schweigend fuhren sie nach Bellingham, und Nick umarmte Stormy kurz, bevor er sie dort zurückließ. Sie würde alles geregelt bekommen, versprach sie sich selbst. Mit der Hand strich sie über ihren Bauch und wusste, dass sie keine andere Wahl hatte, als es geregelt zu bekommen.

KAPITEL 37

Die untergehende Sonne stand friedlich unterhalb des Horizonts, während ein riesiger See von Sternen am violettfarbenen Himmel erstrahlte und die Meeresoberfläche spiegelte, als wären die beiden eins. Die Linienmaschine der Trans Pacific Airlines stieg durch die ruhige Luft scheinbar reglos und kontinuierlich auf. Nur ab und zu durchstieß sie weiße Wolkenbäusche. Das Innere der Kabine lag weitgehend im Dunkeln. Nur ein paar Leselichter erhellten die beigefarbenen Wände und blauen Stoffsitze.

Es würde ein langer Flug werden, und die meisten Passagiere machten es sich bequem, um zu schlafen. Die Flugbegleiterinnen waren in der vorderen Bordküche beschäftigt und plauderten über den aktuellen Firmentratsch sowie die neuesten Romane von Ruth Cardello, J. S. Scott und Sandra Marton.

Eines der Leselichter erhellte gedämpft ein Kinderbuch, aus dem eine Mutter leise ihrem Kleinkind vorlas. Es hielt einen Teddybären im Arm.

Ein älteres Paar, das ein paar Reihen weiter hinten saß und nicht schlafen konnte, tat, was es jeden Abend tat. Er versuchte, mit Lesebrille auf der Nase die nächste Kreuzworträtselfrage zu lösen, und sie saß ruhig da und hatte den Blick auf ihren

Lieblingsroman von Nora Roberts gerichtet. Nicht weit hinter ihnen machte es sich ein frischgebackenes Ehepaar bequem, das gerade zu zweiwöchigen Flitterwochen aufbrach.

Cooper und Wolf waren damit beschäftigt, Funksprüche durchzugeben und die Instrumente für den weiteren Flug einzustellen.

Als es sich beide, Flugkapitän und Erster Offizier, nach Abarbeiten sämtlicher Checklisten und Eingaben in den Bordcomputer in ihren Sitzen bequem machten, übernahm der Autopilot den Flug. Cooper war damit einverstanden, die erste Wache zu übernehmen, weil Wolf auf seinem iPad bereits einen Film abspielte. Mit einem gelegentlichen Blick auf die Fluginstrumente starrte Cooper meistens aus dem Fenster auf die Sterne über und den Sonnenuntergang unter ihnen. Wie immer waren seine Gedanken bei Stormy. Zwei Tage waren seit ihrem Gespräch vergangen. Zwei Tage, seitdem er erfahren hatte, dass er Vater wurde.

Nick hatte ihm versichert, dass Stormy nur ein paar Tage für sich brauchte, und dann werde sie ihm zuhören. Jetzt waren ein paar Tage vergangen, und sie ging nicht ans Telefon.

Nun musste er nur dieses verdammte Flugzeug nach Hawaii bringen, damit er sich wieder auf den Rückflug und zu der Frau begeben konnte, die seine Ehefrau werden würde – falls er sie davon überzeugen konnte. Er war ein Trottel, dass er diesen Flug überhaupt übernommen hatte, aber das Kind eines seiner Piloten bekam im Krankenhaus die Mandeln entfernt, und deshalb war Cooper eingesprungen.

Voller Ungeduld schaute er auf seine Uhr und wusste, dass ihm noch mindestens zehn Flugstunden bevorstanden, um hin- und wieder zurückzukommen.

Nach einer Stunde Flug schien der Sonnenuntergang wenig fortgeschritten zu sein, da das Flugzeug in westlicher Richtung nach Hawaii flog und das Tageslicht noch immer in glänzenden violett-, apricot- und pinkfarbenen Tönen präsent war.

Cooper dachte weiter über Stormy nach. Die Zeit, die noch vergehen musste, bis er mit ihr reden konnte, belastete ihn in seiner Ungeduld noch immer. Bald. Er hatte zwei Tage gewartet, und ein paar Stunden mehr würden ihn nicht umbringen.

Als das Flugzeug zu beben begann, wurde er abrupt aus seinen Gedanken gerissen. Auch gut. Lieber achtete er aufs Fliegen, als über etwas zu grübeln, das er im Moment sowieso nicht ändern konnte.

»Scheint einige Turbulenzen zu geben«, sagte Cooper zu Wolf, der sofort das iPad beiseitelegte. Cooper griff nach oben und schaltete als Vorsichtsmaßnahme für die Passagiere die Bitte-anschnallen-Anzeige ein.

Sekunden später leuchteten die gelben Warnlampen auf der Instrumententafel auf. Als sie zu blinken begannen, erklang ein Warnton. Die beiden erfahrenen Piloten überprüften die Instrumente, um den Grund für das ungewöhnliche Warnlicht herauszufinden.

»Sieht nach geringem Hydraulikdruck links aus«, meinte Cooper. »Wolf, überprüf deine Schutzschalter, um zu sehen, ob die nicht …«

Bevor Cooper den Satz beenden konnte, erschütterte eine heftige Explosion das Flugzeug. Rote und gelbe Warnleuchten blinkten jetzt an den Bedienelementen, und der Bordcomputer gab eindringliche Warntöne von sich … *bing, bing, bing.*

»Was zum Teufel ist das?«, rief Wolf, als der Hauptwarnton vom Instrumentenpult her laut einsetzte.

»Es muss ein interner Defekt sein!«, schrie Cooper. »Fang mit dem Neustartverfahren an.«

Als Cooper nach der Checkliste für den Neustart griff, warnten der Bordcomputer und die Instrumententafel erneut laut vor einer Gefahr: *Bing, bing, bing!* »Engine fire – One! Engine fire – One!«, bellte die männliche Stimme des Computers die Piloten an und warnte sie vor einem Feuer im Triebwerk.

»Triebwerk brennt! Schalt es ab und aktiviere den Feuerlöscher!« Cooper gab jetzt energische Befehle, während die akustischen Warnsignale ohne Ende ertönten.

Viele Passagiere waren beim Klang von klirrendem Metall und den extremen Erschütterungen aus dem Schlaf aufgeschreckt und sofort hellwach. Ein schwacher orangefarbener Schein erhellte die dunkle Kabine durch die Fenster.

Als die Passagiere nach draußen schauten, konnten sie sehen, dass das linke Triebwerk übel zugerichtet war und orangefarben glühte, und der es umgebende Flügel in Fetzen gerissen war. Der Klang des noch funktionierenden Triebwerks schraubte sich zu einem schrillen Heulen hoch, als das Flugzeug ungebremst nach unten stürzte, und hörte auf, als es zu trudeln begann.

»Bitte bleiben Sie ruhig«, versuchte die leitende Flugbegleiterin die panischen Passagiere zu beruhigen und wurde dabei nur von den Sauerstoffmasken unterbrochen, die aus der Decke fielen.

Die Szene wurde schnell noch extremer, als sowohl die Besatzung als auch die Passagiere gleichermaßen panisch wurden. Männer und Frauen griffen zitternd nach den hauchdünnen orangefarbenen Masken, die sie im Notfall mit Sauerstoff versorgen würden.

Im Cockpit kämpften der Kapitän und der Erste Offizier darum, das Passagierflugzeug mit mehr als zweihundert Seelen an Bord in den Griff zu bekommen. Der Computer blaffte die beiden Männer weiterhin an: »Bank angle! Querneigungswinkel! *Tuuut, tuuut.* Pull up! *Tuuut, tuuut.* Pull up!«

»Wir verlieren schnell an Höhe, Coop«, rief Wolf, als die Anzeigen der Messgeräte fielen wie eine Stoppuhr, die ihrem unausweichlichen Ende entgegentickte. Das Flugzeug steckte noch immer in einer Abwärtsspirale.

»Ich weiß, ich weiß«, entgegnete Cooper mit leichter Panik in der Stimme, als er nach dem vibrierenden Steuerknüppel griff und versuchte, das Flugzeug zu stabilisieren und zurück zum Flughafen zu bringen.

»Seattle Center, hier Trans Pacific 422. Wir melden einen Notfall«, teilte Cooper mit. Der Funk reagierte nur mit einem Rückkopplungsgeräusch. »Seattle Center, Seattle, Trans Pacific 422, wir brennen, wir werden es nicht schaffen …«, sagte er jetzt mit unheimlich ruhiger Stimme.

Wolf, der bemerkte, dass die Flugsicherung nicht antwortete, versuchte es über sein Funkgerät. »Mayday, mayday, Seattle Center. Trans Pacific 422. Notruf, wir stürzen ab! Bestätigt ihr?«

»Trans Pacific 422, bestätigt. Wir haben alle Start- und Landebahnen offen für euch. Feuerwehr steht bereit.«

»Nein. Wir schaffen es nicht. Wir stürzen ab!«

Die Kabine taumelte wie eine Waschmaschine. Gepäck und andere persönliche Gegenstände wurden durcheinandergeworfen, als das Flugzeug außer Kontrolle rotierte. Die Flugbegleiterinnen waren auf ihren Sitzen festgeschnallt, und eine hielt den Gurt vor der Brust und schluchzte vor Angst.

Die Mutter hielt ihr Kind jetzt fest an sich gedrückt, während der einst umklammerte Teddybär schwerelos auf und nieder schwebte und sich das Flugzeug spiralförmig in den tiefen blauen Abgrund schraubte.

Das alte Ehepaar ein paar Reihen dahinter griff behutsam nach der Hand des jeweils anderen und schaute sich in die Augen. Die beiden vermuteten, dass es ihr letzter gemeinsamer Augenblick war, und wollten sich an die glücklichen gemeinsamen Jahre erinnern. Die frisch Vermählten umarmten sich fest und waren verbittert über das Leben, das sie nie erfahren durften.

»Wolf, lass sie uns in den Pazifik setzen«, stieß Cooper hervor, als er kräftig am Steuerknüppel zog, um den Bug des Flugzeugs hochzuziehen.

»Ich glaube, sie lässt uns keine andere Wahl!«

Für Cooper erstarb jedes Geräusch um ihn herum, als würde die Zeit stillstehen. Er war verantwortlich für so viele Leben, die drauf und dran waren ein Ende zu finden. Und obwohl er alles in seiner Macht Stehende tat, um das zu verhindern, tauchte ein Bild von Stormy vor seinem inneren Auge auf. Er hätte ihr sagen müssen, dass er sie liebte, hätte darum kämpfen müssen, sie zu sehen.

»Ich muss einigen Leuten noch etwas sagen«, bekannte Cooper gegenüber Wolf. »Wir müssen dafür sorgen, dass die Maschine aufhört, sich um sich selbst zu drehen, wenn wir eine Chance haben wollen, hier lebend rauszukommen.«

Mit großer Anstrengung schoben die beiden Piloten den Steuerknüppel nach rechts, um die Maschine daran zu hindern, in einer Spirale gefangen kopfüber abzustürzen.

»Wolf, wenn ich dir Bescheid gebe, musst du die Klappen voll ausfahren, um der Rollbewegung entgegenzuwirken«, rief Cooper, als er seine Hände auf die Schubhebel legte.

Wolf nickte Cooper zu und war einverstanden. Er legt seine ruhigen Finger auf den Klappenhebel.

»Jetzt!«

Als die Klappen ausfuhren, ging ein Beben durch das sich drehende Flugzeug. Cooper drückte die Schubhebel nach vorn und beanspruchte jedes bisschen Antriebskraft, welches das eine funktionierende Triebwerk hergab, während der Bordcomputer weiterhin Alarm schlug: »*Bööb, bööb.* Pull up! Altitude! *Bööb, bööb.* Pull up!«

Die beiden Piloten kämpften gegen das abstürzende Flugzeug. Ihre Muskeln waren zum Zerreißen gespannt, und sie stöhnten unter dem Druck der g-Kraft sowie der Beanspruchung durch die Steuervorrichtungen. Ihr Blick war schnell gefesselt vom Ozean, der unter ihnen auf sie wartete.

»Komm schon, Baby ... komm schon«, flehte Cooper das Flugzeug an.

»Wir haben Nummer zwei verloren!«, schrie Wolf, als die Messinstrumente anzeigten, dass das verbleibende Triebwerk ausfiel. Die roten Lampen und Alarmsignale bestätigten, dass es unpassenderweise den Geist aufgegeben hatte.

Cooper schenkte den Alarmsignalen keine Beachtung mehr. Sein ausschließliches Ziel war, das Flugzeug ins Gleichgewicht zu bringen, um es so behutsam wie möglich auf dem Wasser aufzusetzen.

Der Bordcomputer schrie die Flughöhe heraus und flehte die Piloten verzweifelt an, das abstürzende Flugzeug zu retten. »Five hundred! Pull up!«

Sich in einer Spirale drehend, sank der Flieger weiter auf unter fünfhundert Fuß. »*Bööb, bööb.* Pull up! Too low! Terrain! Pull up!«

Im Nu erlebten sämtliche Menschen an Bord des Fluges Trans Pacific 422 denselben gleißend grellen Lichtblitz und das ohrenbetäubende Geräusch, als das Flugzeug vom Radar der Flugsicherung ins Meer verschwand.

Kapitel 38

Nick lag in seinem Bett und horchte auf das Funkgerät. Es war eine ruhige Nacht. Keine Stürme, keine Wellen und die Wahrscheinlichkeit, dass ein Funkspruch hereinkam, war ziemlich gering. Er wünschte, er hätte das Denken abschalten und einschlafen können, aber er war es gewohnt, in Alarmbereitschaft zu sein, wenn er in der Wache war.

Bald wurden ihm jedoch die Lider schwer. Er merkte, wie sich sein Körper entspannte und er den Männern nicht mehr zuhörte, die im Nebenraum Karten spielten. Normalerweise wäre er dabei gewesen, aber er machte sich Sorgen um seinen Bruder.

Es war wirklich albern. Er sollte sich weder um Cooper noch um Stormy sorgen. Sie waren erwachsen, verdammt noch mal! Sie würden ihre Probleme in den Griff bekommen. Zwischen ihnen gab es etwas, etwas, von dem Nick nie erwartet hätte, es bei seinem hartgesottenen Bruder zu sehen.

»He, Dad, sieht so aus, als würdest du doch noch deinen Willen bekommen«, flüsterte Nick.

Fast schwor er, das herzliche Lachen des Mannes zu hören, der jetzt schon über sechs Jahre tot war. Er vermisste den alten Herrn, obwohl sein Vater ihn an seinem Sterbetag umgehauen hatte.

»Wir müssen los, Nick. Beeilung!«

Nick fuhr in seinem Bett hoch und schaute auf die offene Tür. Seine Mannschaft wusste, dass er nicht zweimal geweckt werden musste. Wenn sie sagten, dass sie ausrücken mussten, war er bereit.

»Was ist los?«, fragte er, und die Schlaftrunkenheit war sofort verschwunden.

»Eine 757 ist ungefähr dreihundert Meilen von hier abgestürzt. Viel mehr Informationen haben wir nicht. Ob es Überlebende gibt, wissen wir nicht. Der Tower hat die Funkverbindung verloren, nachdem die Maschine einen Notruf abgesetzt hatte. Das ist alles, was wir wissen.«

»Scheiße!«, entfuhr es Nick. Ihm drehte sich jedes Mal der Magen um, wenn er das Wort *Flugzeugabsturz* hörte. Er hatte einfach zu viele Piloten in der Familie.

»Was verheimlichst du mir?«, fragte Nick mit zusammengebissenen Zähnen.

»Es ist eine Maschine der Trans Pacific«, antwortete der Mann schließlich.

Nick versuchte, nicht in Panik zu geraten. Er redete sich ein, dass es jeden Tag Tausende von Flügen allein quer durch die USA gab. Die Möglichkeit, dass es sich hierbei um einen Flug seines Bruders handelte, war gering. Nick glaubte natürlich nicht an Zufälle. Verdammt, die Chancen, dass er heute Abend arbeiten würde, hatten gegen null tendiert, und jetzt das!

Dennoch versuchte er, einen kühlen Kopf zu bewahren.

»Wenn du diesen Einsatz auslassen willst, kann ich Tony kommen lassen«, bot der Mann an.

»Keine Chance, Sean. Aber ich muss erst noch ein Telefonat führen. Zieh dich um.«

Nick ging in den Nebenraum zu seinem Telefon und stellte erschrocken fest, dass seine Finger zitterten. Er war der leitende

Pilot auf der Basis und durfte jetzt nicht die Beherrschung verlieren, sonst würde man ihn nicht fliegen lassen.

Seinen Bruder erreichte er nicht und Trans Pacific ebenfalls nicht. Nick knallte den Hörer auf, dass das Telefon einen Riss bekam, und eilte zurück in den Raum, in dem die Männer um einen Fernseher versammelt waren.

Der Nachrichtensprecher war ernst. »Noch keine Einzelheiten über den gemeldeten Absturz. Wir wissen in diesem Moment nur, dass ein Flugzeug ein Notrufsignal abgesetzt und der Tower die Verbindung verloren hat. Unsere Leute sind in diesem Moment auf dem Weg zum Flughafen Sea-Tac, um mehr zu erfahren.«

»Auf geht's! Wir haben keine Zeit, hier rumzusitzen«, kommandierte Nick.

Seine Mannschaft sprang auf, und in diesem Augenblick hasste er sie alle für die Blicke, die sie ihm zuwarfen.

»Hört auf damit! Es ist nicht mein Bruder!«, schnauzte er sie an.

Die Männer sagten nichts. Sie arbeiteten hart, wenn sie zusammen im Einsatz waren, und riskierten in stürmischster und tödlichster See ihr Leben für völlig fremde Menschen. Keiner würde mehr ein Wort zu Nick sagen. Um effektiv arbeiten zu können, musste er seine Ängste ignorieren.

Die Männer traten weg, und die Bootsmannschaft war bereits unterwegs. Die Helikoptermannschaft trat an. Nick musste einen kleinen Umweg einlegen, bevor er auf den Kapitänssitz des Helis sprang.

Im Bad entledigte er sich des Abendessens, das er zwei Stunden zuvor eingenommen hatte. Dann spülte er sich den Mund aus und rannte zum Hubschrauber.

Wenn sein Bruder da draußen war, dann würde er nicht ohne ihn heimkommen.

KAPITEL 39

Die Nachtluft war erfrischend, und der Wind wehte nur ganz schwach. Stormy stand auf der hinteren Veranda von Lindseys Haus und hatte ihr Gesicht dem dunklen Himmel und den dort gerade aufgehenden Sternen zugewandt.

Durch die offene Tür konnte sie im Hintergrund die lokalen Nachrichten hören, aber es war ihr egal, was in der Welt geschah. Sie war im Moment nur damit beschäftigt herauszufinden, was sie als Nächstes tun sollte.

Plötzlich wurde ihr friedlicher Abend durch einen Sonderbericht des lokalen Nachrichtensenders unterbrochen. »Eilmeldung vom Flughafen Sea-Tac. Wieder eine Tragödie am Himmel. Diesmal trifft es Trans Pacific Airlines. Gerade erhielten wir die Nachricht, dass ein Notruf eingegangen ist.«

Stormys Herz begann sofort zu rasen. Sie eilte ins Haus und stellte sich vor den Fernseher, um zu sehen, wie die Brünette auf dem Bildschirm auf ihre Notizen schaute.

»Der Flug der Trans Pacific Airlines befand sich auf dem Weg nach Honolulu und hatte offenbar einen Triebwerksschaden. Uns erreichen Meldungen, dass die Maschine genau vor fünf Minuten den Kontakt zum Tower verloren hat. Es wurde noch nicht bestätigt, aber das Flugzeug stürzte wahrscheinlich zweihundert Meilen vor der Küste in den Pazifik. Weitere Einzelheiten, einschließlich der Flugnummer, wurden bisher noch nicht bekannt gegeben …«

Stormy wusste, dass der Flughafen im Fall von Flugzeugabstürzen eine zentrale Stelle für Familienangehörige und Freunde einrichtete, an der sie Informationen erhielten. Dank Lindseys rasanter Fahrweise gelangte Stormy in genau einer Stunde vom Haus ihrer Freundin zum Flughafen.

Falls Cooper der Kapitän dieses Fluges gewesen war und sie ihn für immer verloren hatte, war sie nicht sicher, wie sie damit umgehen würde. Mit der Hand strich sie über ihren sich verkrampfenden Magen.

Stormy stürmte durch die Drehtüren in die Halle der Trans Pacific Airlines, wo Nachrichtensender eifrig ihre Kameras aufstellten und Liveberichte vom Absturz brachten.

Als sie sich dem Flugschalter näherte, wollte sie unbedingt mit jemandem reden, der wusste, wer der Kapitän des Fluges war, aber zu ihrem Entsetzen waren sämtliche Schalter von Trans Pacific unbesetzt, als hätte die Fluggesellschaft zugemacht und sämtliche Leute im Stich gelassen, die nach Antworten suchten.

Panik überkam Stormy, obwohl sie sie zu bekämpfen versuchte, und ein gellender Schrei entfuhr ihrer Kehle, als sie zusammenbrach. Ein Wechsel zwischen klaren und verschwommenen Bildern beeinträchtigte ihr Sehvermögen.

Sofort zog sie die Aufmerksamkeit der Kamerateams und Reporter auf sich, die Stormy heranzoomten und den brandaktuellen Neuigkeiten über die Flugzeugkatastrophe auf hoher See ein menschliches Gesicht gaben.

Mitten in ihrer Panikattacke öffnete sich eine Tür hinter dem Flugschalter und eine Angestellte eilte auf Stormy zu, um ihr zu helfen.

Die Halle geriet außer Rand und Band vor Geräuschen von Kameraauslösern und einem verrückten elektronischen

Blitzlichtgewitter, als sich Zeitungsreporter und Fernsehteams bemühten, das Bild einer Angestellten der Fluggesellschaft einzufangen, die einer nächsten Angehörigen des unglückseligen Fluges beistand.

Die Frau beugte sich herunter, um Stormy zu trösten, legte den Arm um sie und strich ihr in kreisenden Bewegungen über den Rücken. Es war Meredith.

Als sie Stormy erkannte, füllten sich Merediths ohnehin vor Ergriffenheit gerötete Augen mit Tränen, und sie schaute Stormy traurig und voller Mitleid an. Als die Tränen schließlich über ihre Wangen liefen, wusste Stormy auch ohne dass Meredith es sagte, dass tatsächlich Cooper das Flugzeug geflogen hatte.

»Es tut mir so leid, Stormy«, sagte sie, und Stormy verlor in ihren Armen das Bewusstsein.

»Ich brauche hier Hilfe!«, schrie Meredith.

Innerhalb von Sekunden erschienen zwei Flughafenpolizisten. Einer hob Stormy vom Boden hoch und trug sie in das Büro hinter dem Ticketschalter.

Stormy erwachte in einem großen Raum beim Klang mehrerer Stimmen. Einige riefen laut etwas, während andere still schluchzten. Sie lag auf dem Rücken auf einer Pritsche, als sie die Augen aufschlug, und sah Sherman, der auf sie herabschaute. Er hatte die ganze Zeit neben ihr gesessen.

»Na bitte! Zeit, aufzuwachen, Schätzchen«, sagte er mit besorgtem Gesichtsausdruck.

Der Anblick von Sherman war tröstend beim Aufwachen, aber wie tausend Albträume, die alle auf einmal auf sie einstürmten, wurde Stormy allzu bald an das erinnert, was passiert war und wen sie verloren hatte.

Stormy umklammerte ihren Bauch und hielt schützend die Hand über Coopers ungeborenes Kind. Der immer noch überwältigende Schmerz des Verlustes ließ sie schluchzen und den

Kopf schütteln, als ob ein *Nein* die Situation ändern würde. Stormy klammerte sich an Sherman.

»Ich bin so froh, dass du hier bist«, sagte sie schließlich.

»Ich bin auch froh, dass du hier bist, Schätzchen«, versicherte er ihr.

»Ich weiß nicht, ob ich das hier alleine durchstehen kann«, stieß Stormy hervor, und wieder liefen die Tränen.

»Du wirst erstaunt sein, was ein Mensch aushalten kann«, tröstete Sherman sie. »Ich war da, als Coop seinen ersten Flug absolvierte, und ich bin jetzt hier, bei dir. Du bist nicht allein, Schätzchen.«

Sherman nahm Stormys Hand und hielt sie fest in seiner, als beide jede Menge stille Gebete gen Himmel schickten.

»Ich weiß nicht, ob ich die Stille aushalte«, gestand Stormy nach einer Weile. All ihre Tränen waren geweint.

Sherman schaute sie mit großen leuchtenden Augen an. »Stormy, er lebt! Der Junge lebt! Ich weiß das. Ich spüre das in meinen Knochen. Deshalb verlier den Mut nicht, du wirst sehen.«

Hoffnungsvoll blickte Stormy zu Sherman auf. »Glaubst du das wirklich?«

»Ja, Schätzchen. Das tue ich. Und weißt du, was?«, fragte er mit einem Lächeln.

»Was?«

»Ich wette, es ist sein Bruder, der ihm da draußen den Arsch retten wird«, antwortete er kichernd.

»Das hoffe ich«, hauchte Stormy, und dann kullerten doch noch ein paar Tränen.

Kapitel 40

Ein Stöhnen entfuhr ihm, als Cooper langsam die Augen aufschlug und Wasser gegen seine Beine schlug. Seine Sicht war verschwommen, und blinzelnd versuchte er sich zurechtzufinden. Als sein Verstand wieder einsetzte, hob er die Hand an den schmerzenden Kopf.

Das warme Gefühl ließ ihn die Finger zurückziehen, und er sah, wie Blut von der Hand tropfte. An der Stirn hatte er eine schlimme Schnittwunde, weil er beim Aufprall mit der Stirn an das Seitenfenster geschlagen war, und das spürte er jetzt überdeutlich.

Um sich blickend, versuchte Cooper sich ein Bild von der Situation zu machen. Das Cockpit war ein einziger Trümmerhaufen aus Glasscherben und verbeultem Metall. Wasser drang durch die Frontscheibe ein und floss bei jeder heranrollenden Welle an der Instrumententafel herunter.

Das Geräusch von ächzendem und knirschendem Metall drang in seine Ohren, während der Flugzeugrumpf sachte auf dem Meer schaukelte. Cooper löste den Fünfpunktgurt, und seine Gedanken waren nicht mehr auf sein eigenes Wohl gerichtet, sondern auf das seiner Passagiere und Crewmitglieder. Er warf einen Blick auf Wolf, der immer noch bewusstlos in seinem Sitz hing.

»Wolf, wach auf!« Cooper rüttelte ihn an den Schultern und wiederholte immer wieder seinen Namen.

Genau in dem Moment wurde das Knarren lauter, und der Bug des Flugzeugs neigte sich dramatisch nach unten. Der Schaden, den es erlitten hatte, war beträchtlich, und es grenzte nahezu an ein Wunder, dass es überhaupt noch schwamm. Aber der vordere Teil des Laderaums war geflutet und beschleunigte den Untergang des Flugzeugs. Durch die Frontscheibe drang Wasser ein und füllte das Cockpit immer schneller.

Wolf stand das Wasser jetzt schon bis zur Brust, und Coopers Bemühen, ihn zu wecken, wurde immer verzweifelter. »Wolf! Mach schon, Kumpel, wach auf!« Cooper schüttelte Wolf jetzt heftig mit beiden Händen. Als sich der Wasserspiegel zügig Wolfs Hals näherte, schlug dieser langsam die Augen auf.

»Cooper, was zum Teufel geht hier vor sich?« Panik war in Wolfs Blick zu erkennen, denn er registrierte das eiskalte Wasser.

»Das Flugzeug sinkt schnell, und wir müssen hier raus«, kommandierte Cooper.

»Sieht so aus, als bekäme ich den Gurt nicht auf.« Wolf reckte sich panisch und spuckte Wasser aus, das sein Gesicht erreicht hatte.

»Warte! Lass es mich versuchen«, rief Cooper, holte tief Luft und tauchte in das eisige Wasser des Pazifiks.

Cooper riss und zog mit aller Kraft am Gurtmechanismus, doch umsonst. Er tauchte wieder auf und sagte so ruhig wie möglich: »Wolf, halte durch, Kumpel. Ich werde etwas suchen, mit dem ich den Gurt durchschneiden kann.«

Cooper sah sich um und versuchte, etwas zu finden, das scharf genug war, um die stabilen Gurte zu durchtrennen.

Der Wasserspiegel stieg weiter gefährlich an, und jede verschwendete Sekunde bedeutete, dass Wolf dem Tod näherkam.

Wieder holte Cooper tief Luft und tauchte unter, versuchte erneut, seinen verzweifelten Kollegen aus dem Sitz zu befreien.

Das Wasser war von den Lampen der Instrumententafel schwach erleuchtet, aber die Leuchtkraft ließ schnell nach, weil das Wasser einen Weg in das elektrische System gefunden hatte. Cooper tauchte nach Luft schnappend auf und hatte noch immer nichts erreicht.

»Es tut mir leid, Kumpel, aber ich kriege dieses verdammte Ding auch nicht auf«, gestand Cooper düster und griff nach Wolfs Hand.

»Kannst du etwas für mich tun?«, fragte Wolf und zog Cooper am Hemd zu sich heran. Während der Wasserspiegel weiterhin stieg, bekam Wolfs Gesicht plötzlich einen friedlichen Ausdruck.

»Alles.«

»Sag dieser sexy Flugbegleiterin, dass es nicht nur ein One-Night-Stand war. Ich hab mir vor Angst fast in die Hosen gemacht, als ich gemerkt habe, wie sehr ich sie mag.« Jetzt bedeckte das Wasser bereits sein Gesicht, und Wolf zerrte noch heftiger an Coopers Hemd. Der war ganz und gar darauf eingestellt, mit seinem Kopiloten unterzugehen, und wollte keinen zurücklassen.

Gerade, als er sich abwenden wollte, sah er unter Wasser etwas glitzern, etwas, das vom flackernden Licht beschienen wurde. Es war eine große Glasscherbe, die aus der Frontscheibe herausgebrochen war. Adrenalin schoss durch seine Venen, als er wieder untertauchte, nach der Scherbe griff und begann, die Gurte zu durchtrennen.

Einer nach dem anderen riss. Wolfs Körper, der jetzt leblos erschien, war frei. Mit einem Arm um seinen Freund, drängte Cooper durch die Cockpittür und in die geflutete Kabine.

Das Flugzeug neigte sich plötzlich heftig nach vorn, was dazu führte, dass eine große Menge Wasser durch die offenen

Ausgänge strömte. Cooper warf einen Blick auf Wolfs Gesicht und stellte fest, dass er immer blasser wurde. Er wusste, dass Wolf ohne baldige Reanimation keine Überlebenschance hatte. Geräusche von Passagieren und die undeutlichen Stimmen der Flugbegleiter, die Anweisungen von außerhalb des Flugzeugs gaben, waren zu hören. Es schien, als hätten sie alle Passagiere rechtzeitig hinausbekommen.

Der Gang war voller herumschwimmender persönlicher Sachen, an denen Cooper sich vorbeischlängeln musste, um zur offen stehenden Ausgangstür zu gelangen. Als er sich aus der Öffnung drängte, schien ein grelles Licht auf ihn. Er schaute auf und hörte die sich drehenden Rotorblätter eines Hubschraubers, der vorbeiflog und außer Sichtweite verschwand.

An der Seite des Hubschraubers war leuchtendes Orange und Weiß zu erkennen, was Cooper sagte, dass die Küstenwache hier war. Ein schwaches Gefühl der Erleichterung überkam ihn, als er Wolf zum Flügel zog und sich dort mit ihm auf dem Rücken und sein Kinn über Wasser haltend festhielt. Der Hubschrauber entfernte sich vom Wrack und rief wahrscheinlich Hilfe herbei.

»Kapitän, Kapitän, hierher«, rief eine der Flugbegleiterinnen und kam mit einem Rettungsboot herangepaddelt.

Das Meer lag ruhig da, und Wasser schwappte gegen den Rumpf des Flugzeugs. Die Umgebung war nur schwach von hier und da auf der Wasseroberfläche brennendem Treibstoff beleuchtet. Cooper sah gelbe Rettungsboote mit Passagieren. Die schrillen Schreie, die vorhin in der Luft gelegen hatten, waren verklungen, und die Leute schluchzten nur noch vor Erleichterung.

Die Ausbildung der Flugbegleiter hatte sich, so schien es, für jeden an Bord bezahlt gemacht, denn sie hatten schnell und zuverlässig die Passagiere aus der gefluteten Kabine in die schaukelnden Rettungsboote evakuiert.

Was wie eine unmögliche Aufgabe ausgesehen hatte, war von Cooper und seinem Ersten Offizier bewältigt worden. Das Flugzeug war nicht auseinandergebrochen, und sie hatten für jede Seele die Verantwortung getragen. Aber weitere Anstrengungen waren nötig, um sicherzugehen, dass alle überlebten.

»Haben alle das Flugzeug verlassen?«, rief Cooper.

»Jeder einzelne Passagier ist in Sicherheit«, verkündete die Flugbegleiterin freudig.

Cooper musste gegen die Tränen ankämpfen, als er auf seine Mannschaft schaute. Jeder von ihnen hatte seinen Job gemacht, war an die Grenzen gegangen und hatte dafür gesorgt, dass keiner sein Leben verlor. Diese Fluggesellschaft gehörte ihm, und das waren die Leute, die er beschäftigte. Er hatte sie gut ausgewählt.

Jetzt konnte er von Bord gehen.

Cooper streckte die Hand aus und griff nach dem Seil, das das gelbe Schlauchboot umgab. »Ich brauche Hilfe! Wolf muss reanimiert werden.«

Mithilfe einiger Passagiere hob Cooper Wolf hoch und legte ihn auf den Boden des Schlauchboots. Dann kletterte er selbst hinein. Er stieß das Boot vom Flugzeugrumpf ab und begann mit der Reanimation seines Freundes. Ein kräftiger Atemstoß, und Cooper sah, wie sich Wolfs Brust hob und senkte. Dann begann er mit der Druckmasssage.

»Komm schon, Wolf, atme!« Cooper führte das Verhältnis von einem Atemstoß und fünfzehn Kompressionen des Brustkorbs fort und achtete dazwischen auf Lebenszeichen. Die Passagiere des Schlauchboots und anderer um sie herum drehten sich um und schauten auf Cooper. Ihre Gedanken kreisten jetzt nicht mehr um ihre eigenen Nöte.

»Wolf, komm schon, Mann! Ich will Tori nicht gegenübertreten. Die Frau macht mir Angst.« Cooper wurde immer verzweifelter, je heftiger er die Druckmassage durchführte.

In dem Moment war ein schwaches Gurgeln zu hören, und Wolf öffnete die Augen zu Schlitzen. »Genau! Spuck's aus, Kumpel!« Cooper setzte Wolf auf und klopfte ihm auf den Rücken. Ein explosionsartiger Wasserstrahl kam aus Wolfs Mund, gefolgt von einem tiefen Atemzug, der seine Lunge mit frischer Luft versorgte.

In den auf dem Wasser schaukelnden Schlauchbooten spendeten die Passagiere Beifall, um den Piloten zu zeigen, dass sie ihnen für die Rettung ihrer Leben dankten. Erschöpft von diesem traumatischen Erlebnis legte Wolf den Kopf auf den Rand des Bootes. Er griff nach Coopers Hand und sagte mit heiserer Stimme: »Danke, Mann. Ich schulde dir was.«

Cooper lächelte.

»Lass uns die Bedingungen später besprechen.«

Jetzt war es an der Zeit herauszufinden, wie viele Leute verletzt waren.

»Welche Verletzungen haben wir?«

»Soweit ich weiß, Kapitän, viele Prellungen, Blutergüsse, Schnittwunden, Abschürfungen und einige Knochenbrüche, aber nichts Lebensbedrohliches.«

»Das ist gut zu hören. Lasst uns die Verletzten so gut es geht versorgen und so viele Decken austeilen, wie Sie geschnappt haben.«

»Wie wäre es, wenn wir Sie zuerst verbinden?«, fragte die Flugbegleiterin.

Cooper wischte sich Blut von seiner Schnittwunde. Er hatte in der ganzen Aufregung vergessen, dass er selbst verwundet war.

Die Flugbegleiter begannen so gut es ging, die Verwundeten zu verbinden und die Passagiere warmzuhalten. Obwohl das Meer ruhig war, zogen die Strömungen die Rettungsboote weiter vom sinkenden Wrack weg.

Dann sank das Flugzeug schnell. Das Meerwasser blubberte und wurde in die Luft gesprüht, und schon verschwand der quietschende Metallkörper unter der Wasseroberfläche.

Jeder drehte sich um und sah zu, wie der letzte Teil des Flugzeugs, das Heck, vom Meer verschluckt wurde. Cooper erschien es unwirklich, zu sehen, wie das Trans-Pacific-Logo in einen Strudel Meerwasser gezogen wurde und das einzige Todesopfer darstellte, was bei diesem entsetzlichen Vorfall zu beklagen war.

Die Nacht wurde kälter, und die Passagiere bemühten sich, warm zu bleiben, während sie mitten auf dem Meer dahintrieben. Nur ein paar wahllos verteilte Treibstoffflecken ließen sich vom dahinplätschernden Wasser nicht löschen. Ein paar Stunden erschienen wie Tage, und die Hoffnung auf Rettung schien zu schwinden. Warum kam der Hubschrauber nicht zurück?

»Mittlerweile müssten sie doch hier sein«, bemerkte ein Passagier von einem benachbarten Rettungsboot.

Jeder schien seine Aufmerksamkeit auf Cooper zu richten, weil er hier der Anführer war. »Was sollen wir tun, Kapitän?«

Cooper drehte sich um und blickte auf die Überlebenden, die zu ihm schauten und auf ein Minimum an beruhigenden Worten hofften. Das war es, was sein Vater immer von ihm gewollt hatte: die Fähigkeit zu führen, zu überzeugen und etwas zu bewegen. Bei dem Gedanken daran, was sich in den letzten sechs Jahren alles geändert hatte, wurde ihm ganz schwindelig. Es schmerzte ihn, dass sein Vater nicht mehr da war, um den Mann zu sehen, der aus Cooper geworden war.

»Sie haben uns bereits entdeckt, und wir haben unsere Anflugfunkfeuer aktiviert. Es sollte nicht mehr allzu lange dauern.« Diese Worte schienen sie zu beruhigen, denn es gab kaum Reaktionen darauf. Keine dreißig Minuten später war ein leises Rattern zu hören, das von einem beständig plätschernden Geräusch begleitet wurde.

»Schaut mal dort!«, rief einer der Passagiere und deutete in die Dunkelheit.

»Das ist ein Schiff!«

Aus der Dunkelheit tauchte der spitze, weiß- und orange-farbene Bug eines Küstenwachekutters auf. Das große Schiff wurde von drei kleineren Booten mit hellen Scheinwerfern begleitet, die durch die sich jetzt nähernde Nebelbank drangen. Das tiefe Heulen der kleineren Boote ließ die Passagiere und Cooper aufatmen.

Nicht lange nach dem Eintreffen der Boote kreisten Hubschrauber über ihnen. Cooper sah jedoch nicht das Orange der Küstenwache auf ihren Seiten. Als er genauer hin-schaute, erhaschte er einen Blick auf einen der Hubschrauber. NEWS 19 stand da geschrieben. Wütend schaute er hoch zu den Geiern, die hofften, das erste Foto von auf dem Wasser treibenden Leichen zu ergattern. Da hatten sie aber Pech gehabt.

Cooper wandte sich an Wolf. »Sie sind hier, um uns zu holen, Kumpel. Es geht nach Hause.«

Wolf nickte, war immer noch ziemlich mitgenommen, brachte aber ein Lächeln zustande.

Die Küstenwache fing an, Passagiere an Bord zu nehmen und sie sofort mit trockener Kleidung und warmen Decken zu versorgen. Cooper winkte eines der Boote herbei, das längsseits kam und das leichte Rettungsboot durch die verur-sachten Wellen auf und nieder tanzen ließ. Ein Leutnant der Küstenwache lehnte sich über die Reling.

»Ich habe hier einen Verletzten, der sofortige medizinische Hilfe braucht«, rief Cooper dem Mann zu.

Wolf wurde aufs Schiff gezogen.

Cooper lehnte sich an die Außenseite des Bootes und weigerte sich, an Bord zu gehen, solange nicht der letzte Passagier geborgen war.

Er war jetzt allein im Rettungsboot, schwamm auf dem kalten Wasser des Pazifiks und blendete die Stimmen um sich herum aus. Das Wasser im Boot schwappte mit jeder Welle von einer Seite zur anderen. So saß er mit seiner Schwimmweste da und hatte eine Decke um sich gewickelt, um die Kälte zu bekämpfen.

Mit zitternder Hand griff er in die durchnässte Hosentasche und zog ein kleines schwarzes Kästchen hervor. Die einstige Pappschachtel war jetzt mehr Brei als Pappe. Er öffnete sie, entfernte die aufgeweichten Teile und förderte einen atemberaubenden Diamantring zutage, der in den Scheinwerfern des Schiffes der Küstenwache funkelte.

»Alle sind an Bord, Kapitän, aber wir wurden gebeten, Sie nach Hause fliegen zu lassen«, rief der Mann der Küstenwache.

Cooper lächelte und wusste genau, woher diese Bitte kam. Als das Schiff zurücksetzte, konnte er das deutliche Geräusch sich drehender Rotorblätter eines Hubschraubers der Küstenwache hören.

Das Licht wurde greller, je mehr sich der Heli Coopers Position näherte. Die Lichtstrahlen wurden ab und zu von einem Mann in einem Korb unterbrochen, der herabgelassen wurde. Dann griff der Mann nach Coopers Hand und zog ihn neben sich in den Korb. Das Kabel schwang hin und her, als die Crew des Hubschraubers den Korb wieder hochzog.

»Bruder, verdammt gut, dich zu sehen!«, rief Cooper.

»Nicht so gut, wie es ist, dich zu sehen. Dieses Mal hast du mich aber wirklich zu Tode erschreckt, Coop«, gestand Nick. »Ich konnte diesen Vogel noch nicht mal fliegen.«

»So ginge es mir auch, wenn es andersherum wäre«, gab Cooper zu.

»Wo landen wir?«

»Wir bringen alle Passagiere zum Unfallhilfezentrum des Roten Kreuzes.«

»Du musst deine Beziehungen spielen lassen, Nick, und mich woanders absetzen.«

»Tut mir leid, Bruder, keine Chance. Der Befehl lautet, alle Überlebenden zum Zentrum zu bringen, damit sie unter die Lupe genommen werden.«

»Muss ich dich daran erinnern, dass ich der ältere Bruder bin? Ich muss zu Stormy, und wenn das Schicksal mir gegenüber wohlgesinnt ist, dann finde ich sie am Flughafen«, erklärte Cooper zunehmend frustriert.

»Dann wird mir aber wegen dir der Arsch aufgerissen, Coop«, beschwerte sich Nick.

»Bring mich einfach zurück zum Sea-Tac«, wiederholte Coop, bevor er seinem Bruder gestand: »Ich liebe sie, Nick, und ich muss ihr das sagen.«

»Na gut, Mann, aber ich mache das nur, weil ich ein kitschiger Romantiker bin«, lenkte Nick ein und gab Anweisung, zum Flughafen von Seattle zu fliegen.

Es war kurz nach Mitternacht, als Nick den Helikopter auf einer Rollbahn gegenüber dem TPA-Passagierterminal aufsetzen ließ. Alle Flüge waren dort für den Rest der Nacht gestrichen worden.

Genau in dem Moment, in dem der Heli aufsetzte, riss Cooper die Schiebetür auf der rechten Seite des Rettungshubschraubers auf.

»He! Was zum Teufel machen Sie da?«, schrie einer der Männer, streckte die Hand aus und versuchte erfolglos, Cooper zurückzuziehen.

Durch den starken Wind, den die Rotorblätter erzeugten, und den ohrenbetäubenden Lärm des Motors flitzte Cooper im gestreckten Galopp vom Rettungshubschrauber zum Terminal.

»Lass ihn laufen. Er weiß, was er tut«, erklärte Nick durch das Mikrofon an seinem Flughelm. »Wenn auffliegt, dass wir ihn hier rausgelassen haben, dann muss er den Kopf dafür hinhalten. Aber ich bezweifele, dass irgendjemand etwas gegen den Kapitän sagen wird, der eine Boeing 757 bei Sonnenuntergang auf dem Meer aufgesetzt hat, ohne dass es Tote gab.«

Cooper rannte in seiner immer noch vom Meerwasser durchnässten Uniform und mit schmerzendem Körper in das Terminal. Er drängte sich durch die Flughafenhalle und hastete weiter. Jetzt überkam ihn Erschöpfung. Er zitterte, und die feuchte Uniform klebte ihm am Körper.

Es schien ewig zu dauern, aber schließlich erreichte er den Ticketschalter und war froh, bekannte Fingernägel auf die Tastatur hämmern zu sehen.

»Du lieber Himmel! Cooper! Was machen Sie hier? Sie sollten im Krankenhaus sein«, schimpfte Meredith.

»Stormy?«, keuchte Cooper und lehnte sich gegen den Schalter.

»Stormy?«

»Ja, ist sie hier? Ich muss sie sehen …«

»Nein, sie wurde ins Krankenhaus gebracht.«

Ihn überkam mehr Panik als bei der Notlandung im Meer, das ihn und seine Mannschaft hatte verschlingen wollen. Was war passiert? »In welches?«

Meredith nannte ihm den Namen, und dann hörte er nicht mehr zu. Er rannte durch das Terminal und musste sie finden.

KAPITEL 41

Stormy schlug die Augen auf und war erschrocken über das Überwachungsgerät an ihrem Finger und die ihren Herzschlag wiedergebende Maschine.

»Was ist passiert?«, krächzte sie.

»Du wirst im Krankenhaus überwacht«, informierte Sherman sie. Sie drehte sich und sah sein kreidebleiches Gesicht neben sich.

»Sherman?« Mehr musste sie nicht fragen.

»Coop geht es gut«, beruhigte er sie. »Er ist jetzt auf dem Weg hierher.«

»Ich kann hier nicht rumliegen!« Sie riss an dem Gerät an ihrem Finger und setzte sich auf, woraufhin die Überwachungsgeräte sofort Alarm schlugen. Eine Krankenschwester kam hereingerannt.

»Hören Sie damit auf!«, kommandierte sie.

»Nein!« Stormy hob die Beine aus dem Bett, und war ein bisschen benommen, als sie aufstand. Die Krankenschwester versuchte, sie aufzuhalten, aber Stormy musste Cooper finden. Und im Bett liegend war das unmöglich.

Sie stürzte zur Tür und hätte fast Nick umgerannt, der gerade hereinkam, um Sherman zu sagen, dass Cooper jede Minute eintreffen musste.

Stormy rannte zum Treppenabsatz, von dem aus sie die Halle überblicken konnte. Ihr Blick wanderte über die wiedervereinten Menschen, konnte Cooper jedoch nirgends finden. Am Fuße der Treppe wurde sie von der Menschenmenge verschluckt, bevor sie ihn endlich entdeckte.

Mit klopfendem Herzen bahnte sie sich einen Weg und lief durch die Halle. Dann griff sie nach seinem Arm.

»Ich hatte solche Angst. Ich dachte wirklich, ich hätte dich verloren«, flüsterte sie. »Ich muss dir sagen, dass ich … dass ich dich liebe.« Tränen liefen ihr über die Wangen, aber das war ihr egal.

Der Mann drehte sich um, und zu Stormys Entsetzen war es nicht Cooper.

»Wow, danke! Es passiert mir nicht jeden Tag, dass sich eine schöne Frau auf mich stürzt. In Wirklichkeit nur jeden zweiten. Also …, kommen Sie oft hierher?« Der Mann lächelte und Stormy konnte nicht erkennen, ob er es ernst meinte oder nicht, aber sie schämte sich.

»Tut mir leid …, tut mir leid. Ich dachte, Sie wären …, Sie wären jemand anderer.«

Der Mann sah wirklich aus wie Cooper. Seine Größe, der Hautton und die Haare waren fast, wenn nicht gar vollkommen, identisch, aber jetzt aus der Nähe betrachtet, war offensichtlich, dass sie eine unterschiedliche Statur hatten. Und der Mann trug einen sehr teuren Designeranzug. Doch trotz alledem war Stormy am meisten von seinen Augen hingerissen.

Genau wie Cooper hatte dieser Mann stechend grüne Augen, die Stormys Blick in einem scheinbar endlosen Moment einfingen. Sie hatte das Gefühl, als wäre sie einem einsamen Wolf in einer gefrorenen Einöde über den Weg gelaufen.

»Kennen wir uns?«, fragte Stormy schließlich.

Der Mann, der jetzt ein wenig beunruhigt schien, schob plötzlich seine Krawatte zurecht und räusperte sich.

»Ja. Ich wollte dich zurückrufen, aber ich habe deine Nummer verloren. Toll, dass wir uns wiedersehen.«

»Wiedersehen? Haben wir uns schon mal getroffen?«

Dieses Mal schien er sie zu verstehen und atmete erleichtert auf, während er ohne Erfolg versuchte, seinen vorherigen Kommentar als deplatzierten Humor abzutun. »Ich würde mich sicher an dich erinnern, Schätzchen. Warum haben wir uns bisher noch *nicht* getroffen?«

Stormy schnappte nach Luft. »O mein Gott, du bist Ace, Coopers Bruder!« Weshalb war sie nicht sofort darauf gekommen?

»Stimmt. Der alte Mann ist mein Bruder«, gab Ace schließlich zu.

»Ich bin eine … Freundin deines Bruders.« Stormy ging nicht so weit, sich angesichts dessen, was passiert war, als sie Cooper das letzte Mal gesehen hatte, als *die* Freundin zu bezeichnen. Aber spielte das jetzt wirklich noch eine Rolle? Sie korrigierte sich. »Ich bin seine Freundin.«

»Und von welchem Bruder? Hab ich eine Chance oder nicht?«

»Nein, keine Chance«, antwortete sie. Ihr Herz gehörte nur einem Armstrong. »Ich bin Coopers Freundin. Oder zumindest hoffe ich, dass ich das noch bin.«

»Wo ist eigentlich mein herzallerliebster Bruder? Ich hab gehört, er ist dem Tod nur knapp entronnen.«

Verdammt, dieser Mann war hart gesotten. Aber Stormy war keine, die jemanden auf den ersten Blick verurteilte. Und da war etwas in seinen Augen, das sie sich fragen ließ, ob Sherman recht hatte, dass Ace zurück nach Hause kommen wollte. Sie wusste nicht, ob sie jemals die Chance haben würde, ihn danach zu fragen.

»Ich habe ihn noch nicht gefunden.« Stormy sah sich in der Lobby wieder nach Cooper um, der vielleicht irgendwo saß. Er musste erschöpft sein.

»Wir können ja in unterschiedlichen Richtungen suchen, und mal gucken, was dabei herauskommt«, schlug Ace vor und entfernte sich.

Stormy beschloss, denselben Weg zurück zu ihrem Zimmer zu gehen. Vielleicht suchte Cooper ebenfalls nach ihr.

Und dann entdeckte sie ihn.

Die Halle voller Leute wurde ausgeblendet, als ihr Blick auf seinen traf. Und genau da, in diesem Moment, wusste sie, dass alles gut werden würde. Er riss sich von seinem Onkel und Nick los und rannte trotz seiner Erschöpfung auf sie zu.

Worte wurden nicht gewechselt, als er sie hochhob und seine Lippen ihre fanden. Stormy war so glücklich, wieder in seinen Armen zu liegen, dass sie gegen seinen Mund schluchzte.

Viel zu früh wich er zurück, aber Stormy wusste, dass sie reden mussten. Tränen liefen ihr über die Wangen, als sie sein Gesicht berührte. In den letzten Stunden hatte sie trübsinnig gedacht, dass sie dazu vielleicht nie mehr Gelegenheit bekommen würde. Das hatte die Dinge relativiert.

»Es tut mir leid, Cooper. Ich hätte dir vertrauen sollen. Es erscheint jetzt alles so belanglos.« Sie weinte.

Cooper legt die Hand auf Stormys Wange.

»Nein, ich war derjenige, der dir alles hätte sagen müssen. Ich verstehe, weshalb du so reagiert hast.«

»Das ist egal. Ich schwöre dir, dass es egal ist. Für mich ist im Moment nur wichtig, dass es dir gut geht«, gestand sie.

»Ich war nicht ehrlich zu dir, Stormy. Ich habe dir eine Menge Informationen vorenthalten.«

»Das ist mir egal.«

»Ich fliege nicht nur für Trans Pacific Airlines, mir gehört die Fluggesellschaft«, gab er mit gedämpfter Stimme zu.

Das ließ sie kurz innehalten. »Wow!«

»Ich liebe die Fliegerei, und ich könnte mich niemals damit zufriedengeben, für jemand anderen zu arbeiten. Ich habe eine

Menge Geld, Stormy, und es tut mir leid, dass ich dir nicht alles gesagt habe. Es hat lange gedauert, bis ich das Vertrauen in die Menschen zurückgewonnen hatte, aber dir vertraue ich von ganzem Herzen.«

»O Cooper, mir ist doch egal, was du besitzt. Ich will nur Teil deines Lebens sein«, stieß sie hervor, und Tränen liefen ihr über die Wangen.

»Ich liebe dich, Stormy. Ich hatte eigentlich vor, dir das eher zu sagen, aber dann ist alles aus dem Ruder gelaufen«, sagte er mit einem Funkeln in den Augen. »Durch Gottes Gnade hat sich das Meer geweigert, mich in seinen Tiefen zu begraben, und mich stattdessen zu dir zurückgebracht.«

»Ich liebe dich so sehr«, flüsterte Stormy. »Es tut mir leid, dass ich gegangen bin …, dass ich davongerannt bin. Das werde ich nie wieder tun.«

»Das ist egal«, wiederholte er ihre Worte.

Plötzlich ließ er sie los und fiel vor ihr auf die Knie. Aus seiner Jackentasche zog er eine sehr aufgeweichte schwarze Schachtel. Wie die Sonne strahlte vor Stormy ein auf Hochglanz polierter goldener Ring mit drei Diamanten, die einen größeren Stein in der Mitte zierten.

»Stormy, heirate mich, und ich werde dich für den Rest meines Lebens auf dieser Erde lieben und ehren. Ich werde die ganze Erbschaft an eine karitative Einrichtung deiner Wahl geben und alles tun, um dir zu beweisen, dass ich dich will, nur dich.«

Er hielt noch immer ihre linke Hand, und Stormy legte ihre rechte auf seine Wange, um sie zärtlich zu streicheln. Ohne den Blickkontakt zu unterbrechen, kniete sie ebenfalls nieder, küsste leicht seine Lippen und nickte.

»Ja, Cooper, ja. Ich möchte für den Rest meines Lebens dir gehören. Und ich vertraue dir. Auch wenn ich das ein paar Tage vergessen hatte.« Nun liefen ihr Freudentränen über die

Wangen, als sie lächelte und seine Mundwinkel küsste. Cooper nahm den Diamantring aus dem zerfallenden Samtkästchen und steckte ihn Stormy an den Finger.

Als sich Cooper und Stormy umarmten, brach in der Lobby Applaus los, und Kameras klickten. Die Menge der Passagiere, Freunde und Familie schloss sich gegenseitig in die Arme und gratulierte sich und dem jungen Paar. Etwas, das als große Tragödie hätte enden können, entpuppte sich als etwas so Wunderbares.

***

Sherman erhaschte von seinem Beobachtungsposten aus einen Blick auf jemandem, den er lange nicht gesehen hatte. Als der Mann aufschaute, trafen sich ihre Blicke.

Für einen flüchtigen Moment lächelte Ace, vielleicht aus Freude darüber, seinen Onkel zu sehen, hoffte Sherman. Doch schnell erlangte sein Neffe die Fassung wieder, und sein Blick wurde erneut eiskalt. Der einsame Wolf ging aus der Tür, um herumzustreifen und nach den Gelüsten seiner Seele zu gieren.

Sherman brach es das Herz.

KAPITEL 42

Cooper stand elegant in seiner Uniform vor dem Spiegel. Über dem Hafen lag an diesem frostigen Januarmorgen eine weiße Spitzendecke aus gefrorenem Tau. Coopers Mutter klopfte leise an die Tür und kam ins Zimmer.

»Heute ist dein großer Tag. Deine Braut sieht fantastisch aus, einfach engelsgleich. Dein Vater wäre ... *ist* sehr stolz auf dich. Ich bin auch stolz auf dich, und ich liebe dich.« Mit dem Gesicht an seiner Schulter umarmte Evelyn ihren Sohn und strich ihm leicht über den Rücken.

»Ich weiß. Ich weiß, dass er stolz auf mich ist. Es ist komisch, aber jetzt verstehe ich die Entscheidungen, die er getroffen hat. In mir spüre ich so viel Frieden, und das ist so, weil ich mich verliebt habe.«

»Ja, die Liebe macht uns vernünftig«, bemerkte seine Mutter mit einem traurigen Lächeln.

»Es tut mir leid, dass du schon so lange ohne ihn bist«, sagte Cooper.

»Ich danke dir, mein Sohn. Das bedeutet mir mehr, als du dir jemals vorstellen kannst.«

Als Cooper wieder aus dem Fenster schaute, um seine Gefühle in den Griff zu bekommen, beschloss er, dass er die Kälte und das Eis mochte. Sie waren rein, klar und wunderschön.

»Wir sollten lieber gehen. Ich möchte meine Braut nicht warten lassen.«

»Ja, meine neue Tochter soll nicht warten.« Evelyn lächelte ihren Sohn an, nahm seine Hand und führte ihn aus dem Zimmer hinunter zur wartenden Limousine, in der bereits Sherman und Coopers Brüder saßen.

»Bist du bereit, dich für alle Zeiten und bis in alle Ewigkeit anbinden zu lassen?«, fragte Nick und gab Cooper einen Klaps auf den Arm.

»Ja, das bin ich«, antwortete Cooper überhaupt nicht verlegen.

»Was um alles in der Welt ist mit dir geschehen?«, fragte Maverick lachend.

»Ich habe mich verliebt. Solltest du irgendwann auch mal ausprobieren«, riet er seinem Bruder.

»Nein, danke. Ich ziehe es vor, meine Eier festzuhalten«, konterte Mav mit einem Augenzwinkern.

»Klar, ich bin mir sicher, dass du das ohne eine Frau sehr oft machst«, entgegnete Cooper.

»He!« Mav machte ein finsteres Gesicht. »Ich habe kein Problem, Frauen zu finden, die mein Bett wärmen.«

»Ja, aber am Ende wirst du doch mit einem leeren Bett dasitzen.« Cooper ließ nicht locker.

»Das ist eine Unterhaltung, die eine Mutter nicht mitanhören sollte«, teilte Evelyn ihren Söhnen mit und erinnerte sie daran, dass sie auch noch da war.

»Tut mir leid, Mom«, murmelte Mav schnell.

»Wir sollten uns lieber auf euren Bruder konzentrieren, denn heute ist sein Tag«, schlug Evelyn vor.

»Ich finde, das hört sich nach einem guten Plan an«, bemerkte Nick und war froh, dass er endlich mal nicht derjenige war, der Ärger bekam. »Außerdem bist du ein Nationalheld, der ein wunderschönes Mädchen heiratet. Und dann werde ich auch noch Onkel. Da ich eure Beziehung so sehr gefördert habe, finde ich, dass mein Neffe nach mir benannt werden sollte.«

»Stormy und ich haben darüber nachgedacht, ihn William Sherman ... oder Will zu nennen.« Cooper suchte ihre Gesichter nach Reaktionen auf den Namen des kleinen Jungen ab, der im Frühjahr geboren werden sollte, und lächelte stolz seine Mutter an.

»Das ist ein wunderbarer Name, mein Sohn. Baby Will hört sich sehr schön an, und seine Großmutter kann es gar nicht abwarten, den kleinen Mann kennenzulernen.«

KAPITEL 43

»Lindsey, meine Haare sehen toll aus.« Stormy schaute im Spiegel ihre beste Freundin an, die den ganzen Vormittag hektisch mit der Frisur beschäftigt gewesen war.

»Ich weiß, aber ich bin so nervös«, antwortete Lindsey.

»Sollte das nicht mein Part sein?«, fragte Stormy lachend. Sie war tatsächlich überhaupt nicht nervös, nur aufgeregt.

»Ja, stimmt. Wie fühlst du dich?«

»Ich hatte irgendwie Angst, dass Cooper nach dem Absturz aus seinem Schockzustand erwachen und davonrennen würde, als ihm bewusst wurde, dass er verlobt ist, aber ich weiß, dass er mich liebt«, erzählte Stormy ihrer Freundin mit einem geheimnisvollen Lächeln.

Lindsey legte beide Hände auf Stormys Arm. »Natürlich tut er das. Ich habe gesehen, wie er dich anschaut …, und das ist wahre Liebe. Daran gibt es keinen Zweifel.«

Stormy lächelte ihre beste Freundin an und dankte ihr dafür, dass sie immer für sie da war. Doch schon bald wurden sie von einem Klopfen an der Tür unterbrochen.

Die Tür wurde einen Spalt weit geöffnet, und eine sanfte Stimme erklang.

»Hallo, meine Liebe. Ich wollte meine wunderschöne Schwiegertochter vor dem großen Moment sehen.«

»Bitte komm doch herein.« Stormy schenkte ihrer Schwiegermutter ein Lächeln. Evelyn war vom ersten Augenblick ihres Kennenlernens nett zu ihr gewesen.

»Du siehst absolut atemberaubend aus, mein Schatz«, staunte Evelyn.

»Danke«, hauchte Stormy.

Sie drehte sich um und betrachtete ihr Spiegelbild. Stormy hatte sich für etwas Schlichtes und Bequemes entschieden, aber das Kleid war wirklich atemberaubend schön. Es war weiß, hatte jedoch einen einzigartigen Stil. Das Mieder des Kleides war mit spitzenartigen Mustern in Form seidig glänzender weißer Jasminblüten und vergoldeter Efeublätter verziert. An der Taille ging es in einen wogenden Rock mit blumigen Akzenten über, die mit kleinen Edelsteinen besetzt waren, was dem Kleid den Anschein verlieh, als würde Stormy durch ein Blumenfeld spazieren.

Die Taille war vorn mit reiner Seide eingefasst, an deren Ende ein diamantenbesetzter Anhänger am Kleid befestigt war, den Stormy selbst gefertigt hatte. Evelyn war dermaßen von Stormys Talent beeindruckt gewesen, dass sie sie bei einem Juwelier untergebracht hatte, wo sie Einzelanfertigungen herstellen und endlich ihren Traum verwirklichen konnte. Ihre Welt wurde jeden Tag größer und besser.

»Es wird Zeit.« Sherman stand jetzt mit Tränen in den Augen in der Tür.

»Oh, Sherman.« Stormy ging zu ihm und küsste ihn auf die Wange. »Dich kennengelernt zu haben hat mein ganzes Leben verändert. Ich kann nicht in Worten ausdrücken, wie viel du mir bedeutest. Danke, dass du mich zum Altar führst. Ich vermisse meinen Dad so sehr, aber ich weiß, dass er dich mir geschickt hat. Er hat dich in mein Leben gebracht, als ich am verletzlichsten und am Ende war, und du hast mich wieder aufgebaut.«

Shermans Augen schimmerten, als er Stormy ansah, und das trieb auch ihr noch mehr Tränen in die Augen.

»Vom Moment unseres Kennenlernens habe ich dich nur als eine schöne, starke, selbstbewusste Frau wahrgenommen«, sagte Sherman. »Ja, wahrscheinlich hast du geglaubt, du wärst am Ende, aber das warst du nie. Ich bin derjenige, der sehr dankbar dafür ist, dass sich unsere Wege gekreuzt haben, und ich glaube auch, dass da dein Vater die Hände im Spiel hatte. Er hat uns zusammengeführt, als wir beide so dringend jemanden brauchten.«

»Danke, Sherman.« Seine Worte bedeuteten ihr mehr, als sie je erklären konnte.

Und dann war es an der Zeit. Jetzt wurde ihr ein klein wenig flau im Magen. Auf die Zeremonie hätte sie verzichten können. Aber zu wissen, dass Cooper und sie am Ende zueinander gehören würden, na ja, das war es wert, im Mittelpunkt stehen zu müssen.

Stormy hatte endlich gefunden, was sie vom Leben gewollt hatte. Es war komisch, wie sich alles in so kurzer Zeit von chaotisch zu fast perfekt geändert hatte. Sie hatte nur aufhören müssen, sich um die kleinen und großen Dinge Sorgen zu machen, und dann hatte sich alles zum Besten gefügt.

Jetzt war sie auf dem Weg zu dem Mann, den sie liebte. Und sie würden bis an ihr Lebensende glücklich und zufrieden sein.

Familie und Freunde hatten sich an diesem frühen Nachmittag im Januar in einer malerischen Kapelle versammelt. Beide Seiten des Ganges waren vom Licht, das durch die bunten Glasfenster zu beiden Seiten des heiligen Ortes fiel, in Farbe getaucht.

Die Kapelle war mit hauchdünnem weißem Stoff geschmückt, der an der Decke drapiert war und sich um die

Säulen schlang, die den Gang säumten. Bahnen des Stoffes waren auch um die großen Porzellanvasen mit prächtigen gelben und roten Rosen dekoriert.

In ihrem Brautkleid, das sie wie eine zur Krönung bereite Königin aussehen ließ, spähte Stormy verstohlen durch eine einen Spalt offen stehende Seitentür zum Altar. Es war alles wie im Traum, zu perfekt und doch alles auch für sie. Eine sonnengebräunte und schwielige Hand griff nach ihrer.

»Es ist an der Zeit«, sagte Sherman. »Aber wenn du es dir anders überlegt hast, schmuggele ich dich sofort hier raus.«

»Oh, Sherman, deshalb will ich Cooper doch heiraten. Weil ich keine Zweifel habe.« Stormy lächelte, als sie ihren Platz neben Sherman einnahm, der so weltmännisch in seinem schwarzen Smoking aussah.

Cooper stand bewegungslos am Altar. Das war alles, was sie wissen musste.

Ein Quartett von Geigern und Cellisten legte gleichzeitig seine Bögen auf die Saiten, um den ersten langen Ton von Pachelbels Kanon anzustimmen. Als das Tempo des beruhigenden Rhythmus zunahm, begann die Hochzeitsprozession ihren stoischen Marsch den Gang entlang.

Sherman geleitete Stormy im perfekten Gleichschritt zur Musik zum Altar. Ihnen voran gingen die Trauzeugen und Brautjungfern. Der mit Blüten bestreute Gang leuchtete in der Nachmittagssonne, deren Strahlen immer noch durch die Fenster fielen. Jede Reihe von Gästen drehte die Köpfe, um die Braut beim Vorbeischreiten zu bewundern.

Als die Brautjungfern und Trauzeugen am Altar ihre Plätze eingenommen hatten, beendete das Streichquartett sein Stück. Cooper und Stormy gaben sich vor Familie und Freunden das Jawort. Die Trauung verlief ohne Zwischenfall und war liebevoll, aber auch elegant.

Nach dem Ehegelübde und dem feierlichen Brautkuss stimmte das Streichquartett den Hochzeitsmarsch an. Die auf den Kirchenbänken sitzenden Gäste standen auf und klatschten zu Ehren der Verbindung zweier füreinander bestimmter Seelen, als das glückliche Paar Hand in Hand als Mann und Frau den Gang entlangschritt. Aschenputtel hatte seinen Prinzen gefunden.

KAPITEL 44

Die Hochzeitsfeier war in einem der großen Festsäle des Crown Plaza im Zentrum von Seattle in vollem Gange. Das Personal bewirtete die Gäste und kümmerte sich eifrig um deren Bedürfnisse, während ausgelassen mit Gelächter und guter Laune gefeiert wurde.

Unterdessen kam es in einem angrenzenden Hausmeisterraum, in den Ace seine neueste Eroberung geführt hatte, zu einem Trubel ganz anderer Art.

Die Frau stöhnte mit gespreizten Beinen, die sie auf den Regalen mit verschiedenen Reinigungsmitteln abgestützt hatte. Ace, der fast gelangweilt aussah, stieß bis zum Höhepunkt in sie. Kaum eine Schweißperle war in seinem Gesicht zu sehen, so uninteressiert war er an der Frau. Er gab dem unbekannten Mädchen einen letzten Kuss, bevor er sich aus ihr zurückzog, das Kondom wegwarf und die Hose hochzog.

Als er aus der Kammer trat, torkelte er ein wenig und blieb stehen, um sich zu orientieren. In seinem Kopf drehte sich alles wegen der Menge Alkohol, die er bereits intus hatte.

Er stolperte um die Ecke des Flures zum Eingang des Festsaals und erschien auf der Feier mit einem Zusammenstoß und daraus resultierendem zerbrochenem Geschirr und verschüttetem Champagner. Die Musik verstummte, und sämtliche Feiernden schauten in seine Richtung.

»Ace?« Nick war der Erste, der seinen Bruder erkannte, mit dem er seit sieben Jahren nicht mehr gesprochen hatte.

»Was machst du hier?«, fragte Maverick, der neben Nick erschien.

»Ich habe ihn eingeladen«, schaltete sich Cooper ein. »Ich hätte nicht gedacht, dass er auftaucht, und jetzt wäre mir das eigentlich auch lieber gewesen«, fügte er hinzu, während die drei auf ihren immer noch am Boden liegenden Bruder blickten.

»He, das schwarze Schaf ist nach Hause zurückgekehrt, um dem ehelichen Glück seines ältesten Bruders beizuwohnen. Das ist doch ein Grund zum Feiern«, meldete sich Ace zu Wort, dem es nichts ausmachte, dass seine Brüder – buchstäblich und im übertragenen Sinne – auf ihn herabschauten. Das war nichts Neues.

»Vielleicht hättest du nicht zurückkehren sollen, wenn du immer noch nicht erwachsen geworden bist«, bemerkte Nick kalt.

»Los, hilf mir auf«, jammerte Ace.

Mit einem Seufzer streckte Nick die Hand aus, und dann sah Ace gar nicht mehr so betrunken aus. Er landete einen rechten Haken auf Nicks Kinnlade, der k. o. zu Boden ging.

»Ace!«, schrie Cooper empört wegen des ungerechtfertigten Schlags.

Er packte Ace am Hemdkragen und stieß ihn durch die Türen hinaus in die Lobby.

»Was zum Teufel ist los? Du verschwindest jahrelang, um dann zu meiner Hochzeit wiederaufzutauchen – meiner verdammten Hochzeit, Ace!«, wetterte Cooper. »Ich habe dich eingeladen, weil ich dich vermisst habe. Aber wenn du dich wie ein Idiot benimmst, dann tut's mir leid, dass ich es getan habe«, schloss Cooper.

»Tut mir leid, Bruder. Wollte nur gratulieren! Hast du gut gemacht mit deiner sexy Braut. Wollte deinen Diener nicht k. o. hauen, aber komm schon, der Typ ist doch 'ne totale Niete, Mann, ein Spaßverderber.« Der Raum drehte sich immer noch, und Ace taumelte lallend auf die Hoteltür zu, um zu verschwinden.

»Diener? Der Diener ist dein Bruder, Ace! Du hast Nick k. o. geschlagen, du Idiot!«

»Ich habe keine Brüder. Verpiss dich!« Ace verließ das Hotel und zeigte Cooper den Stinkefinger, als er ein Taxi herbeirief.

»Lass ihn gehen. Er wird eines Tages zurückkommen«, sagte Maverick plötzlich neben Cooper und legte ihm die Hand auf die Schulter. »Vergiss ihn erst mal. Drinnen ist immer noch eine Party im Gange. Außerdem würde ich mir an deiner Stelle ein wenig Sorgen machen, denn Onkel Sherman tanzt schon die ganze Zeit mit Stormy.«

»Und was ist mit Nick?«

»Dem geht's gut. Er sitzt aufrecht und isst schon wieder feste Nahrung«, erzählte Maverick lachend. »Aber Spaß beiseite, Nick geht's wirklich gut. Er schämt sich vielleicht ein bisschen, aber das ist alles. Ihm geht's gut.«

Beruhigend legte Maverick Cooper den Arm um die Schultern und führte ihn zurück in den Festsaal. Er sehnte sich nach seinem Bruder, aber Ace würde irgendwann wiederaufkreuzen. Das musste er. Er war ja Familie.

EPILOG

Stormy strich sich über den runden Bauch, als sie versuchte, ein paar Frühlingsblumen zu pflanzen. Das war für sie die schönste Jahreszeit, aber je dicker sie wurde, desto schwerer fiel ihr die Gartenarbeit. Sie musste etwas dagegen tun.

Als sie hörte, wie die Hintertür geöffnet wurde, drehte sie sich lächelnd um. Cooper war aber früh von der Arbeit zurück. Doch es war nicht Cooper, der da auf sie zukam, sondern Onkel Sherman.

»Siehst du schon wieder nach mir, Sherman?«

»Überhaupt nicht«, log er.

»Ist schon okay. Seitdem ich die dreißigste Schwangerschaftswoche erreicht habe, war ich nie länger als dreißig Minuten allein. Cooper hat all diese Bedenken, dass ich hinfallen oder vorzeitige Wehen bekommen könnte. Er geht schon so wenig arbeiten, dass es wohl bald zu einer feindlichen Übernahme der Firma kommen wird«, scherzte Stormy.

»Okay, du hast mich erwischt. Und ja, Cooper hat mich heute Morgen nonstop angerufen und gefragt, ob ich schon bei dir bin, aber ich habe dich auch vermisst«, gestand Sherman und blieb neben ihr stehen.

»Wir haben uns doch erst vor drei Tagen das letzte Mal gesehen«, erinnerte ihn Stormy.

»Das sind drei Tage zu viel«, entgegnete er mit einem Lachen.

»Na ja, wenn du schon mal da bist, kannst du mir aufhelfen. Oder ich muss mich wie ein Seehundjunges herumrollen, bis ich die richtige Position gefunden habe, um mich hochzuschieben.«

Das war nur teilweise gescherzt.

Sherman griff nach ihren Händen und half ihr auf.

»Ich glaube kaum, dass da noch viel Platz für meinen Großneffen ist«, sagte Sherman und tätschelte sanft Stormys Bauch.

»Ja, ich hoffe, er entschließt sich, früher zu kommen. Ich glaube kaum, dass ich das noch zwei Wochen aushalte. Ich kann ja kaum noch laufen.« Langsam ging sie zurück zum Haus. »Ich hole uns etwas zu trinken, und dann kannst du mit mir im Schatten plaudern. Die Sonne hat verdammt viel Kraft.«

»Warum setzt du dich nicht, und ich hole etwas zu trinken? Ich weiß doch, wo alles steht«, schlug er vor.

»Nein, du bist hier zu Gast, und ich bin schwanger und nicht krank.«

Sie ließ den widersprechenden Sherman auf der hinteren Veranda stehen, ging hinein und holte ein Tablett mit Eistee, Gläsern und ihren Lieblingskeksen.

Dann saßen sie da, knabberten an ihrem Gebäck, und Stormy versuchte, das Ziehen in ihrem Bauch zu ignorieren. Sie wusste, dass es nur Vorwehen waren.

Aber bei der nächsten Wehe durchzuckte sie ein brennender Schmerz, und der Boden unter ihr wurde nass. Mit weit aufgerissenen Augen schaute sie auf.

»Oh, ich glaube, es ist an der Zeit …«

***

Das Wartezimmer im Krankenhaus war voller Freunde und Familie, die auf und ab gingen. Die Zeit schien sich endlos dahinzuschleppen, als Nick ungeduldig auf den tickenden Uhrzeiger schaute. Seine Gedanken überschlugen sich, und er musste das Schweigen brechen.

»Wieso dauert das so lange? Stimmt etwas nicht mit dem Baby? Oder ist mit Stormy was passiert?«

Evelyn kicherte und strich ihrem Sohn über den Rücken. »Mach dir keine Sorgen. Das dauert einfach …, glaub mir.«

»Ja, schon, aber …«

Nick wurde unterbrochen, als sich die großen Doppeltüren öffneten und Cooper den Raum betrat. Er zog den Mundschutz ab und grinste von einem Ohr zum anderen. Aber er war noch immer sprachlos.

Nick meldete sich zu Wort. »Und …?«

Cooper klatschte in die Hände. »Es ist ein gesunder Junge.«

Die Familie verlor keine Zeit und eilte, angeführt vom frischgebackenen Vater, direkt ins Krankenzimmer. Stormy saß im Bett mit ihrem in eine taubenblaue Decke gewickelten Wonneproppen.

Cooper setzte sich auf den Bettrand und hielt Stormys Hand, während die Familienmitglieder darüber stritten, wer das Baby als Nächstes halten durfte. Er konnte sich das Lächeln nicht verkneifen. Welch ein Idiot war er noch vor Kurzem gewesen, als er dachte, dass das hier nicht das Leben war, das er wollte.

Und welchen Unterschied sah er bei seinen Brüdern, die murrten und darüber stritten, wer das Baby zuerst halten durfte, dann aber so sanftmütig wurden, als sie ihren Neffen bewundernd anschauten.

Mav gewann und hob das Bündel behutsam hoch. Er grinste, als er in die strahlenden Augen vor sich sah und flüsterte: »Ich werde bestimmt dein Lieblingsonkel, kleiner Junge.«

Bevor Nick eine Herzattacke erlitt, gab Mav das Baby schließlich an Nick weiter. Der war der Begierigste von allen, und das war etwas, das Cooper niemals erwartet hätte.

Nick drückte William an seine Brust und sagte: »Du bist wirklich viel süßer, als ich gedacht hatte, wo doch mein älterer Bruder dein Vater ist.« Etliche Leute im Zimmer kicherten.

Cooper gehörte nicht dazu.

»Ich kann dir eine Menge Geschichten über ihn erzählen und fange mal mit der an, als dein Dad mir geholfen hat, auf einen Baum zu klettern und …«

Die Geschichte ging weiter, als Cooper sich vorbeugte und seine Frau küsste.

»Ich liebe dich, Mrs Armstrong«, flüsterte er.

»Ich liebe dich auch, Grünauge«, antwortete Stormy.

»Wie wär's, wenn wir all diese Leute rausschmeißen und an Baby Nummer zwei arbeiten?«, fragte Cooper und hob die Augenbrauen.

Stormy lachte schallend über den Sinn für Humor ihres Mannes. Der musste dringend verbessert werden. »Du bist ein mutiger Mann, dass du so etwas zu einer Frau sagst, die gerade ein Kind geboren hat. Küss mich und halt die Klappe.«

Und das tat er mit Vergnügen.

DANKSAGUNG

Wow, ich kann nicht glauben, wie viel Spaß es mir gemacht hat, dieses Buch zu schreiben – und eigentlich diese ganze Serie. Da sich meine Tochter fürs Fliegen interessierte und eine Privatpilotenlizenz gemacht hat, habe ich mich ebenfalls von der Begeisterung für Flugzeuge anstecken lassen. In kleinen Maschinen zu fliegen, mag ich immer noch nicht, aber ich muss zugeben, dass es ein Nervenkitzel ist. Und nach einem (oder fünf) Glas Wein ist es sogar ganz amüsant.

Ich habe jahrelang als Kundendienstberaterin für Fluggesellschaften gearbeitet und in dieser Zeit auch viele lebenslange Freunde und Freundinnen gewonnen. Selbstbewusste Piloten waren also einige Zeit um mich herum. Sie haben wirklich ein sehr selbstsicheres Auftreten, weil sie etwas können, das die meisten Menschen nicht beherrschen. Ich forme meine Helden nach dem Vorbild dieser sexy Männer in meinem Leben.

Bei Montlake habe ich eine neue Familie gefunden, und ich bin so froh, dass ich ein Mitglied geworden bin. Ich vergöttere meine Lektorinnen Maria und Lauren, die mich angetrieben und aus mir eine bessere Schriftstellerin gemacht haben. Sie sind entscheidend dafür verantwortlich, dass diese Geschichte zur bestmöglichen geworden ist. Ihr Zuspruch und ihre liebevolle Strenge haben diese amüsante Geschichte hervorgebracht! Wie immer, möchte ich meiner Familie und meinen lieben Freunden danken. Ohne sie bin ich ein Nichts, und ihre kontinuierliche Unterstützung ist mir unendlich wichtig. Und auch die erwähnten sexy Piloten haben mir an verschiedenen Stellen dieses Buches geholfen. Danke Drew, Pat und Chris.

Ein besonderes Dankeschön geht an Adam und Eddie, mit denen ich bei den Fluggesellschaften zusammengearbeitet habe. Sie sind immer noch großartige Freunde, die zwar nicht mehr fliegen, aber sich immer noch, wie der Rest, für Flugzeuge begeistern und über ein umfangreiches Branchenwissen verfügen.

Und schließlich ein Dank an meine Fans. Wegen eurer Begeisterung, eurer Liebe zu den Büchern und eurem Zuspruch würde ich am liebsten Tag und Nacht schreiben. Danke dafür, dass ihr mich zu euch nach Hause geholt habt, und für eure Zuneigung. Ich werde niemals mit Worten ausdrücken können, was ihr mir bedeutet.

Zeitfracht Medien GmbH
Ferdinand-Jühlke-Straße 7
99095 Erfurt, Deutschland
produktsicherheit@kolibri360.de

Druck:
CPI Druckdienstleistungen GmbH
im Auftrag der
Zeitfracht Medien GmbH
Ein Unternehmen der Zeitfracht - Gruppe
Ferdinand-Jühlke-Str. 7
99095 Erfurt